如此苍白的心

〔西〕哈维尔·马里亚斯 著
周钦　缪澄君 译

CORAZÓN
TAN
BLANCO

南海出版公司

新经典文化股份有限公司
www.readinglife.com
出　品

本书献给胡利娅·阿尔塔雷斯

尽管是胡利娅·阿尔塔雷斯

以及来自哈瓦那的洛拉·马内拉，

深表怀念

“ My hands are of your colour;

but I shame to wear a heart so white. ”

或者

“我双手的颜色跟你的一样了，

可我却羞于有一颗如此苍白的心。”

——威廉·莎士比亚

目录

Contents

第一章

我不曾有意探听，但还是知悉，两个小姑娘中的一个，成年以后，蜜月旅行回来没过多久，走进浴室，站到镜子前，解开衬衫，脱下胸罩，用她父亲的手枪枪口摸索心脏的位置。她父亲当时正跟几个家人和三个客人一起待在餐厅里。女孩离开餐桌大概五分钟后，枪声响了，她父亲没有马上起身，而是在座位上呆坐了好几秒钟，嘴里还含着一口食物，既不敢咀嚼，也不敢吞咽，更不敢吐回到盘子里。后来他终于站起来跑向浴室，尾随而到的人目睹他发现躺在血泊中的女儿后，双手抱头，嘴里来回拨弄着那一口肉，不知如何是好。他手里攥着餐巾，直到看到被扔在坐浴盆里的胸罩才松开手，慌乱地用他手边，或者说就拿在手里、已经沾上擦嘴污渍的餐巾把胸罩盖住，仿佛看见女儿的胸罩比眼前这具倒下的半裸着的身体更让他感到羞愧：胸罩刚才还贴着，曾经坐在餐桌边，之后在过道上逐渐远去，后来又站立过的身体。洗手池上的水龙头刚才哗哗地淌着冷水，父亲下意识地将它关了起来；他的女儿曾经站在镜子前哭泣，流着眼泪，解开衬衫，脱下胸罩，摸索着心脏的位置，此刻却躺在宽敞的洗手间那冰凉的地面上，眼中噙满泪水。午餐时没有人见她哭过，眼泪也不可能是她失去生命栽倒在地之后冒出来的。女儿一反常态，也并不合乎常理地没有插上浴室的插销，这让父亲寻思（仅仅在吞咽时一闪而过），也许女儿哭泣时曾经等待或是渴望有人推门进来阻拦，这个人甚至不用花任何力气，只要在场，凝视她还有生命的赤裸的身体，或把一只手放在她的肩上就好。但是，午餐时没有人来过这里（除她自己之外，因为她已经不是个小姑娘了）。她右侧那只未遭枪击的乳房此时清晰可见，丰盈洁白，依旧饱满高耸。众人本能地先看向了它，无非是不忍心目睹另一只已经消失，或者说只剩下血渍的乳房。女孩的父亲已经多年未见过这乳房，自从它的形状开始发生改变或者开始变得充盈、散发女人味起，便再也没有见过，这使他此刻既惊恐又惶惑不安。另一个女孩，死者的妹妹，倒是亲眼见证了它在青春期的变化，或许后来的样子也见过。是她首先触摸尸体，用一条毛巾（她拿惯了的那条淡蓝色毛巾），为死者擦去脸上夹杂着汗和水的眼泪。水龙头在被拧紧之前的水流不断冲击着洗手池，水花溅到了躺在地上的姐姐的面颊、苍白的乳房和发皱的裙子上。妹妹还急着想要擦去姐姐身上的血渍，似乎这样做就可以为她疗伤。毛巾瞬时间被浸湿，无法再用，还被染得通红。妹妹见此情状，没有让毛巾继续浸泡在血水中，不再用它遮盖姐姐的胸部，而是一见它沾上血色便立即把毛巾扯了回来（这是她自己的毛巾）搭在浴缸边上，让它在那里滴血。她喃喃自语，唯一能让人分辨出的是她姐姐的名字，不停地重复着。这时，有个客人忍不住远远地照了一下镜子，迅速地整理了一下头发，马上便注意到镜子连同它反射出的一切都溅满了鲜血和水（不是汗水），包括他自己的影像。像其他两位客人那样，他站在浴室门槛边上没有踏入。似乎在那一刻，尽管他们已将应有的社交礼节抛诸脑后，但还认为只有死者的家人才有权利跨过那道门槛。三位客人只是在门边探头观望，躬身前倾的样子好像在听小孩说话的大人。他们由于感到恶心或出于尊重没有再向前一步，应该还是觉着恶心吧。其中有一个人（刚才照镜子的那位）还是位医生呢。他本应坚定地迈步上前检查女孩的尸体，或者至少单膝跪地把两个手指按在她的脖子上试探一下，但他没有这么做。甚至当那位脸色逐渐苍白、身体愈加摇晃的父亲转向他，指着女儿的身体，用恳求而迟疑的声音说出“医生”二字时，他都毫无反应。女孩父亲说完没等医生回应就又背过脸去，他不仅背对着医生和其他人，也背对着他的两个女儿，一个还活着，另一个他迟迟不敢相信已经死去。他把胳膊肘支在洗手池上，双手撑住前额开始呕吐，把之前吃下去的所有东西，包括刚刚胡乱吞咽的那块肉全都吐了出来。他的儿子，死者的弟弟，比两位姐姐年纪小很多，这时走过来想帮助父亲，却只能抓住他外套的下摆，像是要稳住父亲因胃痉挛而站不稳的身体，但在围观的人看来，这个动作更像是在寻求父亲此刻无法给予的依靠。外头传来了一阵轻轻的口哨声，那是食品店的伙计，有时直到午餐时才迟迟把订购的货品送来。枪响时他正在卸货，听见响声自然也探头观望，嘴里还像小伙子们走路时习惯的那样吹着口哨。当看到一双半脱落的或者说在脚后跟处脱落的高跟鞋，血迹斑斑、稍稍往上扯起的裙子——还有一双沾满血的大腿时，他的哨声戛然而止（他的年纪与主人家的小儿子相仿）。从他所在的位置刚好能把女孩倒地的情形看得一清二楚。他既不能打听，也不能踏入出事的浴室，再加上没人理睬他，他不知道是否应该把空酒瓶拿走，于是又吹起了口哨（不过这回吹是为了给自己压惊壮胆）回到厨房。他想家里的女佣早晚会出现，平时总是听她吩咐做事，这时她却并没有在老地方待着，也没有出现在走廊的人群中。家里的厨娘倒是在，作为家里的一员，她一脚踩在浴室里，一脚踩在外边，双手正往围裙上擦拭，或许是在上边划着十字吧。而女佣，在枪响的那一刻，正好把刚刚搬过来的备用餐具倒腾到厨房的大理石台面上，枪声和她手头堆放餐具发出的声响交织在一起，她未能察觉。在这之后她又小心翼翼地往一个托盘里摆放主人家当天早上吩咐她购买的招待客人的冰激凌大蛋糕，与此同时送货的伙计也在噼里啪啦地卸货。蛋糕摆上托盘后，她估计餐厅里差不多用完第二道菜品时，便把托盘端了过去。令她不解的是，餐桌上扔着些吃剩的肉，餐具和餐巾乱糟糟地搁在桌布上，客人们都不见了（只有一个盘子是干净的，似乎是其中某个人，也就是家里的大女儿，吃得最快，还把自己盘子里的食物都扫个精光，也或许她压根没有盛肉）。这时，女佣意识到自己的老毛病又犯了：在撤掉用过的盘子、摆放新盘子之前，就端上了饭后甜点。不过她不敢把脏盘子收起来摞成一堆，说不定客人们还没有吃完，回来还要继续用餐（或许她之前本应该把水果一同端上来）。主人家不让她在就餐时间随便走动，活动范围应该只限于餐厅和厨房之间，以免干扰用餐。她不清楚人们为何围在浴室门口小声议论，便也不敢跑过去看热闹，只能在餐厅里干等着，双手背在身后，倚靠在餐具柜上，对着刚刚摆到空无一人的餐桌中央的甜点发愁，心里琢磨着天气那么热，是否应该立即把大蛋糕撤回冰箱里保存。她哼了段小曲，扶起一个倒在桌子上的盐瓶，往一个空酒杯里又倒了些葡萄酒——这酒杯是医生夫人的，她酒喝得很快。女佣看着蛋糕开始松软变形却拿不定主意时，门铃响了。迎门也是她的职责。她扶正束发帽，拉直围裙，确认自己的丝袜没有穿歪，之后走进走廊，随即往左边迅速瞟了一眼。围观宾客们的嘀咕和感叹让她听着好奇，但她没有停下脚步，也没有凑过去观望，而是径直往右走，去干她分内的活儿。门开了，迎面而来的是逐渐收拢的笑意和一股浓烈的香水味（门厅黑黢黢的），气味也许来自主人家的大儿子，也许来自不久前刚刚度完蜜月的新姑爷。两人同时抵达，可能是在街上或家门口碰见的（他们一定是来喝咖啡的，可是那时家里还没有人去煮什么咖啡）。也许是受到感染，女佣也冲他们笑了笑，站到一边让两人进来，短短一刻间她却发觉他们突然神色大变，急匆匆地越过走廊朝众人围观的浴室走去。大女儿的丈夫，那位新姑爷，跑在后边，脸色苍白，一只手按在大儿子的肩上，似乎有意拦着他，不愿他目睹眼前发生的一切，也或许是想要紧紧抓住他。这回女佣没有返回餐厅，而是跟在两人后头，同样加快脚步往前赶。当她走到浴室门口时再次闻到了这些男士中的一位，或刚进门的某一位身上散发的上等香水的味道，而且香气更加浓烈，仿佛有瓶香水被打翻了，或是有人突然出了一身汗而加重了香味。女佣跟厨娘和客人们一道，站在浴室门口没有踏入，她瞥见食品店的伙计吹着口哨从厨房走到餐厅，想必是在找她，但是她因为太过害怕，便没有叫他，责骂他，甚至没有搭理他。这位已经把现场看了个够的小伙子一定在餐厅待了好一会儿，之后没有打招呼，也没把家里的空瓶子带走便离开了。几个小时之后，等到餐厅里已经融化的大蛋糕终于被人撤掉，外边包上一层纸扔在垃圾桶里时，这宾客们没有动过的甜点上边缺了一大块，医生夫人的葡萄酒杯又一次空了。所有人都说兰斯，那位姑爷，大女儿的丈夫，也是我的父亲，运气太糟了，因为他第二次成了鳏夫。

第二章

那是多年前的事了。当时我还没有出生，甚至连一丁点儿出生的可能性也没有，而且，正是从那时起，我才有了来到这世上的可能。如今我已经结婚了，跟我的妻子路易莎蜜月旅行回来还不到一年。我认识路易莎只有二十二个月。总说结婚要慎重，即便在这快节奏的当下，在很多人眼里我们都算是闪婚了。现在的日子过得飞快，似乎和过去毫无关联，尽管这过去的日子并没有多遥远（将其隔开的，有比如我们仅有的这一次还没有走完的，或许已经过半了的人生，我自己的或路易莎的人生）。在过去，任何事情都是慢的，搁在心里反复掂量，所有事情都有分量，包括做的傻事说的胡话，而死亡，况且是亲手了断自己的死亡就更不用说了，比如说特雷莎的死。她原本应该算是我的姨妈，又永远不可能成为我的姨妈，她只是特雷莎·阿齐雷拉而已。她的事我是后来才逐渐得知的，但从未在她的妹妹，也就是我母亲那里听说过一星半点。我母亲在我幼年和少年时对此几乎闭口不提，后来她也去世了，便永远沉默了。我先是从关系较远或偶尔碰面的人那里有所耳闻，最后是兰斯对我悉数相告的：他是阿齐雷拉两姐妹，以及另外一个跟我毫无亲戚关系的外国女人的丈夫。

说真的，最近开始想了解这陈年旧事正是因为我结婚了（确切来说，我不曾有意打探，但却获知了）。结了婚之后（“缔结婚姻”这个动词[1]如今已废弃不用，却非常形象管用），我就像染上了某种不知何时才能痊愈的疾病，开始生出各种不祥的预感。“婚姻状况变更”这个短语通常被用得很随意，因而不具有多少内涵，但我认为用在我身上最为贴切，且不同于他人，我觉得这话言近旨远。如果身患疾病，我们将被迫放下手头的一切，在数不清的日子里卧床休养，看待世界的出发点也随之移到病榻；婚姻也一样，我被迫改变旧的习惯、旧的信念，最关键的是，婚姻改变了我对世界的看法。也许是因为这桩婚姻在我三十四岁时才姗姗

① 此处原文为西班牙语的多义动词“contraer”，意思为“患，染（疾病）”或“结成（婚姻、亲戚关系）”等。（本书收录的脚注均为译者注。）

而来。

尽管这年头结婚的双方都很脆弱，离婚也很容易，但传统婚姻最大、最普遍的问题在于，结婚之初人往往不可避免地有一种日子过到头的不适感。更确切地说（因为日子是缓缓流逝，没有穷尽的），感觉结完婚就可以转头忙活其他事情了。我很清楚这是种害人的错觉。因为这个错觉的误导，多少对本可以白头偕老的男女一结为夫妻就遭遇了失败。我很清楚应该回避这随结婚而来的感觉，结婚以后非但不能心有旁骛，反而更应该好好专注于经营婚姻本身，把它看作我们面前最重要的楼宇和任务，即使你认为高楼已竖起，任务已完成，仍应该好好维护。这些道理我都懂，但是在婚礼后的蜜月旅行中（我们去了迈阿密、新奥尔良、墨西哥，然后去了哈瓦那），我偏偏生出了两种糟糕的感觉。至今我还在怀疑，这第二种感觉，是否一直以来只不过是我为了缓解和对抗第一种感觉，刻意制造或体悟而出的幻觉。第一种感觉我已提过，从人们口中的传闻，到经常拿来跟准备结婚的伴侣开的玩笑，再到我的母语[①]里许多类似的不吉利的俗语都说明，所有新婚夫妇（特别是新郎们）都对此感同身受：某事明明刚有个开端，却莫名

① 指西班牙语。

其妙地看似或感觉像是已经终结。这让人不舒服的感觉可以总结为一句令人发怵的话：“那现在又该怎样？”我不知道别人是如何挺过这个难关的。

从单身到结婚，婚姻状况变更的过程就像疾病的到来，无法预测，让一切中断，至少使得一切无法再如从前般继续。比如说，之前一起看电影或吃晚饭后我们会分开，各自回自己的家。我开车或坐出租车送路易莎到她家楼门口，她下车后我便独自经过冷冷清清、刚洒完水的街道回自己的家，心里一定还惦记着路易莎和未来。一旦结婚，电影散场后两人的脚步便迈向同一地点（脚步声混乱，因为有四只脚同时在走路），且这么做并不是我有意陪伴她，也不是我习惯如此，认为这么做理所当然，可以显示风度，而是我们的双脚都毫不犹豫地踏上了潮湿的路面，没有考量的余地，不能改变想法，无法后悔，无从选择：现在不管我们情愿与否，必须去往同一地点，今晚是如此，昨晚我不想这样时亦然。

就在蜜月旅行中，婚姻状况变更的效应已开始彰显（说“开始”并不准确，这是一种骤然的变化，让人喘不过气来）。我发现自己很难再惦记路易莎，更无法憧憬未来。而憧憬未来，即使不能借此摆脱每日的烦恼，对任何人来说也都算是人生的一大乐趣：随意想象，让思绪停留在必定会发生或者可能会发生的事情上，漫不经心地思忖明天或五年之后我们大概会变成怎样，想象我们无法预知的未来。可就在蜜月旅行中，人仿佛迷失了自己，不可名状的未来消失，而这抽象的未来才是重要的，它不会受当下的现实沾染，也不会被同化。婚姻状况的变化就这样让从前的一切无法延续，尤其是当——通常情况下都是如此——夫妻双方共同的努力已经预见、宣告了这种变化时，而这种两人协作最明显的表现就是刻意一起打造一个共同的家，一个之前没有因为任何一方而存在，此时却需要两人煞有介事地揭开入住序幕的家。这种据我所知相当普遍的习惯或做法还证明了，事实上，缔结婚姻的男女在结婚时都要求对方将过去清零，摈弃婚前相恋时的自己和爱人，也或许双方是看到了结婚的好处才走进婚姻，因为有时结婚前并没有爱，婚后才有，甚至有时婚前婚后都不会萌生爱意，爱就是无法产生啊。与婚前的自己和爱人一道被抹消的，还有各自单身时的住所，又或者恰好相反，正因为抛弃了单身住所，也就意味着将婚前的自己和爱人一笔勾销。就这样，两个人婚前是独立的个体，各居其所，通常独自就寝，独自醒来，如今突然佯装一道入梦、同时睡醒，齐声踏步穿越空旷的大街，奔向同一个方向，走进同一部电梯。不再是一个做客另一个招待，也不再是一个来接，另一个下楼，两人在私家车或出租车里会合。此时两人别无选择地共用几间居室、一部电梯、一扇楼门。这一切从前不属于任何一方，现在却是双方共同拥有，两个人同床共枕，说不定还会在梦里争抢同一个枕头。最终，两人就会像病人那样，卧在这个枕上看世界。

正如我所说的，我的第一种不适感出现在蜜月旅行的第一站迈阿密。那是个令人作呕的城市，但有优质的海滩供新婚夫妇度假。不适感在新奥尔良和墨西哥加重，在哈瓦那愈发强烈。将近一年前，我们度完蜜月煞有介事地入住新居时，这种感觉仍在与日俱增，或者说它已经在我心里，甚至我们两人的心里扎根。而第二种不适感大概在蜜月旅行临近结束时，也就是说只在哈瓦那汹汹来袭。从某种意义上来讲，我是哈瓦那人，准确地说我算是四分之一个哈瓦那人。我的外祖母，即特雷莎和胡安娜·阿齐雷拉姐妹的母亲是在那里出生，幼年时来到马德里的。就在我们入住三晚的酒店（其实我们手头也没有那么宽裕，在每个城市待的时间都很短），一天下午散步的时候路易莎忽然感到很不舒服，情况严重，我们只能暂停在外的活动立即折回房间，让她卧床休息。她浑身哆嗦，恶心想吐，毫不夸张地说，连站立的力气都没有。应该是吃坏肚子了，可我们并没有十分的把握，一时间我还怀疑她是在墨西哥时，感染了某种欧洲人特别容易患上的当地疾病，比如说比较厉害的阿米巴痢疾之类。自婚礼以来，与我悄然相随的不祥预感逐渐各自显形。其中之一（最为声张、不加掩饰的）便是跟我共同生活、将一同迈入具体可见的或是遥远而不可名状的未来的女子——虽然我感觉那遥远而不可名状的未来已经终结，而我的人生，也许是我们两人结合在一起的人生，已经过半——会染上重病或者猝死。我们想先看看路易莎能否好起来，就没有马上请医生来。我把她在床上安顿好（酒店里我们俩的双人床），让她睡一觉，好像这样就可以让她好起来。她似乎睡着了，我安安静静地让她安心休息。保持安静，不发出声响，不找她说话又不至于无聊的最好方式是到阳台上看看外边的风景和过路的哈瓦那人，观察他们的走路姿势和穿衣打扮，倾听他们从远处传来的窸窣的说话声。我眼睛盯着外边，心思却留在身后房间里的睡床上，路易莎斜躺在那里，外边的一切都无法真正引发我的兴趣。我看着外边，如同一位赴宴者，清楚自己唯一心仪的女子将不会到场，因为她同她的丈夫一起留在家中。这唯一的女子此刻便在我的身后，卧病在床，由她的丈夫悉心照看。

然而，就这么心不在焉地张望了几分钟以后，我注意到了一个人。和其他进入我的视野后又消失的路人不同，她一直待在那儿。那是个远远看上去三十岁左右的女人，穿着黄色圆领上衣、白裙子和白色高跟鞋，手臂上挽着一个黑色的大包，跟我童年时代马德里街上的女人们携带的包很相似，大大的包身，挽在手臂上，不像现在都背在肩上。她在等人，看那样子错不了：时不时地左右来回走动两三步，最后一步轻微迅速地拖动鞋跟，一副按捺不住的焦急神情。她没有像一般人那样为避免妨碍他人立在墙边，而是站在人行道中间，左右来回走动不超过三步，之后又回到原地，因此避免不了跟过路的人磕碰几下。有人说她几句，她便怒气冲冲地回敬，抡起那只醒目的大包向对方示威。她时不时地勾起一条腿往后看去，用手抚平身上的紧身裙，唯恐上面哪道褶皱影响了自己臀部的线条，也可能是在隔着外头的裙布整理里边不服帖的内裤。她没有看表，也没有戴表。也许她迅速瞄了几眼挂在酒店外墙的时钟，我无法察觉，因为时钟在我房间的上方，我是看不到的。也或许酒店外墙上根本没有挂钟，她一直都不清楚时间。我感觉她好像是黑白混血，但是从我的位置无法断定。

热带地区的夜幕都会毫无征兆地骤然降临。尽管行人没有马上减少，但我感到她在暮色中越发显得形单影只，越发像是注定要空等一场。对方不会来赴约了。她两臂交叉，双手抱着胳膊肘，胳膊似乎随着时间的流逝变得越来越沉，又或许不断加重的是她的手提包。她的两腿粗壮，与这场等待很是相宜，牢牢地扎在路面上，蹬着又细又高或许如长针一般的鞋跟。她的两条腿是那样壮实、显眼，几乎使得鞋跟隐没其中。每当她往左右两侧稍稍走动又回到原点站定时，仿佛稳稳扎在地上的不是鞋跟，而是她的双腿，仿佛折刀插进潮湿的木头里。她的脚后跟也鼓鼓囊囊地向外凸着。我听见身后的床上传来一声喃喃低语，或是呻吟，来自患病的路易莎，我新婚的爱妻，我要照顾的对象。我没有回头，因为这是梦里的呻吟，一个人很快就能学会辨认枕边人熟睡时发出的声音。这时，街上的那个女人抬头朝我所在的三楼阳台看了看，想必这是她第一次注意到我。她打量的样子像是眼睛患了近视，或戴着脏了的隐形眼镜，表情迷惑，一会儿盯着我看，一会儿又移开视线，挤弄一下眼睛想要看得更清楚，再定睛细看，接着又移开视线。随后，她举起那只没有挽包的手臂做了个手势，既不是在打招呼，也不是示意人靠近——我是指那种示意陌生人靠近的手势——她的手势看上去更像在表达占有和相认，手指作抓挠状，似乎举起手臂飞快晃动手指是想要抓住我，而非单纯地想要吸引我的注意力。她喊了几声，我离得太远听不清楚，但我确定她是冲着我喊的。根据她的嘴形我只能猜出第一个词是“嘿！”，带着怒气，余下我没听见的内容也同样充满愤懑。说着说着，她开始朝我走来。她得过马路，还要穿过酒店前边的一片空地。这片空地把酒店和大街隔开，这样可以避开一些车流的喧嚣。当她离开原来的走动范围多迈出几步路时，我发现她走得竟有些吃力和迟缓，仿佛不习惯蹬高跟鞋，或者那双粗壮的腿压根不适合踩高跟鞋，也可能是拎着的包让她失去了平衡，抑或她有些眩晕。那姿势和身体不适的路易莎差不多，当时，路易莎一进房间便躺倒在床上，我给她脱去大半的衣服，盖好被子（尽管天气炎热，我还是给她盖上了被单）。不过这混血女人气鼓鼓的步伐里隐含着某种优雅，尽管在那一刻未得彰显：假如她此时是光着脚走来，波状起伏的裙摆有节奏地拍击大腿，将更显风情。路易莎身体不适，卧睡在床；我一直站在阳台上观望来往的古巴人，后来就看到了这个此刻正步履蹒跚地向我走来的女人。她还在冲着我喊，这时我已经能听见她喊的是什么了：

“喂！你在那儿干什么？”

听清她的话后我非常吃惊，并不完全因为她冲我说的这句话的内容，还有她那喊话的方式，肆无忌惮，怒气冲冲，仿佛面对的是她最亲近的人或者所爱之人，可是这人总在惹她生气，她准备找他算算账。她并非因为发现有个陌生男子在涉外酒店的阳台上无所顾忌地打量自己，窥见她难堪的等待便走过来指责，而是当她抬头见到我时，就认定我是她等待多时的人——谁知道她等了多久，一定是在我注意到她之前就开始了。她没有找个有红绿灯的人行道，而是径直避开不多的几辆车，穿过马路，走到酒店前边的空地边上。她离我还有些距离时就停了下来，也许是让她的双脚和无比壮实的大腿歇息一下，也许想要再拉扯一下裙子。这一次她更用心了，因为她终于要来到那个理应打量、欣赏她裙衫褪去模样的男人的跟前。她继续打量我，过一会儿又稍稍移开视线，好像患有斜视似的，眼珠时不时地往我左边瞟。也许她远远地站定是为了向我显示自己的怒气，似乎绝不答应就这样在看到我之后草草实现约会，就好像片刻之前她受苦受累、遭受侮慢的事从未发生似的。这时她又说了几句话，还做出刚才那样举起手臂、手指抓挠的动作，似乎在说“你给我过来”或“你是我的”，但是嘴上却喊道：“在那儿干吗呢你？没看见我等你一个小时了吗？为什么不告诉我已经上楼了你？”她的声音颤抖又拿腔作势，并不悦耳，就好像电视主持人在主持节目，或是政客发表演说，或是教师在讲课（只是显得文化水平并不高）时的感觉。

我想她当时的原话就是这样，词序微微颠倒，过度使用代词，换作我就不会这么说，估计任何一个西班牙人都不会。我依旧处在震惊之中，而且开始担心身后的路易莎会被吵醒，但这时我可以更清楚地看到她的脸了。那是一张黑白混血但偏白色的脸，肤色跟在供新婚夫妇度假的沙滩上晒了几日、此刻正躺在床上的路易莎比较接近。也许她只有四分之一的黑人血统，相比于肤色，这一点在她厚实的嘴唇和微塌的鼻梁上表现得更加明显。她眯着的眼睛似乎是浅色的，灰色或绿色，至少是青绿色。不过我想，可能她正是因为戴了一副彩色的隐形眼镜才导致视力不佳。她鼻翼翕动，在怒火的作用下胀得鼓鼓的（因此面部表情也变形了），嘴巴过度开合（如果需要的话，这时我可以毫不费力地读懂她的唇语了），神态很像西班牙女人，带着一种特有的鄙夷。她继续向我靠近，因没有得到回应而越加恼怒，手臂反复做着刚才的动作，仿佛除此之外没有其他的方式来表达了，只能用修长裸露的胳膊挥着空拳，五指晃动，像是要抓住我、再把我拽向她一样，一副张牙舞爪的气势。“你是我的”，或“我要杀了你”。

“你是傻子吗？你怎么回事？哑巴了吗？为什么不回答我？”

她在空地上走了十多步，离我很近了。那刺耳的喊声不但非常清楚，而且开始在我身后的房间里回响。我想，不管她眼睛多么的近视，这几步之遥足可以让她看清我了，因此，似乎毫无疑问，我就是那个跟她有着重要约会的男人，是我的迟到令她愁苦不堪，是我在阳台上沉默的观望让她愤怒不已。可是我在哈瓦那不认识任何人，而且这是第一次来，还是带着新婚的妻子来蜜月旅行。这时我终于回过头去，看见路易莎已经起身坐在床上，眼神呆直地望着我，但还没有认出我，也还没有反应过来自己身在何处。那是属于发烧病人的灼热的双眼，病人在惊恐中醒来，毫无预兆地从噩梦中突然醒来的双眼。她直挺挺地坐在那里，睡着时或刚才突然坐起来时把胸罩扯歪了：胸罩斜挎在身上，一侧的肩膀和一只乳房几乎完全裸露在外，应该紧勒得难受，可能被她不舒服或昏睡的身体挤压过。

“发生什么事了？”她疑惑地问道。

“没什么，”我回答说，“你再睡会儿吧。”

但是我不敢走过去靠近她，抚摸她的长发，安抚她再次入睡——换作其他任何时候我都会这么去做，但那一刻我不敢离开阳台，不敢把视线从那个自以为跟我有约的女人身上移开，不敢再回避她从街头抛来的质问。她独自一人嚷嚷着，因为得不到期望的回应，她的话语变得更加暴力，真遗憾，我们说的是同一种语言，我听得懂。

“我杀了你，你这杂种！我发誓就在这里杀了你！”她在街上喊道。

她在阳台底下嚷着，想必无法看到我，就在我回头跟路易莎说几句话的时候，她的一只鞋掉了，人栽倒在地。还好没有受伤，但是白裙子马上沾到了污泥。她慢慢爬起来，嘴里喊着“我杀了你”，没站稳身子又歪倒下去，但是那包是一直挎在胳膊上的，仿佛就算剥了她的皮她也不会松手。她试图抖掉，或用一只手拂去裙子上的灰土，有一只脚没有穿鞋，悬在半空中，她似乎根本不想让它接触地面，以免把脚底弄脏，脚指头也不行，已被她找到的男人现在可以从楼上近距离地看到那只脚，晚些时候可能还会抚摸它。我为她漫长的等待，为她摔倒在地，还为我的沉默感到愧疚。我也感到愧对路易莎。我的新婚妻子婚礼以来头一次需要我照顾，哪怕是一小会儿，为她擦干汗湿的额头和肩膀，替她把胸罩穿好或摘掉，免得勒得她难受，我要哄她继续睡去，好让她的病体痊愈。但那时我连这点儿时间也给不了她。怎么可能呢，一里一外两个女人，一个在眼前，一个在身后，她们的存在感都如此强烈，让我手足无措，无力回应；怎么可能呢，我感觉自己同时要对两个女人负责，这里边一定有问题。我不必对我的爱人心存愧疚，我只不过没有马上过去照顾她，安抚她，只是稍稍耽搁了一小会儿；我更不应该对那个怒气冲冲的陌生女人怀抱歉意，哪怕她一厢情愿地认为她认识我，是我惹恼了她。她正在稳住自己的身体，想在不让那只光着的脚踩到地面的情况下把鞋穿回去。她的裙子比较修身，所以很难成功，况且她的脚又很长；她不再大喊大叫，只是嘴里嘟嘟囔囔的，我们在想办法修整自身的仪容时往往无暇顾及旁人。最后她别无选择，只能让那只脚接触地面，脚立即就变脏了。她又抬起脚来，仿佛自己被地面污染或烫着了，接着拍拍脚上的尘土，就像天黑时路易莎离开海滩前拍打身上粘着的干沙粒那样，把脚指头、脚背依次塞进鞋里，最后用食指（没有提包的那只手的食指）扯了扯她突出的脚后跟上方的鞋袢儿（路易莎胸罩的吊带还耷拉着，我那时却熟视无睹）。她那结实的双腿又迈着坚定的步伐，马掌般叮叮当当地踩在路面地砖上，低头往前走了几步，就在她抬起头来张嘴想骂我、冲我示威，再一次晃动五指、凶巴巴地做出抓人的架势表示“你休想离开我”“你是我的”或“跟我一起下地狱”时，突然愣住了，赤裸的长臂僵直地立在空中，仿佛是个举手示意的田径运动员。我注意到她腋下的毛发刚刚修刮过，可见为了这次约会她把全身上下都修整了一遍。她再一次瞟了一眼我的左边，又看向我，又往左瞟，再看向我。

“到底发生什么事了？”路易莎再次从床上发问。她的声音中带着一丝恐惧，一种内外交困的恐惧：出门在外，她为自己的身体状况忧心忡忡，为阳台和街头上有她一无所知的事情在发生感到害怕。虽然此事只跟我有关，但夫妻会很快地习惯于共同面对。

夜幕已经落下，我们的房间仍然漆黑一片。她大概头晕眼花，连身边的床头灯都没有去拧开。那一刻，我们置身于一座孤岛。

楼下的女人突然惊愕地张开嘴，一语未发，沮丧而又难为情地缓缓放下那只举起的手，转而捂住脸。误会消除了。

“哎，不好意思，”没过一会儿她说，“我认错人了。”

疑云消散，她明白——这更麻烦了——她要继续等下去。而且可能要回去等，不能站在阳台底下，而是要离开空地，到街对面一开始站的地方等待，重拾她走上几步、然后快速且不耐烦地拖动尖细的鞋跟回到原地的步调。她像缴械投降了似的，变得很温顺，之前的怒意和气势全都烟消云散。我想，尽管认错人而且发了一通火，她并不会太在意我的感受，毕竟在她绿色的双眸中我只是个陌生的路人罢了，她更在意的是自己刚刚发现约会依旧有可能没法实现。她注视着我，黯淡的眼神突然若有所思，透着一丝歉意和漠然。那点儿歉意其实很勉强，因为她眼里的苦涩更占上风：一段等待结束，到底是要留下来继续等，还是一走了之？

“没关系。”我说。

“你在跟谁说话？”路易莎问我。就算没有我在身边照顾，她还是慢慢缓过神来，但还没有适应周围的黑暗（她的声音不那么沙哑了，问话也具体了一些；也许她无法理解夜晚已经来临）。

还没等我回答，也没来得及过去安抚她，为她整理一下床单，我左边阳台的门“吱呀”一声打开了，露出一对男人的胳膊，支在阳台的铁栏杆上，或者说是紧紧抓住铁栏杆，仿佛那是一根活动的铁条，接着喊声响起：

“米莉亚姆！”

听到有人喊她，混血女人迟疑又困惑地再次抬头往上看。这次无疑是在朝我左边看，朝左边开了门的阳台，我目之所及的一对健壮的胳膊看。这一对露在挽起袖子的白色衬衫外边的长胳膊汗毛发达，跟我的不相上下，或比我的更加浓重。此刻的我便消失，变得不存在了，尽管我同样挽着衬衫袖子（从房间出来时，我为把胳膊支在栏杆上挽起来的），我却又还原为先前那个我，对她来讲谁都不是。男人的右手无名指上戴着婚戒，我也有，只不过戴在左手，是两周前才开始戴的，时间很短，还未习惯。还有大块头的黑色手表，男人也戴在右手，我正好相反。他一定是个左撇子。混血女人既没有戴表也没有戴戒指。我想，在刚刚过去的那段时间里，对混血女人来说，那个男人的身影一定是在暗处隐约可见；而我则全身探出阳台，一直靠在静止的栏杆上，让人一览无遗。不过现在正好相反，我的形象被突然抹去，消失不见，变成那个男人登场了。此刻我看不到他，一如我一直因为背对着路易莎而看不到她。也许那个男人始终没有打开阳台的门，但一直在暗处，离阳台忽近忽远地躲避着街上那个青绿色眸子的女人因近视而无法对焦的无辜视线。他故意时隐时现，在这场游戏中占据上风，既不出现也不隐身。也许她没弄错，她约会的对象早已一声不响地上了楼，是想要看着她远远地站在对面等他，想要看她痛苦地来回踱步，然后跌跌撞撞地走过来，看她摔倒，穿鞋，就像我有机会目睹的那样。

奇怪的是，米莉亚姆的反应跟把我当成那个胳膊壮实修长、汗毛发达、戴着戒指和手表的左撇子男人时完全不同。此刻她的确看到了这个她等待多时的男人，听到他在呼唤她，却表现得很平静，没有叫嚷，没有责骂和威胁，也没有张牙舞爪地表示“我这就来找你算账”“我杀了你”。也许因为那男人还是跟我不同，他能主动开口叫她的名字。他能让她换上另一副表情：顷刻间如释重负，脸上立即浮现出一种不知指向何人的感激，迅速迈着比之前任何时候都要轻盈优雅（仿佛她的高跟鞋突然消失了，双腿也不显得粗壮了）的步履走完眼前的一段路，拎着已经变轻的大个儿黑包进了酒店。就这样，她没再跟我多说一句话，便消失在我的视线中，在那短短的几步路里，她跟眼前的世界和解了。这时我左边的阳台门又关上了，随即再次打开，半开半闭，仿佛是被风吹的，也或许是那个男人转念一想觉得晚一点儿关门更好（其实当时并没有风），而且他不知道马上将要来到他身边的女人（那女人想必正在上楼）会想让门关上还是开着。终于（实际上没过多久，路易莎应该还在刚刚睡醒的发蒙的状态里），我离开了阳台，走进房间，拧开床头灯，殷勤地靠近床头。不过这是迟到的殷勤。

第三章

我自己都想不通为什么没有及时回到路易莎身边，而且在那一刻已经真心感到抱歉了。倒不是怕有什么后果，而是在仔细思索后我意识到成为丈夫之后那种迟疑意味着什么。我的确立即联想到了之前提到的第一种不适感，以及结婚之后我越来越难对路易莎心生惦念（她越是跟我形影不离，越被拒在千里之外），但第二种不适感却不是源于我对那个黑白混血女人的片刻注视，也并非来自我对路易莎极其短暂的疏忽，而是因为后来的事，也就是我回到路易莎身边照顾她之后发生的事情。我给路易莎擦拭了额头和肩膀上的汗水，解开了勒着她身体的胸罩，好方便她自己把胸罩摘下来或是就那样穿着。开灯之后路易莎清醒了些，想要喝点儿水，喝点儿水之后就感觉好一些，感觉好一些就想要说话。

定下神来后，她感觉床单不那么黏糊，躺在整洁的床上自己的精神也更好了。最重要的是，现在她反应过来天色已暗，不论情愿与否，这一天都行将结束，来不及继续游玩，剩余的时间里她要设法忘记身体的不适，等待着在一夜睡梦中痊愈。这样，到第二天早上，想必一切将恢复正常——虽然对于我们的蜜月旅行来说，异常才是常态。一旦她身体痊愈，再度和我形影相随，那时她便会记起之前卧床时未能觉察出的我对她的“怠慢”，或是记起我冲街上的陌生人说了一句“没关系”，以及有人在街上大声喧哗，将她从睡梦中或者半梦半醒间吵醒，可能也吓着她了。

“你刚才在跟谁说话？”她又问道。

我没有理由不跟她说实话，但在我如实回答的时候，却感觉自己像在说谎。当时我手里拿着一端沾湿的毛巾，正准备给她的脸、脖子和后颈擦凉（她的长发乱糟糟地粘在身上，几缕散乱的发丝横在前额，像早衰的细纹，瞬时间让她的面孔显得阴沉黯淡）。

“没什么，一个女人认错人了。她把我们的阳台看成旁边的了。她一定是个近视眼，走近了才发现我不是她的约会对象。他们现在就在这儿。”我指指把我们跟米莉亚姆和男人隔开的那堵墙。墙边搁着一张桌子，上方有面镜子，我们要是动一动，或者欠起身，从床的位置便能看到镜子里映射出的自己。

“可她为什么要对你喊呢？我感觉她老在那里喊。可能是我在做梦吧，我热得要命。”

我把毛巾扔到床尾，来回摸了摸她的脸颊和椭圆形的下巴。她那双黑色的大眼睛看起来还是雾蒙蒙的。如果她之前发过烧的话，现在已经退了。

“这我就不知道了，她其实不是在冲我喊，而是认错人了。谁知道他们之间发生了什么。”

我在照顾路易莎时听见些声音（我没有专注地听，因为要一边照料路易莎，一边往返于卧室和浴室之间，同时忙着好几件事）：有人踩着高跟鞋走到隔壁房间的门前，没有叫门门就打开了，伴着轻微的吱呀声（快速的），然后是门又关上的柔和的撞门声（缓慢的），紧接着是难以分辨的一阵窸窣和几声低语——尽管说的都是西班牙语，而且从刚才的声音判断，隔壁房间的阳台门是虚掩着的，我也没把我们这边的门关上，但还是听不清内容。之前我就为自己未及时回到路易莎身边有些焦虑，这时心里又多了一层急切。我着急，是因为不仅想要快点儿安抚好路易莎，为她扯平床单，尽量为她祛除短暂抱病留下的不适，而且也盼望她能快些再度入睡，不要再提问，因为没有时间去跟她分享我的好奇心。再说她也自顾不暇，除了自己的身体状况外无法关注外界的事情，而我们之间几句简单的交谈，我去浴室把毛巾的一头沾湿，喂她水喝，抚摸她那我所钟爱的下巴——这些我自己发出的轻微声响，加上我们之间断续零碎的对话，让我不能集中精力竖起双耳捕捉隔壁传来的窸窣低语——我急着想要解读的声音。

我着急，是因为意识到一旦错过，以后便再也没有机会听到。错过的无法重新再来，无法像录音或录像那样可以倒带重放，未听到和未领会的窸窣细语将被永远错过。这就是无法将我们经历之事记录下来的不妙之处，或许更糟糕的是这些事可能不为人知，无人目睹和听闻，那么过后一切将无法重构复原。假如某一天我们没有待在一起，那一天我们便永远无法再待在一起；若是某一次我们没有接听电话，对方想在电话里说的话便永远无法再吐露，即使之后说出来，也不会是同一番话，或是同一种心境了，而由于我们胆怯未能向对方开口表达，一切就会有不同程度的改变。然而，就算那一天我们真的在一起，对方来电时我们没有出门，我们克服恐惧忘却风险大胆开口，一切也都不会重新再来。因此，未来终究会有那么一刻，我们相聚过却感觉像未曾见面，接听了电话却像未曾联络，我们大胆地吐露了心声却好像与一直沉默不语没什么不同。最不易磨灭的事情也只有一定的存留时间，跟没有留下痕迹，甚至跟未曾发生过的事情没有两样。即使我们早有防备，我们做记录、录音或拍摄，我们四处留存各种提示提醒，哪怕我们试图把单纯的证明、登记、存档当作事件本身，那么从一开始起就只有记录、录音或录像的举动真切地发生过，只有这些而已。哪怕有这些记录可供我们一遍遍无尽地复盘过去的所有细节，我们仍必定会失去事件发生的那个时刻（就算只是忙于记录的时刻）。在我们设法重现、复制、找回和挽留过去的时候，新的时光也在发生，彼时彼刻，毫无疑问，我们还是身处两地，我们没有接听电话，我们胆怯无为，我们无法规避任何一桩罪案或死亡（尽管我们不是罪犯，死亡也并非由我们造成）。因为在我们费尽心思，病态地挽留和找回过去的时候，也是在任由新时光流走，就像它并不属于我们似的。就这样，结果我们见过听过的跟未曾听闻的相差无几，甚至本无二致，一切只不过是时间或者我们生命的长短问题罢了。尽管如此，我们依旧向往耳闻目睹，渴望在场和知情。我们深信生活取决于某一天我们是否曾经待在一起，是否接听过某个电话，是否有胆量，是否犯过罪杀过生，是否了解真相等等。有时我感觉所有发生过的事情似乎都未曾发生，因为一切都是昙花一现，无法永久持续，无法长留记忆。即便最单调的常规之事也在慢慢走向消亡，在重复的表象中逐渐否定自身，直至时过境迁，人事两非。世界那孱弱的车轮便是被健忘者推着往前走，他们倾听、目睹和知晓那些未经讲述、没有发生、不可理解、无法证实之事。发生与未发生无甚差别，无论放手或紧抓都一个样，经历过与未曾尝试如出一辙。然而，我们的生命在消逝，我们一生都在挑选、拒绝和甄别，我们勾勒界限，分离本无差别的事物，让自身的历史变得独一无二，用来怀念和讲述。我们穷尽所有智慧、感知以及热忱，去辨识那些终究会变得一样的，或者本身就相同的事物。所以我们经常懊悔，总是在丢掉机会，我们反反复复地确认、断定和把握时机，可真相却是一切均无定势，万物皆在消亡。也许一切本是虚无。

也许，在我以为错过的那段时间里米莉亚姆和男人未曾说过一句话。也许，他们只是四目相对，站着默默拥抱，或是到床上脱光衣服。也许她只是把鞋脱掉了，给那男人观赏她的双脚，她出门前也许无比精心地擦洗过，而现在可能又酸又痛的双脚（其中一只脚的脚底还因为踩地弄脏了）。他们之间应该没有扇巴掌、冲突之类的事情发生（我指的是肢体上的），因为如果有的话，之前或之后肯定会有使劲喘气、叫喊的响动。也许和我一样，米莉亚姆在那段时间里去了浴室（我进出浴室当然是为了照顾路易莎），把自己关在里边，一语不发，照镜子，调整情绪，努力抹去脸上堆积许久的怒气、疲惫、沮丧和宽慰，考虑接下来以一副怎样的面孔去面对那个手臂毛发浓密的左撇子男人最有利、最合适。他拿她的痴心等待当消遣，还把她认错人当笑话看。也许她故意锁上了门，让那男人也尝尝等待的滋味。又或许她并非故意如此，只是坐在马桶盖或浴缸边上暗自难过地抹眼泪，戴了隐形眼镜的话会摘掉，用毛巾擦干泪水，把眼睛埋在毛巾里，直至平静下来，洗脸梳妆，然后若无其事地走出来。我急着想要倾听隔壁的对话，这就需要路易莎再度入睡，降低存在感，变得次要而遥远。我需要保持静止，通过装有镜子的那面墙或敞开的阳台，或者这两个声道产生的立体声来倾听。

加上母语，我会听、读四种语言。估计是出于这个原因，我有部分时间会给各种大小型会议以及会晤做口译笔译，主要是政治性场合，不少次还是级别最高的政治性会晤（我曾经两次给国家领导人做翻译，当然，其中有一方只是政府首脑）。估计正是出于这个原因，我有想要理解一切的癖好（路易莎也是一样，她是我的同行，只是我们会的语言不尽相同，她做翻译不如我专业，或者说投入的精力少一些，所以这癖好在她身上表现得没有那么明显）：理解所有传到我耳际的话，不论是否关乎工作，哪怕隔得很远，是我不懂的众多语言之一；即便是难以分辨和无法听清的窸窣细语；即便是我最好不要听懂的，不打算说给我听的，甚至刻意不让我听到的话都在此列。要我克制自己做到不闻不问，只能是在某些精神懈怠或是努力克制之际。当我碰到着实无法辨听的窸窣声响和窃窃私语，或是我不懂、全然无法破译的语言的时候，我会很开心，因为如此一来我就能歇一歇了。当确实感到心有余而力不足时，我便能安下心来，装聋作哑，不再劳神。这种时候，我无事一身轻，把自己当作残疾人，不用耳朵，不用大脑，不用记忆，不用舌头。相反，如果是我听得懂的内容，我会不由自主地默默把听到的东西翻译成我的母语，甚至很多次（幸好不是每次，但也有可能是我没有察觉），当听到西班牙语时，我也会在心里将其翻译成另外三种我熟悉的语言。我还时常把表情、眼神和动作都翻译出来，因为它们也担负着语言的职能，是语言附属的习惯，甚至当我觉得与这些表情、眼神、动作有接触的物品表达出了某种意义时，也会翻译出来。无能为力之时，我知道听到的是连续而有意义的人声，自己却无法解读：既无法拆分，也不能组成意义单位。对一名译员来说，最大的不幸莫过于出于种种原因（比如一段不可译的讲话，一种极为糟糕的外国口音或自己严重走神等等）不对信息加以分割筛选，抓不住要点，所有听到的对他来说无甚差别，如同一团糨糊、一片乱麻，可有可无。

做翻译首先要弄清楚各个词的含义，正如要想跟一群人打交道，首先要对他们逐个了解。不过，这一情形如果发生在工作之余，译员便省心了：只有这时他才能全然放松，无须关注，也无须高度紧张，而是享受声音（无意义的说话声）带来的愉悦，他清楚这一切不仅与自己无关，更重要的是自己没有能力阐释、传递、记忆和转写，也无法理解。甚至连重复都做不到。

据我了解，这个酒店有段时间叫作塞维利亚－比尔特摩大饭店[1]，或者是很多年前在这一饭店的旧址上建造的（也许情况不是这样，我不太了解，对古巴历史我几乎一无所知，尽管我是四分之一个哈瓦那人）。在此处的房间里，我并不打算就此休息，像先前对阳台前边过路的哈瓦那人隐约的说话声不闻不问。此刻相反，我发觉自己下意识地警惕起来，竖起双耳倾听某种需要绝对安静的声源。这时不能有半点儿杯子的叮当响动或被单翻动的沙沙声，不能在浴室和卧室来回走动，水龙头同样也不能开着。当然，路易莎虚弱的说话声也不能有，尽管她其实没说几句，也没有刻意跟我聊天。同时听两种声音最不容易听清楚；听两个或更多的人

---

① 塞维利亚－比尔特摩大饭店（Hotel Sevilla-Biltmore）是哈瓦那第一栋豪华顶级饭店，建于 1863 年，建成初期名为塞维利亚大饭店（Gran Hotel Sevilla）。1924 年更名为塞维利亚－比尔特摩。

七嘴八舌地说话最让人费神。我需要路易莎进入梦乡，不但对她本人有好处，是为她的康复着想，也是为了自己可以倾注所有官能和全部翻译经验，来揣摩米莉亚姆跟那个左撇子男人应该正在进行的窃窃私语的内容。

最先传入我耳朵里的是一个恼怒的声音。像是某个人说了无数遍的事情，另一人每次听到都不相信、不理解和不接受。那是一种削弱的、惯例性的恼怒，所以那个声音没有喊叫，而是小声嘀咕。是那个男人的声音：

“我跟你说了我老婆快死了。”

米莉亚姆听罢马上予以回击，同样气急败坏。我立即修正了自己的看法：恼怒不是来自一个人，而应该是这两人的家常便饭，至少他们在一起时是这样。她的一连串话加上男人的头一句形成了一组对白，我突然可以毫不费力地听清了。

“但她没有死。她要死但一年了还没有死掉。你干脆杀了她，你必须带我离开这里。”

接下来是一阵沉寂。我不知道男人是沉默了，还是把声音再放低了些，来回应米莉亚姆的要求。这要求也许她不常提起。

“你要怎么样？难道要我用枕头把她闷死吗？我做得已经足够了。我撒手不管让她等死，这等于把她往死里送。医生开的药我没有都给她，我不理她，冷落她，让她受气，让她起疑心。我把她最后一点儿求生的欲望都剥夺了。你觉得还不够吗？现在再冒险瞎行动没有意义，离婚也没有意义，这会让事情至少再多拖延一年。相反，她随时都会死，有可能她今天就会死。难道你不知道，这部电话随时都会响起，通知我她的死讯吗？”那男人停顿了一下，接着口气有所变化，好像有些迟疑，又似乎在不由自主地微微发笑，“说不定她这会儿已经死了。你别犯傻了，要有耐心。”

这女子有着加勒比口音，想必是古巴人，虽然我基本上还是根据我外祖母的口音做此推断（因为古巴人不常参加国际会议），而她早在一八九八年就跟随所有的家人一起离开了古巴，那时她还很小。外祖母回忆童年时说，古巴岛上的口音非常不同，比如她能区别奥连特省人、哈瓦那省人和马坦萨斯省人的口音[1]。然而那男人跟我一样，操着一口地道的西班牙本土的西班牙语，确切来说是马德里地区的口音，字正腔圆，早年电影配音演员的那种，我也还保留着这样的口音。两人上边的这番对话是老调重弹，可能只是细节跟以前有些出入，他们肯定重复过上千次，但是对我

① 古巴在 1905—1976 年间被划分为六个省，其中有奥连特省、哈瓦那省、马坦萨斯省、皮纳尔·德尔里奥省等，奥连特省位于古巴岛最东部。

来讲倒是全新的。

“我不是没有耐心，我一直在等，可她没有死啊。你给她气受，却不跟她提起我，这部电话也从来没响过。我怎么知道她快要死了呢？我怎么知道这一切不是骗人的鬼话？我从来没有见过她，也没去过西班牙，连你到底有没有结婚都不清楚，没准这就是你设置的一场骗局。有时候我感觉你老婆根本不存在。”

“好了好了，那我的结婚证明怎么解释？还有那些照片？”男人说道。他的口音跟我相似但嗓音差别很大。我嗓音低沉，他的尖细，小声嘀咕时几乎有点儿像在尖叫。这声音不像属于一个汗毛浓重的男人，倒像出自一个弱不禁风的歌手，说话时唯恐嗓子受损，绝对不会花力气变换一下自己那种天生或矫饰过的音色。他的声音听着像拉锯。

“我哪儿知道那些照片是怎么回事！也许是你妹妹的，可以是任何一个人的，你情人的，谁知道你有没有另一个情人。别跟我说结婚证明的事。我已经不相信你了。你老婆要死不死的都快一年了，赶紧死掉吧，要么你也别再来烦我。”

他们的谈话内容大抵如此，我能回忆起来、转写下来的就是这些。当时路易莎似乎还在昏睡。我坐在床尾，双脚搁在地上，背部挺直，不倚不靠，身体紧绷，生怕弄出声响来（包括床的弹簧、我的呼吸和身上穿的衣服)。我看着墙上镜子里的自己，也就是说，如果我想的话还是能够看得见自己的，只是当一个人听得太入神，就什么也看不见了，就好像某个感官发挥到极致就会排斥其他官能。如果要看的话，我还能从镜子里瞧见身后的路易莎蜷缩在被单下的身形起伏，确切地讲是身体的部分轮廓，因为她躺着，我在这面半身镜中只能看见这些，要再想看到她的脑袋，我就必须把身体再立直些。米莉亚姆说完最后一句话，我似乎听见（不过也可能是此时我有了想象的空间，可以想象没有看到的画面和并没有听到的声音）她愤怒地站了起来，在房间里转了一两圈，当然她房间的格局跟我们的一模一样（她似乎想一走了之但是做不到，她在等待，等着自己的怒气消散)。我听到脚踩木地板引发的咯吱声，如果是这样的话，她确确实实是光着脚的，因为那不是鞋底而是脚后跟和脚指头踩地的声音。谁知道呢，没准她此刻赤身裸体，没准在我没有听到任何响声时他们脱掉了衣服，已经开始亲热，而后中途停下，带着两人一贯特有的恼怒争执起来。我想，这是一对倚赖于阻碍而存在的情侣，阻碍消除时他们便会散伙：倘若这漫漫无期、令人煎熬的阻碍没有先拆散他们，倘若他们此刻已经是难舍难分，他们就要维护它、滋养它，设法让它永恒。

“你真的想让我不再来烦你了吗？”

没有听见对方回应，或者男人等不及她回应，就用更坚决的语气，用刺耳的拉锯般的声音，小声嘀咕道：

“说啊，那就是你想要的？以后我每次来都不要再给你打电话了吗？你不想知道我来了，就在这里，也不想知道我什么时候来的？你想要连续几个月都找不着我，见不着我，不过问我的事，我老婆死了你也不想知道了吗？”

男人应该也站起来了（不知是从床上还是从扶手椅上起身）。他走近米莉亚姆站的地方。她也许没有光着身子，只是脱了鞋。即便天气很热，也没有人会赤条条地在房间中央待上片刻，除非是经过那里去浴室或到冰箱取东西。当时天气确实非常热。男人的声音继续响着，语气更为平静，或许正因为平静了下来，他也不再小声嘀咕了。他总是提着嗓子说话，像个歌手，连争吵都要权衡克制；正常发声，他的嗓音同样尖细，总之声音震颤，像神甫在讲经布道，或者威尼斯贡多拉上的船夫在放歌。

“我是你的希望，米莉亚姆，整整一年了，人人都得靠希望往下过日子。你以为可以轻而易举地找到另一个人吗？在这古巴岛上当然找不到了，没有人会来代替我的位置。”

“你这杂种，吉列尔莫。”

“随便你怎么想，你看着办吧。”

两人一句紧跟一句地说着。也许米莉亚姆最后用她表现力丰富的手臂做了某个不置可否的手势。接下来又是一阵沉默。此刻沉默或暂停是必要的，给了谩骂者退路，不必收回谩骂也无须道歉就能示好。如果双方都有私心，说过的话就会像年幼的兄弟姐妹之间的争吵那样最后烟消云散，或者积攒着，等待以后再爆发。米莉亚姆想必在思忖。她想必在寻思着自己心里再清楚不过的事情，她也许已经思虑了无数遍，而且想法跟我一样——尽管我一点儿情况都不了解，对事情的来龙去脉一无所知。我认为这个叫吉列尔莫的男人言之有理，并且掌握着主动权。米莉亚姆只能继续等待，想方设法逐渐成为对方不可或缺的一部分，尽管可能受骗上当；她只能尽可能地少一些坚持，自然也不能再要求那位西班牙病妻暴毙而亡，后者对自己的外交官、做产业或做买卖的丈夫每次因生意或公务去哈瓦那旅行时的经历毫不知情。我想米莉亚姆有理由怀疑和抱怨：这是一场骗局，不存在那个所谓的西班牙太太，即使有的话，身体也无比健康。这位太太不知道，对于另一片大陆的一个陌生的混血女人来讲她是个垂死之人，对方在盼望她的死讯，说不定还在为她的死亡祈祷。更糟糕的是，由于意念和语言的感应，在世界的另一端，她的死期会提前或加速到来。

我不知道应该支持哪一方。当一个人介入争吵（即使不看，只是听着：参与某件事，开始知情），几乎不可能完全不偏不倚，也不可能不去同情、反感、厌恶或怜悯其中一方或被提及的第三方。这对于旁观者来讲真是要命。我发现自己犹豫是因为无法了解真相，然而，即便了解真相也不总是能决定我们的好恶。也许这个男人用渐渐露出马脚的虚假承诺来纠缠米莉亚姆，不过也有可能并非如此；也许，米莉亚姆喜欢吉列尔莫只不过是为了摆脱贫穷与无依无靠的状态，为了离开古巴，改善生活，为了结婚，确切地说是嫁给他，为了不再待在自己的位置上，继而去占据另一个人的位置：世上所有人忙忙碌碌都只是为了抛弃自己的角色，攫取他人的身份，为了遗忘自我，埋葬过去。所有人都厌倦当下的和过去的自己，只是难以启齿明说罢了。我不禁想知道吉列尔莫结婚多久了。新婚两周的我最不想见到的就是路易莎死去，相反，她偶然的抱病让我想到了死亡的威胁，已经在片刻前让我苦恼。隔壁传来的对话让我无法平静，无法驱散我提到过的，自婚礼以来环绕在我左右的各种不适感。这场暗中听到的谈话让我不祥的预感愈发强烈，突然，我不经意地从面前昏暗的镜子里看到了自己。屋里唯一的光源离得有些远，镜子里的我坐在黑暗里，衬衫袖子卷起。如果以善意的眼光来回顾他过去容貌的变化，镜中的男人还算年轻；如果以悲观或超前的眼光来看，那么在并不遥远的未来，他差不多已经步入中年。昏暗镜子的另一侧，还有另一个男人，有个女人从街头远远看过来时把我认作了他。也许他真的跟我有几分相像，年纪应该更大一些，因此或是由于其他原因结婚的时间也更久，而这段婚龄，我想，足可以使他产生想要太太死去的念头，正如他先前所说，将她推向死亡。无论他的蜜月旅行发生在何时，当时那个男人一定有过一切刚刚开始却有似终结的感觉，这也是我今日的感受。他一定曾觉得可以预期的未来开始兑现，遥远而不可名状的未来消失不见，于是要在经常出差的古巴岛上寻找希望。米莉亚姆也是他的希望，是他牵挂和担忧的人，或许还是他畏惧的对象（我忘不了她错认我时摆出的张牙舞爪欲抓人的姿势，冲我表示“你是我的”“我这就来找你算账”“快过来”“你欠我的”“我要杀了你”）。我又照了照镜子，欠了欠身，好让远处床头柜上的台灯照亮我的脸，让我的面孔不至于那么阴郁和老态，那样惨白无生气；而就在这时，路易莎因为靠近台灯被照得亮堂堂的脑袋进入了我的视线，我见她睁着双眼，心不在焉，大拇指揉搓着嘴唇，一个人们倾听时常做的动作，或者就只是她习惯于在倾听时这么做。发现我在透过镜子看她，她马上又闭上双眼，手指一动不动了，似乎想让我继续以为她还在熟睡，不希望此刻或以后聊及双方都听到的——我刚刚才发现两个人都在倾听——同胞吉列尔莫和肤色白皙的混血女人米莉亚姆之间的对话。我想路易莎一定对我的烦恼不适感受更深，而且是双倍的（一个是外边的女人，渴望拥有妻子的名分，另一位是婚内的太太，意欲求死），这使得她想要我们两人各自分开听，不要聚在一起，无论穿墙而来的对话以及牵扯出来的人和事在各自内心引发怎样的想法和感受，彼此都心照不宣，互不过问，也许双方还有同感。这让我不由怀疑，也许跟她展示给人的表象相反（路易莎在婚礼上表现得很兴奋，跟我毫无保留地倾诉她对未来的憧憬；她无比享受蜜月的时光，为自己身体不适、下午无法尽兴游览哈瓦那深感懊恼），此刻的她同样因为无法憧憬未来，或未来已经兑现而惶惑不安。正因为我们之间不存在某一方身处优势，滥用权力，此时的言语、以后说的话、争吵的内容以及可能会有的相互指责（不管是什么事让我们的关系蒙上阴影）将不会自行消散或在一段沉默后逐渐褪去；它将会拥有自身的分量，影响随之而来的或者我们将要遭遇的事（我们还要在一起过下半辈子）。正像我曾经刻意回避、如今不断涌现的种种预感中那样（这感受自婚礼或晚些时候开始一直和我如影相随），我看到路易莎闭着眼睛，不想让我拉着她评判吉列尔莫、米莉亚姆以及那个西班牙病妻之间的是非曲直，也无意跟我分享她的想法。这并不表示不信任、无情义或者有意遮掩，只不过是因为双方都深信或迷信地认为没有说出口的话便不存在罢了。的确，我们从不加以翻译的，只有那些未说出口或未被表达的话语。

我在内心思索着这些（时间很短暂），同时在镜子里看着路易莎的脸（只看了几秒钟，但感觉漫长得像好几分钟），看见她坚决地闭着先前若有所思地睁着的双眼，这使我一时失去了时间的概念，也忘了继续关注隔墙的对话（用了眼睛，耳朵便罢工了）。也许吉列尔莫和米莉亚姆依旧沉默着，在这一刻他们无言地和解了；或者他们把声音压得很低，传来的不再是小声尖叫，而是隔着墙不可分辨的低声耳语。我再次竖起双耳，有那么一小会儿周围一片寂静，没有任何响声，我甚至怀疑自己走神的片刻他们已经决定休战，悄悄地出了房门，下楼去吃点儿东西。或许他们最初本就是约着用餐而不是在楼上见面。我不可避免地想到，如果他们真的悄然和好的话，一定做爱了：性爱有时是化解情人间积怨的唯一方式；又或许，他们就衣着整齐地站在跟我同样格局的房间中央，在我听到可能光着脚的米莉亚姆说最后一句“你这杂种，吉列尔莫”之前他们可能站立过的地方。我想，她的双腿那样健壮，就像之前折刀般牢牢地扎在街上等待那样，能长时间地站立，扛得住任何攻击而不至无力、后退或寻找支撑。如果裙子还穿在身上的话，她应该不再在意那些抚不平的褶皱了，此刻裙子一定满是褶皱。甚至，她会终于忘记手提包的存在，它被她搁在椅子上，也许裙子也是。我不知道，周围静悄悄的，连喘息声也没有，我小心翼翼地——其实也没有那么谨慎，我知道路易莎醒着，而且无论如何她都会继续装睡——从床尾站了起来，走出房间回到阳台。已经入夜，哈瓦那人应该在吃晚餐。从酒店远远看去，大街空荡荡的，幸好米莉亚姆已经不必再孤身一人继续等待。月亮明亮圆润，没有风。我们正置身于一座岛上，在世界的另一端，我四分之一的血统来自这里；我们确定关系，且将要共同开启夫妻生活的地方，马德里，远在千里之外。仿佛我们结合之地此刻的遥远让彼此在蜜月中心生嫌隙，又或许我们的疏离源自我们都没有将一件对双方来说都不是秘密的事情加以分享，然而因为没有分享，它正慢慢变成一个秘密。月亮还是同一个月亮，明亮圆润。或许一个遥远的意念可以让一个与自己十分亲近的人的死期加速到来，我支着胳膊思忖着。也许通过远距离操作，远距离筹划，会把它变为一场游戏，一段幻想。所有的幻想都可以被人接受，但既成事实却不可以。因为事实无法修改，不能回头，只可以隐瞒。已经说出口、被听到的话语则无法隐瞒，顶多幸运地被人遗忘。

突然，从阳台，也就是透过阳台而不是隔墙，透过他们虚掩的门和我们敞开的阳台，在那里支着胳膊的我再一次清晰地听到了米莉亚姆的声音。这一次她没有说什么，而是哼着曲子。内容是这样的：

“娘啊娘，嘢嘢嘢！蛇在吞噬我，嘢嘢嘢！”

她没哼几句就停住了，甩出一句话（此时怒意已消）：“你得杀了她。”

“好了，好了，我会的。继续抚摸我吧。”对方回答。我没有感到不安、担心或吃惊（我不知道路易莎会如何反应），这场景就像一个被孩子纠缠得不耐烦的母亲，随口就答应了做不到的事情。我由此断定，如果那位西班牙女人确实存在的话，吉列尔莫也不会去伤害她，在这段关系里，最终受伤的只会是米莉亚姆，而且吉列尔莫在撒谎（在某些事上他并没有说实话）。我猜想路易莎跟我一样，习惯于传达和感知恐惧，捕捉人言中的诚意，她对此应该也有觉察，想必不会同情米莉亚姆，反而会为那位西班牙病妻感到宽慰。

米莉亚姆那时候可能还没有发现吉列尔莫的虚情假意，或者决定休憩片刻，不再紧追不放，或者再次逃避现实，或许只是暂时放下执念，她又哼唱了另外几句。我熟悉那首曲子。时间过得比我想象中还要快。我想，这不太可能，时间其实并没有过去那么久，应该并不够让他们像平常那样悄然通过做爱和解，然后安静下来。但是事实应该便是如此，他们好像已是平心静气地躺在那里，米莉亚姆甚至有点儿心不在焉，她漫不经心地哼着小曲，时断时续，仿佛同时还在悠然地冲洗或者抚摸身边的人（比如边抚摸孩子边哼歌给他听）。歌词是这样的：

“谎言，我的岳母，嘢嘢嘢，我们正在玩耍呢，嘢嘢嘢，依照我们家乡的风俗，嘢嘢嘢。”

这些歌词确实让我感到震惊，比前几句更甚，它们是一种印证（有时人听清了但未必相信自己的耳朵）。我轻轻地打了个寒战，如同路易莎的身体开始不舒服时的感觉。“如果你不杀了她，我就自个儿了断。总有一个要死，不是她就是我。”米莉亚姆又说道，语气平缓，不知是不是泄了气，依然没有波动和停顿。

这一次吉列尔莫没有回答。我感到的震惊和寒意，是在米莉亚姆说这些话之前，因她哼唱的歌谣而起。这首歌我早就熟悉，小时候外祖母经常哼给我听——确切来讲，她不是唱给我听，因为那不是一首童谣，其实是出自某个少儿不宜的传说或故事，我外祖母讲给我听是想要吓唬我，笑吟吟地传递出一种无厘头的恐惧。有时候她会无所事事地坐在自己家或我家的扶手椅上，摇着扇子，看着天色渐渐变晚，等待我母亲来接我或者来跟她轮换照看孩子。她漫不经心地哼唱着，无意识地消遣着，跟此刻面对半开着门的阳台低吟的米莉亚姆一样慵懒淡漠，操着一样的口音。家里的女佣们拖地、用夹子晾晒衣服、用吸尘器做卫生或用掸子轻扫浮尘时哼唱的也是这一首歌谣。小时候生病没有去上学的日子里，我躺在枕上看世界，听着她们晨间神清气爽地轻吟小曲，精神头跟傍晚时完全不同。我母亲梳理头发，对着镜子戴上发卡，周日去做弥撒之前卡上齿梳、佩戴长耳环时也会浅唱低吟。这段在女性的唇齿间流淌的旋律（梳妆打扮时把夹子或发卡咬在齿间）无意寻觅听众，更无须诠释和翻译。但是，有个人，那个依偎在枕上养病，或倚靠在不属于自己的卧室门轴缝后的孩子听见后便记在心里，无法忘怀。即便在成年生活，或称之为男性生活的沉寂随即到来时，那曲声依旧盘旋在一切之上，永不停息，永不消散。在我童年时代的马德里，许多年里，每天早晨，家家户户多半都在哼唱这段悠扬的旋律，它就像一个无意义的讯息联结着整座城市，使之亲和如一家，又如一大幅有声的帷幔在城市上空蔓延，将之笼罩。从庭院到大门，在窗前、在走廊里、在厨房、在盥洗间、在楼梯上、在屋顶平台，无论是系着围裙、套着工作服的人，还是身着睡袍或华服的人都在哼唱。在那个并不遥远的年代里，所有的女性都会哼唱这段曲子。女佣们大清早起来伸懒腰，妇人们或母亲们稍晚梳妆打扮出门购物或办点儿小差事时一同吟唱，曲声幽幽不断，汇成一片。有时候还有未上学的少年吹响口哨为她们伴奏，他们由此融入女性的世界，而且是那样逍遥自在：无论是骑着单车驮着沉甸甸的货箱送货的小店伙计，还是床上堆满儿童画报、贴画、故事书的生病的小孩，无论是干活的小伙子还是无所事事的少年，都争相吹响这段旋律。那些音符时刻都在飘荡，曲声亦欢快、亦悲伤、亦刺耳、亦低迷，有棕色皮肤的人在哼唱，有金发的人在低吟，有时悦耳，有时走调，无论心情怎样，无论何时何地，不管家中发生了什么，而且向来没有人评判。就像有过一个女佣，当年曾在我外祖父母家哼着这首曲子目睹一个冰激凌蛋糕逐渐融化——其实那个时候他们还没有做外祖父母，因为我还未出生，甚至连来到这世上的可能性都没有；就像那同一天，那户人家里还有个小伙子吹着这首小曲走近浴室，而片刻之前，就在那里，有位女子也许曾满心恐惧地低吟着，浑身都被泪和水沾湿。这曲调，祖母们，还有寡妇们、迟迟未婚的女人们，午后都会用游丝般的声音吟唱，坐在她们的摇椅上、沙发上或扶手椅上，守着孙子，逗他们开心，或者偶尔斜眼看一看故人的肖像，或者不知如何留住时光，叹息着，摇着扇子，一辈子都摇着扇子，无论秋冬，叹息着、低吟着，在回忆中注视着往日的时光慢慢地消逝。夜晚，那旋律更加飘忽不定，从那些幸运的女人的卧房里传出，她们已经婚嫁，尚未老去，也未守寡，曲声更加平静和甜美，也或许更加顺从。这是睡梦的前奏，倦怠的表白。在我跟路易莎的蜜月旅行里，我听见米莉亚姆在跟我们同一格局的酒店房间里哼唱的便是这曲调。那时天色已黑，哈瓦那酷热难耐，路易莎默默无语，没有在吟唱，只是把脸紧紧地蒙在枕头里。

我外祖母唱的大多是她童年时期的古巴歌谣，来自看管她到十岁的黑人保姆们。十岁那年她离开了哈瓦那，移居到她和父母、姐妹们都认作故土，却只知晓名字、远在大洋彼岸的国家。这些歌谣或故事（我现在已经想不起来或分辨不清），主角都是些名字稀奇古怪的动物，比如“奶牛贝茹姆－贝茹姆”和“小猴子奇林庆庆”等等，都是一些悲凉的故事，或是来自非洲的传说。比如，在我的记忆中，奶牛贝茹姆－贝茹姆是一头好心友善的奶牛，一头像保姆或祖母一般的奶牛，深受主人家喜爱，但是有一天，因为受饥饿或邪念的驱使，家里人决定将它宰掉烹食。当然，可怜的奶牛不会原谅亲近之人如此的举动。自从家里人各尝一块老牛肉的那一刻起（很可能是一种同类相食的隐喻），他们的肠胃里就传出一个低沉的声音，在饭厅里久久回荡，无休无止——讲到这里时，外祖母会为渲染气氛强忍笑意，故意让声音变得空洞，唤道：“奶牛贝茹姆－贝茹姆，奶牛贝茹姆－贝茹姆。”至于小猴奇林庆庆，由于它的遭遇过于坎坷，具体情节我已经记不清了，不过在我的印象里它也不怎么幸运，最终同样成了某个厚颜无耻的白种人烤肉架上的美味。米莉亚姆在隔壁低吟的歌谣对路易莎来说没有任何意义，对于正在发生的事或穿过阳台和隔墙传来的话音，我们在认知或理解上至少存在一定的偏差。那个外祖母常常给我讲的小故事或故事片段是她从黑人保姆那里听来的，而里边富含的性寓意，说实话，直至听到米莉亚姆哼唱，确切地说，听她唱起这首不吉利而且带些喜剧色彩的歌谣的那一刻，我才意识到。这支歌谣是外祖母给我讲的故事的一部分。故事只是想吓唬吓唬我（她教我什么是恐惧，让我笑对恐惧），讲的是一位美丽无比、家贫如洗的姑娘被一个潇洒富有且前途无量的外国男子求了婚。这位男子定居在哈瓦那，生活无比奢华，雄心勃勃要做一番大事。姑娘的母亲是个寡妇，与她的独生女相依为命，或者说一心指望女儿嫁个好人家，便毫不犹豫地答应了这婚事。但是婚礼当晚，这位母亲大概半是出于疑心，半是出于私欲而守在洞房门口，听到她的女儿在漫漫长夜里一遍又一遍地用歌声求援：“娘啊娘，嘢嘢嘢！蛇在吞噬我，嘢嘢嘢！”贪婪的母亲可能产生的警觉之心被女婿反反复复的古怪回答消解了——他透过房门一遍又一遍地给她唱道："谎言，我的岳母，嘢嘢嘢，我们正在玩耍呢，嘢嘢嘢，依照我们家乡的风俗，嘢嘢嘢。"第二天早晨，母亲，同时已是岳母的她准备进入洞房送早餐，期待看到新人幸福的笑脸，却只见到一条巨蛇盘踞在已经散架、满是血污的床上，而她那倒霉的刚做了新娘的宝贝女儿却不知去向。

我记得外祖母在讲完这段令人毛骨悚然的故事后总会发笑。也许是成年的我此刻又给它添加了某些更为恐怖的细节（我想外祖母应该从来没提到过血啊漫漫长夜啊之类的事）。她摇着扇子，孩子般地笑着（也许这笑容属于十岁或年纪更小的她，依旧是古巴式的），以此缓和一下气氛，让十岁或更小的我也不要当回事。也许这是因为这个故事引发的是一种女性才会有的恐惧，一种女儿、妻子、母亲、岳母、祖母和保姆才会有的恐惧，与在马德里、哈瓦那或任何一个地方的女人们从白天一直哼唱到次日黎明的那首歌中传达的恐惧同出一辙。这歌谣孩子们也会一起哼唱，但成年后便会将它遗忘。我也是如此，但并非全部，只有被迫回忆却还是无法记起才算真正的遗忘。那首歌谣我已经多年未曾想起，而在跟路易莎共度的蜜月里，米莉亚姆慵懒或是顺从的歌声轻而易举地唤醒了我的记忆。路易莎卧病在床，在那个月圆之夜，她倚在枕上看着外边的世界，也或许根本无意观望。

我回到她身边，抚摸她又一次汗湿的头发和后颈。她背对着我，脸冲向衣柜。也许那脸上再次粘上了几缕乱发，像早衰的细纹。我坐在她的右边，点燃了一支烟。烟头的火星在镜子中闪亮，而我却不想看到镜中的自己。路易莎的呼吸并不像一个熟睡之人。我在她的耳边轻声说道：

“明天早上你就没事了，亲爱的。睡吧！”

我坐在床单上抽了一会儿烟，没有听见隔壁房间有任何动静：米莉亚姆的哼唱是睡梦的前奏，倦怠的表白。天气很热，我没吃晚餐，不觉困乏，没有哼唱，也没有熄灭床头灯。路易莎没有睡意，她沉默不语，甚至都没回应我的好言好语。我想，她似乎在借着吉列尔莫的或是米莉亚姆的恼怒在跟我赌气，只是不愿意明说。不如让这不快在那迟迟未来的睡梦中消散吧。我似乎听见吉列尔莫在关阳台门，可此时我已不再靠在阳台上，也没有走过去求证，只是弹了弹烟灰。由于没有对准烟灰缸而且用力过大，烟灰洒落到了床单上。我并没有用手将它捻起来扔到烟灰缸里，而是看着火星慢慢地在床单上烧出一个明亮的光圈。我想我一度放任它蔓延而没有及时阻止：凝神看了几秒钟，目睹它逐渐扩大，留下乌黑烧灼的痕迹，慢慢将床单吞噬。

第四章

我在大约一年前的一次工作中认识了路易莎，认识的方式有点儿滑稽又有些隆重。之前讲过，我们两人都从事口译和笔译工作（为了赚钱），翻译的活儿我比她干得更多、频率更高，这并不意味着我水平比她更高，其实相反，她更加称职，至少在我们认识的那个场合里人们是这么评判的，或者说她被认为总体上更加值得信赖。

幸运的是，我们不只承接国际组织的会议和办公机构的翻译工作，尽管此类项目有着无可比拟的舒适性：实际上只需干半年的活儿（两个月在伦敦或日内瓦、罗马、纽约或维也纳，甚至是布鲁塞尔，然后在家休假两个月，之后再重返上述地点，同样可能会包括布鲁塞尔，干两个月或两个月不到的时间）。口头或笔头翻译演说和报告的活儿实在是无聊至极，这不仅因为几乎来自全世界所有国家的国会议员、部长、首脑、大使、专家和代表们都无一例外地使用令人费解的雷同行话，还因为他们所有的讲话、呼吁、抗议、蛊惑人心的演说和报告本质上都一成不变地让人昏昏欲睡。没有在这一行干过的人都以为这工作好玩，至少比较有趣多变，甚至还有人会认为，翻译们在某种意义上处于世界决策的中心，因为我们可以接触到无比完整且权威的第一手资讯，涉及各个国家人民生活的方方面面：政治与城市，农业与军备，畜牧与教会，物理学与语言学，军事与奥运，警察与旅游，化学与宣传，性、电视和病毒，运动、银行和赛车，水利、战争学、生态学以及风俗派艺术等等。的确，我这一辈子都在翻译各种人物的演说和文章，内容无奇不有（举个非同寻常的例子，职业生涯之初，我自己嘴里甚至说出过大主教马卡里奥斯[①]的遗言）。我可以用母语或者其他能够听和说的语言来转述滔滔宏论，主题包罗万象，像什么苏门答腊岛上的灌溉方式，或者斯威士兰王国[②]以及布基纳[③]（以前称为布基纳法索，首都是瓦加杜古）的边缘群

---

① 马卡里奥斯（1913—1977），曾任塞浦路斯大主教。1957 年塞浦路斯独立后被选为总统。

② 斯威士兰王国，首都墨巴本，位于非洲南部，毗邻南非，与莫桑比克接壤。

③ 布基纳，位于西非，于 1960 年脱离法国独立。

体——他们和其他地区的底层人民一样，日子过得糟糕透顶；我还翻译过有关使用威尼斯方言对儿童进行性教育是否合适的复杂论证，探讨这种做法是有其优点便利，还是会带来羞耻感；继续资助南非阿姆斯科公司生产昂贵的杀伤性武器是否有盈利的可能，因为这些武器理论上是不允许出口的；在布隆迪和马拉维再仿造一座克里姆林宫的可能性（我想两国的首都分别是布胡姆布拉和松巴[①]）；将整个勒班德王国[②]（包括穆尔西亚）从我们伊比利亚半岛割离，使之成为岛屿，以避免每年的暴雨和洪涝灾害给国家财政带来负担的预案；也翻译过帕尔马群岛的大理石如何品质低劣，艾滋病在特里斯坦－达库尼亚群岛[③]上怎样肆虐，阿拉伯联合酋长国的足球体制如何，保加利亚海军何等道德沦丧等等。某次翻译还曾涉及几年前惊现于伦敦德里[④]的一道奇怪的禁葬令，一位专横的市长让恶臭的尸体堆积在一块空地上，他也因此事件被迫下台。我根据他人的发言忠实地翻译、传递或重复过上述以及更多信息，这些人都是来自各个学科以及全世界各个角落的专家、

---

① 作者在此故意将马拉维首都误写成松巴，其实应该是里朗威。

② 勒班德王国，历史名词，指当今西班牙东南部地中海沿岸地区，范围包括古代瓦伦西亚和穆尔西亚王国的领地。

③ 特里斯坦－达库尼亚群岛，位于西大西洋，为英国海外领地之一。

④ 伦敦德里，位于北爱尔兰的西北部。

科学家、卓越人士和智者，他们奇特、古怪、博学、杰出，他们是诺贝尔奖得主、牛津和哈佛大学的教授。他们受政府首脑、首脑的发言人、发言人的代表乃至代表的代理人委托，发布有关奇闻轶事的报告。

不可否认，在这些机构里，真正在运转的仅有翻译，而且在这些组织里的确存在一种翻译狂热，有些病态，不利于身心。任何一个说出口的词汇（不论大小会议上），任何一张发布的纸片，不管什么内容、原则上接收者是谁、发送的目的如何（甚至需要保密的），立即被翻译成好几种语言，以备不时之需。口笔译员在上岗期间夜以继日、马不停蹄、不分贵贱地翻译各种信息，大多数时候没人知道做的笔译有何目的，口译的听众又是何人。如果是书面材料，我们的译稿大多被直接丢入文件夹无人问津；如果是一段讲话，多数情况下聆听口译的人寥寥无几，甚至这几个人连译出语都听不懂。任何一个白痴心血来潮发往这些国际组织的任何一段蠢话马上会被翻译成六种联合国官方语言：英、法、西、汉、俄及阿拉伯语。随便一个傻瓜的突发奇想，某个随心所欲之人的胡言乱语，所有的一切都要被译成法语、阿拉伯语、汉语和俄语。这些东西也许毫无用处，但无论如何都要翻译。不止一次有人拿来发票让我翻译，其实拿着它们唯一要做的只是付费。这些账单，我确信，将会尘封在一个文件夹里无人问津，上边同时写着两种语言：法汉、西阿、英俄，也可能是其他两种。有一次，我被紧急叫去同传室，给一名政要翻译他准备做的口头发言（非笔头文稿），可就在此前两天，我已亲眼看到一则四栏新闻报道，此人已亡命于本国的一场军事政变，政变得逞，他被彻底推翻。

国际组织里最紧张的时刻并非发生在代表或发言人围绕战事宣言进行激烈争论之时，而是那些出于某种原因找不到译员，或者译员在报告现场却由于身体或心理原因无法继续工作的时刻。这些情况时有发生。干翻译活儿，头脑需要异常冷静，比起迅速捕捉和传递信息本身的困难（当然是相当大的困难），更多时候，是政府首脑或专家给我们施加的压力更让人不堪承受。这些人一旦发现自己的有些话没有被翻译成著名的六大语言中的某一种，便会紧张不安甚至怒火中烧。我们时常受到监控，我们的直接领导或顶头上司就在监控者之列（他们都是公职人员），以确保我们忠于职守，把所有的一切一字不漏地翻译成几乎没人能懂的其他语言。代表们其实并不在乎其演说或报告是否得以通过或者受欢迎，不在意其建议是否被斟酌参考或者付诸实施，他们真正关心的只是演说或报告是否被翻译过，其实除了翻译之外，确实几乎什么都不会发生（无所谓“通过”或“受欢迎”，没有“参考”这一回事，更无“效果”可言)。一次在爱丁堡举行的英联邦国家会议上——当然，与会者均来自英语国家——一位叫费雷克斯曼的澳大利亚发言者认为同传室空无一人、与会同僚们无人佩戴同传耳机听他讲话是一种侮辱。他认为大家不应该就那样坐在舒适的座椅上直接听他通过麦克风做报告，他要求有人翻译自己的发言。有人提醒说没有翻译的必要时，他便皱起眉头，大骂粗口，开始拿腔作调地加重他那本来就令人生厌的澳洲口音，这使得其他国家的代表，甚至他自己的几个同胞都听得云里雾里。人们开始抱怨，并且条件反射地戴上耳机，因为一旦有人说些什么让人听不懂的话，任何一个老练的参会人员便会习惯性地拿起耳机往耳朵上按。发现耳机反常地没发出任何声音（一点儿声音都没有，无论清楚的或模糊的），人们便更加不满，费雷克斯曼则威胁要亲自去其中的一间同传室为自己做翻译。想必是一名澳洲译员的迅速出现才让事态缓和下来，当时费雷克斯曼已经走到走廊了。那名译员走进了同传室，开始用标准的英语翻译其同胞——用他的用词习惯来说，一个不折不扣的“larrikin”，无赖——在讲台上用令人费解的墨尔本、阿德莱德、悉尼郊区或码头口音声嘶力竭地喊出的话语。这位叫费雷克斯曼的代表，一看见有翻译在同传室照本宣科地传递着他的演说理念便立刻平静下来，恢复了他惯用的、中性的、基本正确的发音。他的同僚们对此毫无觉察，因为他们既已决定通过耳机间接地听讲，其中传出的不太稳定的声音就显得更加重要。就这样，一场从英语到英语的翻译就此上演，而诸如此类的狂热现象充斥着各种国际会议。这场闹剧中的新手译员似乎也没有做到完整准确的翻译，因为那位离经叛道的澳洲政客语速太快，他难以跟上节奏，难免出现疏漏。

吊诡的是，比起直接听某人发言（直接听到的信息与从耳机里听到的是一样的，但更连贯），参会者其实都偏信于从耳机里听到的信息，也就是更加信任翻译，哪怕他们完全理解发言者正在使用的语言。更有意思的是，其实无人知晓译员从远隔一方的同传室里传递出来的信息是否正确，是否属实。无须多说，在许多情况下，既不正确也不属实。原因很多，译员无知、懒惰、分心、使坏或宿醉等等。这些便是口译员最受笔译员（也就是文稿翻译）诟病之处：他们在昏暗的办公室里翻译票据和白痴文件，在居心叵测的校对中被查出错误、被揭发，甚至被罚款；相反，从同传室对着空气不假思索地传递的话语就无人监管。口译员嫉恨笔译员，笔译员仇视口译员（正像同传译员与交传译员之间相互鄙薄那样），我呢，两种翻译活儿都干（现在只做口译了，尽管它让人精疲力竭、心理受创，但好处更多），所以非常了解双方的感受。口译员自视甚高，他们经常出现在各种政府首脑、代表或代理人的跟前，所有这些人离开口译员就没法儿过活，或者说他们依赖于口译员在场并提供服务。不可否认，口译员活动在世界领导人的视野里，他们衣着考究、装扮精致。假如透过同传室的玻璃看到有人在涂口红、梳头发、重整领带、用镊子拔毛、吹走套装上的灰粒或修剪鬓发等，这些举动都不足为奇（他们总是人手一面小镜子）。这使得笔译员心生不快和怨恨。没错，他们埋首于公用办公室中充斥着异味的格子间里，但具有一种责任感，自认为远比傲慢的口译员更加严肃和称职，尽管后者拥有漂亮、透明、有隔音效果的单人同传室，甚至某些人的隔间还散发着空气清新剂的气味（有那么几个关系户）。大家彼此轻视，互相憎恨，然而，译员们的共同之处在于对我们所翻译的吸引眼球的重大事务不甚了了，而所谓的大事务，我已举过一些例子。对于之前提到过的本人翻译过的各种演说或文稿，我如今一点儿印象都没有了：并非由于时间久远或者大脑的信息储存空间有限，而是在翻译的同时就已经遗忘，也就是说，我当时就不曾知晓发言者在说什么，我接着又说了什么。与人们设想的不同，遗忘随着口译同步发生，他人在发言时我也在说或重复同一内容，但是是在以一种机械的方式进行，跟理解毫无关系，甚至跟理解有冲突——只有在不追求理解或完全不去吸收所听到的信息时才有可能做到较为准确的重复（尤其是在信息接收和释放不间断地进行时）。同样，翻译毫无文学性可言的类似文稿时也是如此，不经思考，不可能再修改，也不会回头看。所以，有人以为我们这一群在国际组织工作的口笔译员掌握种种宝贵的资讯，其实我们自始至终、从头到尾都没有好好将之把握，我们对这个世界正在酝酿、策划、运筹的种种一无所知，毫无概念。虽然有时轮休时，我们会去听政要们发言，自己则不用开口翻译，但他们使用的那些雷同的术语对任何一个头脑正常的人来讲都难以理解。即使有时莫名其妙地恰好记住几句话，我们也会有意拼命地早点儿忘记。让那些无人性的行话在脑子里存放超过把它译成第二种语言或第二种行话所需的时间，无疑是种多余的折磨，对我们已饱受虐待的平衡系统来讲也是很大的伤害。

此外，我常常会恐惧地扪心自问，是否真的有人理解那些论坛上空洞无比的发言，尤其是演说会上充斥辞令的内容。哪怕与会者理解彼此之间的那些疯狂的黑话，翻译也还是可以随心所欲地改变演说的内容，因为会场里既不可能有实质性的监控，也确实没有时间来揭穿谬误或加以修正。唯一可以实现全面监控的方法是再安排一个翻译，戴着耳机和麦克风，把我们翻译的内容再同步译回第一种语言，求证我们是否在正儿八经地翻译当时的会场发言。不过，这样一来就需要第三个翻译，配置同样的设备来监控第二个翻译，对后者传递的信息进行重译；也许还需要第四个翻译来监控第三个翻译。我担心，这样下去便没完没了：笔译员监控口译员，口译员监控笔译员，发言人监控与会者，速记员监控发言人，笔译员监控政要们，勤杂人员监控口译员。所有人都在监控，无人倾听，也没有人记录，最后会导致各式大小会议全部搁浅，国际组织永久关门歇业。所以，还是宁可冒一点儿险，允许因为翻译不准确不可避免地造成的一些意外（有时比较严重）和一些误解（有时比较持久）发生吧。尽管我们不常有意地开玩笑（是在拿自己的工作开玩笑），但也并不反对时不时地造点儿假。各国代表以及我们的公务员上司们除了信赖我们别无他法，各国的领导人们也一样——在国际组织以外的某些被称作“峰会”的场合，或者在对友邦、敌国或中立国进行官方访问期间，我们需要为他们提供翻译服务。此类高级别场合事关种种重要的贸易协定、互不侵犯协议、针对第三国的联盟甚至开战或停火声明，有时确实会尝试通过第二位翻译对译员进行较为严格的监控。第二位译员当然不会再做一遍翻译（这太麻烦了），不过会仔细倾听第一位译员的翻译，对其进行监督，以确保翻译内容准确到位。

我就是这样认识了路易莎。那是不到两年前，在我国举行的我国与大不列颠联合王国两国首脑高级私人会晤中，出于某种原因，人们认定她比我更加严肃、诚实和可靠，选她为警卫译员（人称安全译员，或督管译员，最后被简称为“男督管”或“女督管”，难听死了），负责认可或否定我的翻译。

这类严格的监控其实没有太多意义，因为会晤者级别越高，谈话的重要性便越小，译员的误译或者违规翻译的负面影响也就越小。我认为采取此类防范措施是面子工程，为了构成在新闻图片或者电视镜头里总是能看见的画面：衣冠楚楚的译员在两位首脑中间的椅子上正襟危坐，首脑们则坐在松软的扶手椅或是像宽荧幕电影院里的那种沙发上；如果两个译员坐在硬邦邦的椅子上，人手一个做笔记的本子，在电视观众或观赏照片的人眼中就更有一种“高处不胜寒”的高端峰会的感觉。领导人访问确实常有众多随行人员陪同：技术人员、专家、科学家、专业人士（毋庸置疑，是他们起草了领导人的讲话稿，我们则负责翻译），可媒体见不到他们，他们只跟受访国的专家同行们一道齐聚幕后。他们才是讨价还价、最后拿决定和知情的人。他们撰写双边协议，确立合作条款，公开或含蓄地相互威胁、磋商争端、尔虞我诈，谋求本国政权的利益最大化（他们通常通晓几门语言，卑鄙阴险，有时根本不需要我们这些译员在场)。相反，首脑们则对幕后策划之事一无所知，或者等峰会结束后才有所了解。他们只是露个脸，供人拍照或摄像，参与招待晚宴或盛装舞会，在访问的尾声往技术人员递过来的文件上签名盖章而已。领导人之间的谈话几乎从来不具有重要性，最尴尬的事莫过于有时双方根本无话可说。这些情况所有的口笔译员都非常清楚，然而我们必须在这些私人会晤中随侍在旁，理由有三：领导人一般不通外语；如果我们缺席，他们会认为自己的冗词赘句未得到应有的凸显和重视；如果发生某种变故，他们还可以将罪责归咎于翻译。

那一次会晤，西班牙方面的领导人是个男性，英国方面则是女性，所以比较合适的安排是第一位译员为男性，而第二位译员，或称“督管”为女性，如此营造出和谐默契、性别平衡的气氛。我坐在两位首脑之间的那把“酷刑椅”上，而路易莎的“受罪椅”在我的左边，也就是说位于女性首脑和我之间，不过稍微靠后一些，扮演着监督员和威胁者的角色，从身后监视我。而我只能用左眼的余光看她（看不太见，但是可以非常清楚地见到她交叉跷起的长腿和崭新的普拉达鞋，商标离我最近)。我不否认，在进入私密的小厅（品位极糟)、她被介绍给我以及我们就座之前，我就格外注意她了（不由自主地)；同一时间，两位领导人在接受媒体拍照，两人在电视镜头前假装谈话：他们是在装模作样，我方领导人几乎不懂英文（结束时他总算勇敢地讲了句“Good Luck!”），英方首脑则一句西班牙语都不会（尽管她紧握我的手时说了一句西班牙语的“早上好”）。于是其中一位一直笑容可掬地看着他的来宾，用西班牙语小声嘟囔着一些毫无关联而且摄像、摄影师听不见的话，仿佛在恭维她（不过我是听得见的，我相信他是在重复说着：“一、二、三、四，我们小聚片刻真好！”），另一位脸上的笑容更加灿烂，用她的语言叽里咕噜地乱说一气（“Cheese，cheese.”她说，就像在英语国家给人照相，教人做出笑脸那样；然后是一些无法翻译的拟声词，似乎是“Tweedle, tweedle, biddle diddle, twit and fiddle, tweedle twang”）。

至于我，我承认在正式会晤拉开序幕之前，不需要翻译介入之时，自己就一直在不由自主地对着路易莎微笑（她只是回应以似笑非笑的神情，人家毕竟是来督管的），而等到我们像前面描述过的那样坐下工作时，两把让人遭罪的椅子糟糕的摆放位置，让我失去了再继续盯着她看或冲她笑了的可能。事实上，又等了一会儿我们才开始参与其中：记者们刚被勒令退场（“够了。”我们的首脑举起一只手，戴着戒指的那只，说道），一位侍卫人员或内勤人员就从外头把门关上了，只剩下我们孤零零的四个人，准备开始一场高级别会谈。我备好了笔记本，路易莎则把本子放在了膝盖上，周围突然一片陡然而生的沉寂，让人非常不舒服。我的任务比较艰巨，于是我双耳高竖，亟待开场的警言妙语响起，我得马上翻译。我看看我方领导人，又瞧瞧英方首脑，再回过头来看看我方领导人。女性首脑正把手伸远，神情困惑地端详着自己的指甲和凝脂般的手指头；男性首脑则摸索着上衣和裤子的口袋，不像是真的在找东西，更像在利用假装翻找来拖延时间（好比一个没有买票的人在火车上被查票员索要车票的情形）。我有种身处牙科等候室的感觉，一时间甚至担心我们的首脑会取来周报分发给我们阅读。我大胆地回头冲路易莎疑惑地皱皱眉，她向我做了一个手势（不是严厉的那种），让我耐心等待。终于，我们的首脑从摸索了半天的口袋里掏出一个金属香烟盒（有点儿俗气），问他的同僚：

"您介意我抽烟吗？"

我赶紧翻译成英文。

"Do you mind if I smoke，Madam?"我说。

"不介意，先生，如果您往上吐烟的话。"英方首脑回答道。她从自己的指甲上移开目光，扯了扯裙子。我又像刚才那样赶紧做了翻译。

我们的首脑点燃一支雪茄烟（形状、大小像香烟，但颜色是深栗色的，我称之为雪茄），吸了一两口，小心翼翼地往天花板上吐烟圈，这片天花板在我看来污渍斑斑。又一阵沉默。没过一会儿，我们的首脑从他那宽大的扶手椅上站了起来，走近一张似乎挤挤挨挨地放了过多酒瓶的桌子，倒了一杯加冰威士忌（我很奇怪居然没有一位服务生或领班提前把酒准备好），问道：

“您不喝酒，是吧？”

我如实翻译了问话，随即又如实地翻译了回答，不过我在问话后边又加了个“女士”。

“如果您不介意我不陪您喝的话，白天这会儿我不喝，先生。”英方首脑又往下扯了扯她的裙子，那裙摆早已很靠下了。

长时间的停顿，简单的闲聊，确切地讲，是乏味的交流，说的尽是些前言不搭后语的话，我开始感到无聊。而在之前的另一个场合，同样是担任领袖人物的口译员，我至少能感觉自己高超的语言水平几乎无人可以替代。倒不是他们（一个西班牙人、一个意大利人）发表了些什么惊天动地的言论，但至少涉及一个普通译员难以轻松应付的更为复杂的句法和词汇。可现在却相反，这两位讲的话全是小儿科。

我们的首脑一手端着威士忌，另一手夹着雪茄回到位置上，喝一口酒，疲倦地叹了一口气，放下杯子，看了看表。他抻了抻被身体压皱了的上衣下摆，又摸了摸口袋，吸烟、吐烟，微笑都不太自然了（英方首脑笑得更不自然，她用一开始曾经疑惑地端详过的长指甲蹭了蹭前额，空气中一度脂粉弥漫）。我于是明白他们就准备这样打发掉预先安排好的三四十分钟时间，如同身处财务顾问或公证处接待室，只是要把时间打发过去而已，等着侍卫人员或内勤人员再次把门打开，像学校工友那样冷冷地宣布“时间到了”，或是护士不友好地大喊“下一位”。我又一次回头看路易莎，这次想要暗暗点评一番（我想我当时准备做嘴型跟她说“真可笑”），却见她笑眯眯地把食指坚定地放在嘴唇上轻轻敲了几下，要我保持安静。我永远也忘不了那一幕：微笑着的双唇前竖着一根食指，遮挡不住的笑意。我想正是从那一刻起（如今我更加确信正是从那一刻起），我认为跟这个比我年轻、脚蹬名牌鞋的女孩交往会对自己有好处。我想正是双唇和食指的结合（双唇轻启，食指竖在当中，将双唇的曲线一分为二）给我以勇气，让我彻底歪曲了接下来的问话。我们的首脑从口袋里拿出一串沉甸甸的钥匙，不合时宜地摆弄起来，终于又问道：

“您需要我为您要杯茶吗？”

这句话我没有翻译。我是说被我安到他嘴里的英文不是这句彬彬有礼的问话（必须承认，该问话不但照本宣科，毫无新意，而且姗姗来迟），而是另外一句：

“请问，贵国的民众爱您吗？”

我感觉到了背后路易莎的惊愕。我看见她马上把交叉着的美丽的双腿分了开来（她修长的双腿总在我的视线内，那双昂贵的普拉达新鞋也是，她很会花钱，也或许是有人送的）。在那漫长的几秒钟里（我感觉后背一阵凉意），我等待着她的介入、揭发、纠正、指责，或者她立即出面自己做翻译，“督管”本来就是她的职责所在。但是时间（一秒、两秒、三秒、四秒地）过去了，她并没说什么。也许（我那时想）是因为英方首脑并没有感到不悦，而且马上就回应了，甚至有点儿急不可耐：

“这问题我考虑过很多次——”她说着话，开始跷起了二郎腿，她的两条腿便从拘谨的裙子里解脱出来，露出了苍白而且方正的膝盖。“民众投票给一个人，没错，不止一次了。她（他）不止一次地当选了。然而奇妙的是，她（他）自己并没有因此感觉受到爱戴。”

我准确无误地做了翻译，尽管隐去了英文版第一句话里的“这问题”，好让我们的首脑感觉这是一番英方首脑自发性的表白。

而他，顺便提一下，似乎很喜欢这样的一个话题，因为他微微惊喜而且无比同情地看了看对方。他一边兴奋地晃动那一大串钥匙，一边回应道：

“没错，在这方面投票并不会提供任何安全感，尽管我们会充分利用选票。您听我说，我认为独裁者或统治者从来都不是投票或选举产生的，但在他们的国家却更受爱戴，当然也更加遭人怨恨。不过，爱他们的人是无比强烈地爱戴，而且人数总在增加。”

我认为他说的最后一句“而且人数总在增加”，哪怕算不上口是心非，也有点儿夸大其词，因此除去这话（我省去了，总之是做了删改），其他内容我都如实翻译，然后再一次等待路易莎的反应。她再次迅速地将两腿交叉（那金黄色的膝盖无比圆润），这是她觉察到我不规矩的唯一信号。我想，或许她觉得并无不妥，尽管我还是感觉她那惊愕抑或愤怒的目光死死地盯住我的后颈。我无法回头看她，真是不幸。

英方首脑似乎兴奋起来：

“哦，我也这么想，”她说，“在很大程度上，人们去爱是因为他们被强迫如此。这同样也发生在人际关系里，不是吗？多少伴侣，要不是其中一个，只要一个，执着于两人在一起而强迫另一方也接受这段关系的话，就不可能成为伴侣。”

“强迫还是说服？”我方首脑问道。我发现他对自己讲究措辞的细微差别甚是得意，于是老老实实地按照他所说的做了翻译。他摇晃着那不计其数的钥匙，钥匙发出巨响，这紧张的男人，害得我无法听清楚。一个口译员是需要安静的环境来完成任务的。

英方首脑端详着自己修剪精致的长指甲，这时她已经不再局促或者显得那么生分，不像先前那样佯装讶异，而是在无意识地卖弄风情。她徒劳地拉了拉自己的裙子，双腿依旧保持交叉的姿势。

“两者没什么不同，您不这样认为吗？唯一的差别就在于时间的先后，哪个在先，哪个在后。相互转化，彼此包含，这是必然的。这一切均跟法国人所说的‘faits accomplis’，既成事实有关。如果命令一个国家的民众去热爱自己的统治者，最后他们就相信自己真的在爱，这样至少比不去命令他们要简单得多。但我们却不可以对民众下这种命令，这就是问题所在。”

我怀疑她的最后一句评论在我们热爱民主的首脑听来会有些过分。犹豫片刻，又看了一眼另一对正在监控我的更加精美的大腿之后，我决定删除“这是问题所在”这句话。那两条腿依然按兵不动，接着我便马上发现自己有关民主的顾虑毫无必要。我们的首脑用钥匙串在茶几上断然地敲击了一下：

"这是问题的症结所在，也是我们的问题。我们永远无法命令民众拥戴我们。您看，我不能做跟我们的独裁者佛朗哥[1]一样的事情：在东方广场上召开一个拥护大会，"——这里我不得不译成"一个大广场"，我认为引入"东方"一词会让英方首脑感到迷惑——"让民众为我们，为内阁欢呼。我的意思是说，我们只是内阁的一部分，是这样吧？佛朗哥能以任何借口逍遥法外，据说人们被迫为他欢呼喝彩，歌功颂德。这是事实，但广场上站满了人也是事实，有照片和纪录片为证。不是所有人都可以被强迫的，特别是在他在位的最后几年里，打击报复已经不那么厉害了，或者只针对公务人员，处分或开除而已。许多人已经深信他们的确爱戴他。为什么呢？因为已经被迫做了几十年了。爱是一种习惯。"

"噢，亲爱的朋友！"英方首脑高呼道，"您不知道我多么理解您的感受，我多么渴望这种拥护大会。这种全国人民齐聚在一起，像过节一样的场面也在我的国家出现过，不幸的是，那是在抗议。听到有人对我们，诚如您所言，对整个政府进行谩骂，他们不听我们的发言，不读我们的法律，都无比让人泄气，还有那

① 弗朗西斯科 · 佛朗哥（1892—1975），1936—1975 年间在西班牙实行独裁统治。

些侮蔑性的标语，真让人沮丧啊。”

“还喊口号，他们还编口号——”我们的首脑插话道。我没有翻译，觉得不重要，也没有时间。英方首脑继续诉说着悲情，没有理睬他。

“难道他们就不能为我们欢呼喝彩一次吗？我扪心自问：难道我们从来都没有做对过任何事吗？为我欢呼的只有我的政党成员，当然，我不相信他们完全诚心诚意。只有身陷战争我们才能得到支持。我不知道您是否有体会，我们唯有把国家推向战争，于是……”

英方首脑陷入沉思，话到嘴边又停住了，似乎在回忆往日那些一去不复返的欢呼颂唱。之后，她难为情地、小心翼翼地把交叉着的双腿分开，又一次使劲扯了一下裙子，奇迹般地拉下了两个指头的长度。我开始厌恶自己引发的这番谈话了。天哪，我想（我原本想把这想法告诉路易莎），这些民主时代的政客，他们缅怀独裁的时光。对他们而言，任何目标或共识的达成都是内心深处极权主义愿望的一次苍白的实现，他们想要一致，希望得到“所有人”的赞同，拥护者的人数越多，越接近不可实现的“所有人”，越是兴奋，尽管他们永远都不会满足。他们高唱分歧的赞歌，但实际上分歧是对他们的诅咒，让他们心生厌烦。我恰如其分地翻译了英方首脑的言论，除了最后提起的战争部分（我不希望引发我方首脑的相关见解），我代之以如下强加的请求：

“对不起，您可以把钥匙收起来吗？刚才的响声一直让我很不舒服，我会很感谢您的。”

路易莎的双腿依然保持着相同的姿势。我们的首脑微红着脸表示道歉，马上把大串钥匙放回上衣口袋（钥匙这么沉，这会儿肯定会在他的口袋里捅出个洞来）。紧接着我又一次大胆地背叛了他。他说：

“哎，当然，我们做得好的话没有人会组织集会来告诉我们他们有多么满意。”

与此相反，我决定把话题引向更加私人的那一方面。我认为这样不那么危险也更加有趣。于是我用标准的英文代替他提问道：

“如果您不介意，我不算太过冒昧的话，我想请问您，在您的感情生活里，是否曾经强迫另一个人爱您呢？”

我立即发现这问题提得太过冒失，尤其对一个英国女人来讲。我相信路易莎这次不会再袖手旁观，她会履行督管的职责，揭发我，把我从房间里赶出去，她会怒不可遏，够了，不能这样，捏造，篡改，胡闹，这可不是一场游戏，我的事业要完蛋了。我既认真又恐惧地观察那对不依赖裙子便可以熠熠生辉的美丽的大腿。

这一次，两位领导人有时间来思考和反应了。女性首脑在回答之前，考虑了好几秒钟。她半张着嘴，用赞赏的表情看着我们的首脑（口红涂得太多都沾到牙缝里了）；他，面对并非由自己引发的新一轮的冷场（肯定觉得有点儿莫名其妙），掏出了另一根雪茄，用先前那一根的烟蒂点火，这个动作很掉价（在我看来）。然而路易莎神圣的大腿却一动不动，仍然保持交叉的姿势，可能只是摇晃了一下：我只注意到她又在那把要人命的椅子上挺了挺上身，仿佛在屏住呼吸。也许对方可能的回答比无法挽回的莽撞问话更让她惧怕。也或许，我想，既然问题已经提出，她同样对对方如何答复很感兴趣。她既没有告发我，也没有揭穿我，更没有介入，只是保持着沉默。我想，如此的行径她都能容忍的话，这一辈子或是尚未到来的后半辈子，无论我做任何事她都会容忍的。

“嗯，嗯，相信我，不止一次，不止一次。”英方首脑终于开口说话了，尖厉的嗓音变得吞吞吐吐，里边夹杂着一丝久违的激动，这情绪时隔太久未曾出现，也许只能在她盛气凌人的嗓音突然结巴起来时才能再度流露。“其实，我会想，是否曾经有人在受到强迫之前就爱我，甚至包括子女们，是啊，实际上孩子们受到的强迫最多。我的经历便一直是如此，但是我想知道在这世界上是否有人不曾拥有过这番经历。要知道，我不相信电视里讲的那些故事：两人相遇，顺利相爱，两人都很自由，两相情愿，没有人犹豫，也没有人事先后悔。我认为不可能有这种事，永远都不可能，哪怕在年轻人身上也不可能发生。人与人之间的任何关系都会衍生出一堆问题，无数对抗，还有欺凌和羞辱。每个人都在强迫他人，并非逼迫他人做不愿做的事，而是做不确定是否想要做的事，因为几乎没人清楚自己不想要什么，更不清楚想要什么，尤其是后者，根本没办法弄明白。如果没有人受强迫的话，这世界便会停滞，所有的一切都将无止境地漂浮在延绵的犹豫不决之上。人们患得患失，一事无成，思前想后，担惊受怕，只想沉睡。所以我们这些执政者是不可或缺的，我们的作用就是替优柔寡断的众人做决定，他们疑虑重重，意志薄弱，无法行动。于是我们倾听他们的恐惧。'沉睡者及亡者，只是如画中人一般。[1]'我们的莎士比亚如是说。而有时候我想，其实所有人都这样啊，如画中人一般，今日沉睡，来日死亡。所以他们给我们投票，付报酬，目的就是让我们唤醒他们，提醒他们必将到来的死期未至，在这期间由我们代替他们行使意志。不过，当然，要做得让他们误以为是自己在做选择，就像情侣的结合那样，双

① 语出莎士比亚名剧《麦克白》第二幕第二场。

方都以为二人是清醒时做的选择，并非有一方被强迫，或者用您的说法，是心甘情愿地被说服而去爱对方。事实上，在促使他们结合的漫长过程中的某个时刻，两个人无疑都是被强迫的，您不这样觉得吗？然后就待在一起一段时间，或者直至死亡。有时候，施压的是外力，某个离他们而去的人、过去的岁月、不如意的事、自身的经历、不幸的生平，都有可能成为外力。甚至还有那些我们并不知情、无力掌控的事，我们与生俱来却不了解的部分，谁又能知道这个过程是什么时候开始的呢……”

在我翻译这一席冗长的独白时（我跳过了一开始的“嗯，嗯”，而是从“我问自己，是否真的曾经有人……”开始，使两人的对话更加连贯），女性首脑说着说着便停下来看看地面，面带谦逊游离之色，也许还露出了些许羞愧的微笑。她两手平放在大腿上，就像到了某个年纪无所事事的女人眼见午后的时光慢慢流逝时那样，尽管我们的女首脑并非无所事事，而且此刻是上午时分。在几乎同步传译这段发言的时候，我思忖着那段莎士比亚的引言源自何处（“The sleeping, and the dead, are but as pictures.”她刚才说道，从她抹着口红的嘴里听到这句话时，我曾经犹豫是否要译成“睡着的人”或“肖像”）；我在想这番论调是否过于冗长，我们的首脑会不会无法完全理解、跟不上她的思路，最终给不出一个体面的回应；我感觉到路易莎的头凑近了我的，紧挨我的后颈，好像是为了把女首脑的独白和我的翻译都听得更加清楚。她的脑袋前倾了一点点，而没有注意距离，也就是说，没有觉察到我们本已靠得很近。随着她的前倾（脸部往前靠，包括鼻子、眼睛和嘴巴，还有下巴、前额和脸颊），两人之间的距离就更小了，甚至我都能感觉到她凑在我左耳边的轻微呼吸。她微微不安或者急促的气息此刻在我的耳际摩挲，仿佛一段轻微到丧失了信息或意义的低语，仿佛只有那呼吸和耳语的动作是可以传递的。也许还有她缓缓起伏的胸脯，虽然还未触碰到我的身体，但似乎靠得更近，几乎贴在了上边，一种陌生的感觉。那是另一个人用胸部紧贴我们从背后给予支持，只有背后有人时，我们才真正感觉有所依靠。如同“支持”这个词的词义所示，从我们的背后支撑，英语里也一样，to back，一个我们可能看不见的人用胸部贴近我们的后背，最后总是轻轻地触碰到我们。有时，那人甚至会把一只手放在我们的肩上，安抚我们，也同样抓住我们。大多数夫妻、情侣都是这样就寝，也或许只是人们如此以为：两人互道晚安后转向同一方向，整个夜晚一个背对另一个，心中明白背后有另一个人在支撑着自己。半夜因梦魇惊醒或失眠之时，发烧、自觉被弃于黑暗、感到孤独时，只要转过身来，便看到眼前这张庇护者的脸，他（她）会顺从地让我们亲吻他 (她) 脸上的可吻之处（鼻子、眼睛和嘴巴，还有下巴、前额和脸颊，整张脸）。或许，半梦半醒之间，他（她）还会在我们的肩上放一只手来抚慰我们，抓住我们，紧抓不放。

第五章

现在我知道英方首脑口中，有关莎士比亚的引言来自《麦克白》。这个比喻出自麦克白夫人之口，是她在麦克白杀死了熟睡中的苏格兰国王邓肯之后随即说出的。这是麦克白夫人当时各种说辞的一部分，是她零散的话语中的一个片段，是麦克白夫人在她丈夫已经实施或者刚刚实施了不可挽回之举后，为安抚他而做出的表达之一。她还劝说麦克白不要胡思乱想（so brainsickly of things[①]）云云，这表达实在很难翻译："brain"是"大脑"的意思，"sickly"的意思是"病态的"或"有病的"，当然"brainsickly"在这里是个副词，所以她的话从字面上可以理解为

① "so brainsickly of things"以及本章其他有关《麦克白》剧本的引言均出自该剧第二幕第二场。

不要用病态的大脑思考，或是不要用大脑病态地思考。我实在不知道该怎么用我的母语来再现它的含义，幸好当时英方首脑引用的并不是这一句。既然已经知晓那句引言来自《麦克白》，我便不可避免地注意到（也许是回忆起）我们的背后也有教唆者，也有我们只闻其声不见其人的絮絮私语。语言是言说者的武器，也是言说者的工具，如同暴风雨后从屋檐滴落的雨水，总是落在同一处，浸湿疏松那里的土壤，直至渗透而入，形成一个洞或一条沟渠。语言不像从水龙头落下的水滴，会流入下水道消失而不在瓷砖上留下任何痕迹；也不像血滴，随手拿来一块手帕、一条绷带或一条毛巾就能止血，有时也可以用水冲走；甚至，如果流血者尚意识清醒，而且不是自残的话，只需用手按压在自己的腹部或胸部，便可堵住那伤口。耳语如同亲吻，最能动摇心存抵触不愿被亲吻之人。有时不是眼睛，不是手指，也不是嘴唇，而是说话的舌头攻克了这种抵触，它探查隐情，使人解除防备，絮絮私语，如同亲吻，几乎逼人就范。倾听是最危险的，倾听即获悉，即知情，即深度了解。人耳不像眼睛有眼睑，无法本能地拒绝话语，无法回避迟早会被告知的事物，无意倾听却总是为时已晚。麦克白夫人不只是怂恿了麦克白，尤其从谋杀实施的那一刻起，她便对丈夫的谋杀行径了若指掌。麦克白回来之后，她听到了他亲口说的“I have done the deed”，“我干了那桩事”或“我做出了那样的举动”，当然“deed”这个词如今更多地被理解为“功绩”之意。麦克白夫人听着这有关行为、事实或功绩的告白，可真正让她成为同谋的并不是她的唆使，也不是她事先为谋杀做的布局，不是此后的配合，查看刚被谋害之人的尸体和谋杀现场以嫁祸于仆人，而是她对谋杀行径的了解，对谋杀已经实施的知悉。因此，她有意削弱事情的严重性，也许不完全是出于安抚双手沾血、惊恐不已的麦克白的目的，更多的是为了淡化和消除自身的知情不举。她说“沉睡者及亡者，就像画中人一般”“这么胡思乱想会削弱你高贵的力量”“不要再这样琢磨已然发生的事了，那会使我们发疯的”“你不要被自己的思绪弄得这般沮丧”。最后一句是她为了诬陷仆人们，断然前去，把死者的血涂在他们脸上（“要是他还流着血……”）之后回来时说的：“我双手的颜色跟你的一样了，可我却羞于有一颗如此苍白的心。”她对麦克白如此宣称，自己沾染上邓肯的血，仿佛试图把她自己的满不在乎也传递给麦克白，不过所谓“苍白”在这里也有可能指涉“惨白、胆怯”或者“怯懦”。诚然，麦克白夫人是知情的，那是她的过失，但是她没有犯下杀人的罪行，哪怕她为没有亲自动手耿耿于怀或者深表遗憾。双手沾上死者的血是一种游戏，一种伪装，一种虚假的夫唱妇随，因为一个人不能被谋杀两次，事实已然是事实："I have done the deed"。这个"我"是谁确凿无疑：即使麦克白夫人在被杀的邓肯胸部再扎几刀也无济于事，既不能再杀了他，也不能协助谋杀，因为谋杀已成。"一点点水就能为我们洗刷掉（或者说'也许可以为我们洗刷掉'）这行径——"她跟麦克白这么说，心里清楚这对她来说没有问题，至少从字面上来看是如此。她让自己成为他的同谋，被他同化，试图借此让他也被她同化，从而拥有她那样苍白的心。那一刻，与其说她是在分担丈夫的罪责，不如说她是在力图让麦克白也分担自己那无可救药的清白，也或许是她的怯懦。教唆无非三言两语，不专属于谁，可以被翻译，口口相传、语际相传、世纪相传，总是同样的话语，自世界上还没有人、没有语言也没有倾听它的耳朵之前，就开始唆使着相同的行为。就是这些行为，无人知晓自己是否愿意看到它们被实施，它们都并非出于自愿，而自从被实施的那一刻起，就不再依附于话语，而是将话语抹去。行为与前情和后果不相关联，成了孤立的、唯一的、不可挽回的存在。而话语却可以被更新、撤回、重复和修正，我们可以将之推翻或否认，甚至歪曲或遗忘。只有听者才是有罪之人，倾听不可避免，尽管法律并不为教唆的人、不为言说者开脱，即使他们强迫过他人，舌头凑在他人耳际，胸部紧贴他人后背，呼吸急促，把手放在他人肩头，絮絮私语，逼人就范，但是他们知道，自己实际上什么也没有干。

第六章

是路易莎先把手放在我肩上的，但我认为是我先开始强迫她的（强迫她喜欢我）。尽管这种事向来难以界定，而且并非一成不变，其成功很大程度上取决于被强迫的一方能否不时反过来扮演强迫者的角色。但我们两人中先主动的确实是我，直至一年前，至少到我们结婚，到我们的蜜月旅行为止，其间所有的事情都是我来提议，然后提议被接受：两个人经常见面，出去吃晚饭，一起去看电影，送她到她家门口，接吻，调整工作时间以便一起在国外待上几个星期，某个晚上留在她家过夜（我是这么提议的，但在接吻或清醒地拥抱之后我还是走了），以及为两人，为之后结婚寻找一处新家。我想结婚也是我提议的，也许是因为我年纪不小了，也或许是因为结婚或提议结婚我都不曾经历过——

其实提议结婚有过那么一次，不过是因为事到临头，口是心非地说的。路易莎逐渐接受了，很可能并不知道自己是否想要结婚；也或许她没考虑太多（算她走运）就决定了，也就是说只要去做即可。自结婚以来，我们见面就比以前少了。人说这是常有的事，不过我们两人的情况并非像一般人那样终成眷属便好似走到尽头，而是由某些外部的、临时性的因素导致的：我们的工作周期无法协调一致。路易莎不愿再频繁出国，在国外待上八个星期，而我相反，需要继续如此甚至延长旅行时间或增加旅行次数，用以支付我们那刻意营造的新家的开销。在结婚之前几乎一年的时间里，我们总是想方设法尽可能地碰面：她在马德里，我也在马德里，她在伦敦，我在日内瓦，甚至，有几次两人同时身在布鲁塞尔。而婚后大概一年的时间里，我在国外的时间远超过我所愿，我一直未能完全习惯婚姻生活，不习惯与他人同床共枕，也不习惯那个之前不属于任何人的新家。路易莎却几乎总待在马德里。她布置新家，熟悉我的家人——尤其是兰斯，我的父亲。在此期间，每次旅行回来，我总会看到家里出现新的家具、窗帘，甚至某幅新的画作，这让我感觉有些异样，每次总要重新适应一遍上一次已经熟悉的家居摆设（比如某处又多了一张软垫凳之类）。我也逐渐注意到路易莎身上的变化，微不足道，无甚影响，却令我非常在意：头发的长度，一双新手套或一副外套的垫肩，唇彩的变化，甚至包括在穿同一类鞋子时微微变化的走路姿势等等。没什么特别引人注目的，但是在离家八周之后，或者更久，也许再过另一个八周之后，是觉察得出来的。从某种意义上说，看到这些自己未曾参与的细微变化时我会心生些许不快，似乎没有亲眼见证（没有立即见到她从理发店回来时的样子，没有对她的新手套评价一番），便使我失去了对这一切、对我们的婚姻可能产生的影响。毋庸置疑，这种心态最能影响一个人，也最容易改变一个人，因此是在结婚初期需要格外留意的。婚姻让路易莎也逐渐有了相应的变化，首先是在一些细节上，正像女性在经历重大的转变时所发生的那样。但是，我开始怀疑，是我，或者说是作为丈夫的我引导了这种变化，至少给它创造了条件。我对在我们有着无限可能的新家中看到一种不属于路易莎、也不完全属于我的风格点滴重现也不甚情愿，尽管我已经习惯了它，而且身上也承袭了它的某些部分。新家慢慢地与我童年的家，也就是我父亲兰斯的家有些相似，它逐渐让人联想起那个旧家，仿佛是我父亲在来访时做了指导，也或许是因为我不常在家，路易莎也没有明确的喜好，所以我父亲只要一到现场，就会创造某些在新家布置的过程中立即被一一实现的需求。我的书桌，我只是泛泛地提过要求，最终成果简直就是我父亲的书桌的翻版，他那书桌是二十五年前，在他的悉心指点下，由一位他在某个夏天偶然结识的塞戈维亚[①]的名木匠冯夫利亚制作而成。新做的书桌硕大无比，我少量的公务更显出它的硕大；它呈直角U形，上边布满了我并不知道该用来装些什么的抽屉。书架，我原本希望做成白色的（不过忘记提醒了），却在一次旅途归来时发现它被漆成了桃花心木的颜色（但确实不是桃花心木做的）。不仅如此，我父亲还不辞辛劳地把我尚未拆包的箱子一一打开，以处理他自己的书的一贯方式将我的藏书摆上书架，根据语言而不是题材分门别类，再根据作者的出生年月依次排列。他送了我们一笔钱作为结婚礼物（相当丰厚，很慷慨），而不久之后，我不在家时，又送了我们两幅非常名贵的画作，它们此前一直在他家里挂着（一幅马丁·里科[②]的小型画，另一幅是布丹[③]的，规格更小），现在转移到了我家的墙上。画的是威尼斯和特鲁维尔，都非常精美，可我更愿意在这两幅画挂了多年的地方继续欣赏它们，而不是在我新家的客厅里看着威尼斯和特鲁维尔。尽管画面很小（画的是威尼斯圣多洛瓦索的船坞和海

① 西班牙中部城市，以罗马时期所建的引水渠而闻名世界。
② 马丁·里科·奥尔特加（1833—1908），西班牙风景画家，19世纪下半叶西班牙最重要的艺术家之一。
③ 欧仁·布丹（1824—1898），法国19世纪风景画家，莫奈的启蒙老师。

滩），但不可避免地让我想起少年时代父亲家的客厅。同样，在我事先不知情的情况下，又有一把摇椅被搬了过来。这把摇椅是我小时候，我的古巴外祖母，他的岳母，来我家串门时非常用心呵护的家具，在她去世后便归我父亲一人享有了。不过他不怎么独自坐着晃悠，而是将其用作在经常举行的夫妇好友聚会上展示各种独特姿势的道具。

我父亲多半没有坐着晃过这把摇椅，没有独自一人晃悠过，尽管我们很难知道一个人独处时会做什么。他大概从未独自坐过摇椅，认为这是一种人到暮年行动退化的表现，这也印证了他一向坚持抗老，或者更确切地讲，已经做到了避免衰老。兰斯，我的父亲，比我年长三十五岁，从未显出老态，哪怕是现在也没有。他一辈子都在拖延衰老的过程，让它迟来或者干脆佯装不知岁月流长。尽管难以对抗容貌或眼神的衰老（前者或许尚且有计可施），但我父亲是那种在姿态或精气神上从未显出岁月痕迹的人，一丁点儿都不曾有。他从来没有表露出随着我的长大在我母亲身上逐渐显现的那种沉重和疲乏。他闪烁的目光从未熄灭，不像我母亲，眼中的神气会被偶尔戴上的老花镜倏地抹去。面对人生必定会遭遇的挫折和羞辱他也从未表现得脆弱。这辈子他没有哪怕一天忽略过自己的仪表，总是一早便像要出席仪式似的打理停当，即便不出门不访客也是一样，身上散发着古龙香水、烟草和薄荷的气味，还混杂着一丝烈性酒和皮草的味道，仿佛刚从美洲殖民地发迹归来。大概一年前，我跟路易莎结婚时，他还是一副笑容可掬的自负长者的形象，春风得意，爱嘲弄人，假装鲁莽冒失。从我记事起，他总是把大衣披在双肩上，从不把胳膊伸进袖管里，挑战严寒的同时也表明自己深信装扮细节能够给人留以优雅，至少是洒脱不羁的印象。一年前他的头发几乎依旧丰盈完好，雪白浓密，梳理精致，发缝偏右（一道非常明显的发缝，像小孩子梳的那种），而他也绝不允许头发出现泛黄的迹象，脑袋永远像棉花或者极地般亮白，竖立在熨烫平整的衬衣和颜色鲜亮混搭和谐的领带上头。他的一切都让人舒心：从表面热情的性格到适度玩世不恭的举止，从充满活力的眼神（似乎所有的一切都让他感到开心，所有的一切他都看着有趣）到常挂在嘴边的可亲玩笑，总之，是一个热烈又诙谐的男人。他五官长得算不上十分端正，却被人当作美男子，乐于让女性为他的魅力所倾倒，但也许也就让这一切远远地发生，而不会有更进一步的打算。大概一年前认识他的人（路易莎稍稍早于这个时间认识他）应该会把他看作是一个昔日曾经博得无数女人欢心，而如今并不服老的男人；也或许相反，他留给人的印象是一个嘴上风流却行为保守、从不逾矩的人，有着寻花问柳的资本，但出于忠诚或者由于缺乏合适的时机甚至勇气，想必没有欲火焚心地追逐女性。他像延缓自己的衰老一样，将勾引之举一再往后推延，或许是为了不伤害任何人（但是我们做儿女的对父母的事毫不知情，或者很晚才会产生兴趣）。他脸上最引人注目的是那双炯炯有神的眼睛，目光是那样炽热和专注，有时简直令人眩晕，似乎每一刻都在关注至关重要的事，眼前的一切不仅值得一看，还应当细细玩味，并且要以一种特别的方式去观察，将每一个影像牢牢紧抓，储存进记忆，如同一部照相机不再相信单纯的机械流程能够记录感知到的画面，自身还要全情投入。这双眼睛的每一个注视都似乎在恭维和讨好目中的世界。兰斯眼睛的颜色很浅，但不带一丁点儿蓝色，而是淡栗色的，淡得几近澄澈透明，被光线照亮时颜色酷似陈年白葡萄酒，而在暗影或夜色中便近似醋色，眼波流动，与其说像猫眼，更类猛禽之眸。虽然有着相同的色泽，但兰斯的眼神不像动物的那样静止或犹疑，而是灵活闪烁的，上方点缀的深色长睫毛缓和了快速转动的眼球的张力；他的目光虔诚而又专注，将房间里或大街上所发生的一切尽收眼底，如同老练的画作鉴赏家，无须第二眼便能看到画作深处，如果也会作画的话，只用统摄全局的眼睛扫视一番便立即能够加以复制。兰斯容貌另一个引人注目的特点，也是我唯一遗传自他的部分，便是他的嘴巴，饱满丰腴，轮廓过于鲜明，仿佛是最后一刻才添加上去的，好像并不属于他自己，与其他五官搭配起来有点儿不协调，游离在它们之外。那是一张女性的嘴巴，长在了男人的脸上，所以也老有人说我的嘴巴是一张女性的红唇。谁知道是哪一位曾祖母或者更远的女性先祖，某个自负的女人，不希望这张嘴巴跟着她在地球上消失，便让它代代相传，完全不顾我们子孙后代的性别。兰斯的第三个特征是他那浓密的眉毛，总有其中一道或两道同时眉峰上扬，估计是他年轻时从三十年代的早期演员那里学来的表情，此后保留下来，似乎变成了一种古怪的癖好，一个被忘却的细节，被时间遗落。时间流逝，一切往往不复存在，我们都被裹挟其中，我们的所作所为和逐渐演绎的人生最终会被抹除。不论理由充足与否，哪怕毫无来由，我父亲常扬起他那起先是稻草色，后来变成白色的浓眉，似乎配上这戏剧化的动作，他准确细致的凝视才算完整。

自我幼年起，他总是以这种方式看着我，而我必须仰望他高大的身躯，除非他弯下腰、坐着或躺着。如今我们身高不相上下，他看着我的时候，依旧扬起带着些许嘲讽的眉毛，仿佛两把打开的小阳伞，闪亮的瞳仁注视着我，虹膜上的黑点如同一个靶上的两个靶心。至少直到不久前，他都是这么看着我的。在我跟路易莎的婚礼上，我父亲用同样的眼神注视过我，那个年轻妻子的丈夫，如今已不是孩子，但因为曾看着他长大，我父亲在很长的一段时间里都一直把他当作孩子，很难以其他方式相待了。而她，新娘，跟我父亲相识时已经成年，况且，身份还是新娘。我们租用了美丽古老的阿尔卡拉 15 号赌场[①]举办婚礼。我记得，在婚礼中的某一刻——证婚人签完字以后（假装的证人，朋友客串，摆摆样子的）——他把我留在了与大厅相连的小房间里。那时人们都正陆续离开房间，返回大厅，他把一只手放在我的肩膀上（将手放在他人肩上）将我留下。等到屋子里只剩下我们两个人，他把门关上，在扶手椅上坐下，我则双手抱胸靠在桌边。我们两人都穿着婚礼上的礼服，但他的装束比我的更加正式，即便这只是场世俗婚礼，仅此而已。兰斯点起一根细长的香烟，在公开场合他总是抽这一种，并且不会吞下烟雾。他用力地扬起眉毛，眉峰高耸，然后乐呵呵地，将炽热的目光集中在那一刻高过了他的我的面孔上，说道：

① 这座被称为赌场的建筑物位于西班牙马德里阿尔卡拉大街 15 号，始建于 1903 年，但从未真正被用于赌博，主要由私人俱乐部的成员用于科学和文化交流等，于 1993 年申报为文化景点。如今，它成了一座现代艺术的建筑，同时也是西班牙著名的婚礼举办地之一，拥有 11 个大厅、图书馆、酒吧、餐厅等，能够同时容纳 1200 人。

“好了，你已经结婚了。那现在又该怎样？”

是他率先抛出了这个问题，确切地讲，是他首先把它表述出来的。但其实从一早，从婚礼，甚至从更早以前的婚礼前夜开始，我便一直追问着自己这同一个问题。那个夜晚，我的睡眠又浅又不安稳，很有可能睡着了却以为自己并未入眠，梦见自己彻夜未睡，而且千真万确地不时醒来。凌晨五点左右，我便犹豫着是否要开灯。时值春日，透过拉起的百叶窗已经可以看到街上的曙光，卧室里我的物品和家具依稀可辨。“今后我将不再是一个人睡了，除了偶有例外或是在工作旅行期间。”我一边想着，一边犹豫是开灯还是看着晨色如何漫过楼顶或树梢。“从明天开始，在可以想见的未来许多年里，我不会再期盼见到路易莎，因为只要一睁眼就能见到她。我不会惦记她今天气色怎样，会穿着怎样的衣服出现，因为自每日的清早开始我便看着她的脸，也许要看着她穿衣打扮，如果透露我的喜好，她可能还会依此着装。从明天起，这一年多来填满我每一天的未知数将不复存在了，它们曾让我过去的每一天都欣喜无比，每一天都在模糊的期待和隐约的未知中度过。而现在开始我将了解太多关于路易莎的事，比我想要的还要多，感兴趣的和不感兴趣的都会摆在我面前，现在不必精挑细选，也不会难以抉择了——以前日常生活中有许多细微的小事亟待择定：互致电话，安排约会，迎上那双在影院门口或餐厅的众多桌子中间左顾右盼的眼睛，或者梳洗后出门去找对方等等。我看到的将不是结果，而是可能无甚兴趣的过程。我不知道自己是否愿意看她如何穿上丝袜，整理腰部和裆部；也不清楚自己是否想要了解她早上会在洗手间里待多久，睡前是否涂抹乳液，睡醒后看见我在身边心情如何。我不想夜晚归来便发现她身着睡衣躺在床上，而是渴望亲手褪去她从外面回来时穿的衣衫；我想占有的是忙完一天归来时的她，而非独自待在卧室，或许还背对着我，刚刚换好一身居家装束的她。我想我不需要那个中间阶段，正如我应该也不需要对她有哪些不足过于清楚，也无须逐一了解随着年岁的推移她身上逐渐暴露出来的，见过她或见过我们的旁人往往都不知晓的诸多不足。我想我也不会谈起‘我们’，说‘我们曾经去过’‘我们买架钢琴吧’‘我们要个孩子吧’或者‘我们有只猫’等等。我们可能会要孩子，我不知自己是否想要孩子，不过也不会反对。相反，我知道自己喜欢看着她睡觉，看着她沉睡时无意识的面容；喜欢在她什么也不想或是没有意识到自己在思考的时候，她静处或冲动的时候（我们或多或少地在人前有过这类时刻，不论是在毫不在意的人面前，还是在自己的父亲、丈夫或妻子面前展现这一面），去熟悉她或甜美或严厉，或苦恼或平静，或孩子气或老气横秋的表情。有几个晚上我已经见过她睡觉的模样，但仍旧无法习惯她做梦时的样子，在梦里我们有时会变得不像自己。这大概就是我明天要结婚的原因吧，因为时间在日复一日地流逝，也因为结婚本身是合理的，而且我从未结过婚。我们做出那些至关重要的抉择是因为合乎逻辑，是为了尝试，同样也因为不可避免。一个人在某天晚上随意地、无甚后果地迈了几步路，一段时间过后，或者在对未来憧憬一番之后，这几步便促成了一个无法补救的局面。面对此种情形，我们有时会抱有不切实际的幻想问自己：‘要是我当初没有走进那家酒吧呢？’‘要是我当初没有参加那个聚会呢？’‘要是那个星期二我没有接听电话呢？’‘要是那个星期五我没有接受那份工作呢？’我们的设想很天真，那一瞬间（也仅仅是一瞬间而已）还以为假如是这样的话就不会认识路易莎，就不必面临此时无法补救而又合乎情理的局面，而正因为事情既合理又无法改变，我们才无法知道自己是真的想要它，还是心怀恐惧，无法确定是否想要至今为止一直自以为想要的东西。但是，我们一直都认识路易莎，所有的设想都是幼稚的，因为世间的一切莫不是如此，其发生只取决于一个偶然的举动，世界另一端一个陌生人说的一句话，一个让人心领神会的动作，一只放在他人肩上的手，一阵可能还没有低声说出口的耳语。人们在任何情形下迈出的每一步、说的每一句话（不管是迟疑地还是坚定地，真诚的还是虚伪的）都会对某个不认识我们也无意认识我们的人，对一个未出生也不知道是否能忍受我们的人，产生难以估量的影响，甚至还会演变为生死大事。许多生和死都有着谜一般的、无人觉察的、无人能够记起的源头。它们源于那杯我们不知时间是否充裕、犹豫再三之后决定喝下的啤酒；源于我们对刚被介绍认识的陌生人表现出的好脾气——对此人是否刚冲别人叫嚷过或施以伤害浑然不知；源于我们在去父母家吃午餐的路上停下来想买，却最终没买的一块蛋糕；源于我们倾听某个声音的渴望，尽管我们并不在意这个声音说些什么；源于我们因此而大胆拨打的电话；源于我们想要留在家中却无法实现的愿望。出门，说话，做事，走动，观察，倾听，被人觉察，将我们不断置于危险的境地，就算是离群索居，沉默不语，静止不动，也会给我们招致后果，无法让我们免于陷入那一个个合乎情理而又无法补救的局面。这局面今日已成定势，而几乎在一年前或是四年、十年、许多年前，甚至就在昨天还是那样不可预料。我想着明天就要跟路易莎结婚了，不过现在已是凌晨五点，所以今天我就要结婚了。在我们的感觉里，夜晚是属于前一天的，在钟表的刻度上却并非如此。我放在床头柜上的手表正指向五点一刻，闹钟指向五点十四，两者都跟我不变的感觉相反，感觉时间仍停留在昨日，还未到今天。七个小时之后我们就要结婚了。也许路易莎也没有入睡，五点一刻，她也在自己的房间里失眠了，和我一样独自一人，身处黑暗。我可以给她打电话，但可能会吓到她——除去特殊情况或旅行，这将是我们最后一次在夜晚独处。我们两人出差旅行很多，这种情况将来应当有所改变。或许她会以为我给她打电话是想在半夜毁约，打退堂鼓，毫无理性地去挽回无法补救之事。我们在任何时候都无法把握他人，没有人有安全感，也许路易莎正在想：‘那现在呢？现在又该怎样？’她此刻可能在揣度自己是否愿意每天看着我修刮胡子，剃须刀发出噪音，我的胡子里长了几根白须，不打理的话人更加显老，所以我每天嗞嗞作响地剃胡子，一会儿一起床也将如此。这么晚了我还未合眼，明天我得有个好精神啊。再过七个小时，我将在众人的见证下，在我自己的父亲面前发誓我将永远陪在路易莎身边，在她父母面前发誓，说这是我的心愿。我将合法地高声表白，而这些话都将被记录在案。”

“我也说这事呢，”我回答道，“现在又该怎样？”

兰斯笑得更厉害了，往空气中吐出一大团未经肺部过滤的袅袅烟雾。他总是这么装模作样地抽烟。

“我很喜欢这个女孩，”他说，“我喜欢她，胜过你这些年荒唐浪荡，拈花惹草地给我带来的任何一位，你可别否认，盗花贼。我跟她在一起很愉快，对于年龄相差那么远的两个人来说，这种情况可不多见，虽然我不清楚至今为止她如此接近我是不是只是因为打算嫁给你或者在考虑衡量，就和你对她那对白痴父母那么和气的原因一样。我想几个月过后你就不会这么好脾气了。婚姻会改变一切，连最小的细节也不放过，即便在眼下这个时代，你们认为不会这样。你们之间至今为止所有的一切跟往后的日子是没有太大关系的，明天开始你就能感受一二了。将来你们最多剩下一些老掉牙的玩笑，隐约模糊，有时都不容易想起来。当然还有你们之间深厚的感情。你们会怀念过去这几个月的时光，你们曾经一致对外，对付一切，所有人，我是说你们联合起来开旁人的玩笑。几年之后，这可贵的联盟将会变成互相攻击。好了，没什么严重的，不要担心。共同生活的日子那么漫长，不如意是免不了的，让人厌烦但可以忍受，不管怎样，一般人是不会轻易放弃的。”

他一如往常，说得很慢，字斟句酌（“盗花贼”“联盟”“隐约模糊”）。不仅仅是为了表述精确，更多的是为了制造效果，确保对方在认真倾听。他强迫别人用心听，即使讲的是已经重复了无数遍的事情。然而，在我的印象中，他从未说过这种话，那模棱两可的语气让我感到吃惊，语气里一如既往地带着嘲讽，却不是一如既往地招人喜欢了：自从跟路易莎把结婚的日子——也就是今天确定下来之后，在某些时候我再怎么联想到一些类似或更加糟糕的事情，我父亲的这番言辞都令人扫兴。我还是会把事情往好处想，不过听人讲出来就不一样了。

“说得好，”我对他说，“真是够鼓舞人心的，我没想到你会跟我说这些话。我看你在外边可是挺高兴的。”

“噢，我是很高兴的，相信我，我非常高兴，你去问任何一个人，我这一整天都在庆祝，从婚礼之前就开始了。出门前我还一个人在家倒了一杯产自莱茵河畔的雷司令[1]，在镜子前举杯庆祝呢。我开这瓶酒只是为了庆祝你们结婚，剩下的都会坏掉。你就知道我有多兴奋了，损失一瓶好酒，只为了独自一人在清晨干上一杯。”

说完，他无辜地皱起眉头。这一次他的无辜里夹杂着得意和佯装的讶异。

“那你想跟我说的是什么呢？”

“没什么特别的，没什么特别的。我只是想跟你单独待几分

① 雷司令葡萄酒，又译威士莲葡萄酒，德国著名的白葡萄酒。

钟。他们不会想我们的，婚礼之后我们就不重要了。婚宴是属于宾客，而非新人和婚礼筹备者的。来这里是个好主意，不是吗？我只是想要问你刚才已经问过的话：现在又该怎样？但你不用回答我。”

“现在不怎么啊。”我说。他的态度让我有些恼怒，而且那时我已经想要回到路易莎和朋友们身边了。在我需要时，兰斯的陪伴是无法给我慰藉的。从某种意义上讲，不合时宜地把我强拉到一边是我父亲一贯的风格，但从另一个角度来看又不是。不仅限于把一只手掌按在我肩上祝福我，这不像他的行事风格，尽管他只是措辞讲究地说了几分钟而已。在慢条斯理地跷起长腿之前，他隔着裤子向上扯了扯里边的球袜。

“不怎么？怎么会不怎么呢？我说，不可以这样开始的，你一定有点儿想法的。你拖到这么晚，现在终于把婚结了，这一点你也许没注意到吧。如果你只是担心我做祖父的事，放心吧，我想我的年纪完全可以胜任。”

“你说的‘现在呢？’原来指的是这事？”

像有时无意识的习惯动作那样，兰斯有些沾沾自喜地抚了抚他那极地般雪白的头发，把头发整理得更好，或者只是做出了整理头发的样子，他的手指肚几乎没有摩蹭到头发，似乎他无意识地想去整理但是触碰的动作让他畏惧，于是他又意识到了。他随身带着梳子，但不会在人前使用，即便这个人是他的儿子，已经成年的儿子，尽管其人生已经过半，或许在他眼里仍然是个孩子。

“啊，不，我指的绝对不是这件事，我一点儿都不着急，你们也不用着急。不是我要干涉，我得把我的想法说出来。我只是想知道你会怎样面对这新局面，现在的局面。仅此而已，好奇心使然。”

然后他在我面前举起双手，就像一个表明自己没有携带武装的人。

“我不知道，我压根没有应对啊，以后再跟你说吧。可以想见，我觉得，今天这一天我不会去考虑这个问题。”

我靠桌站着。桌子上放着一些迟到的客人签署的无用的签名。我挺了挺身子，这是想要结束对话、返回婚宴现场的明确信号。但是他没有配合我的动作把手上的烟灭掉，也没有放下跷起的腿。他想让谈话再继续一小会儿。我揣测他可能要跟我说什么具体的事，但是不知道如何开口或者并不确定是否想要告诉我。这才是兰斯的本色，许多情况下他强迫别人回答他没有阐明的问题，或者让别人牵引出某个他没有触及的话题，即便那才是他那滑石粉般白得亮眼的脑袋里盘转的唯一一个话题。我太了解他了，不会让他得逞的。

“可以想见，”他说，“我认为没有什么事情真的让人可以料想得到。譬如说我吧，没有想到你会结婚。一年前我还打赌你不会结婚，我跟古斯塔尔多易打赌，跟瑞兰德斯也在信里打了赌。你瞧，我输了一笔钱。这个世界充满了惊喜，同样的还有秘密。我们以为自己在慢慢了解身边的人，但是随时间而来的未知比已知还要多。相比之下，我们了解的事情越来越少，暗影则越来越大。尽管光亮也在增加，但是暗影总比光亮多。路易莎和你肯定都有秘密，我猜。”他沉默了几秒钟，见我没有回应，便又说道：“不过当然，你只知道你自己的，否则她的秘密就不成之为秘密了。”

兰斯继续用他轮廓鲜明的嘴唇微笑着，那嘴唇跟我的那么相似，虽然他的已经失去光泽，而且从上下胡须处垂直生长出来的皱纹盘布其上。在他年轻时的照片中，他留过小胡髭，但是我从未有机会见过。他的话似乎有些恶毒（我一开始以为他知道路易莎的某些事情，等到婚礼之后再告诉我），但是此刻他的语气已经变了，甚至都不再闪烁其词。不太夸张地说，我倒觉得是他言语间有些无助，仿佛开了口却又迷茫起来，不知如何才能把话题引向他想要的地方。我可以出手相助，也可以不。他友善地笑着，手上拿着那根细长的烟，已经抽完了，烟灰比烟嘴还长，有好长一段时间他都没有抖落烟灰，没有把烟灭掉，有可能是不想徒增无助。我拿起烟灰缸凑近他，用手托着，他这才把烟蒂放进去，然后搓了一下手指。烧过的烟嘴很难闻。他十指交叉的两只手就像整个身体或者粉白的脑袋那样显得硕大无比。他的双手更能显示他的年龄，不过也就稍稍明显一些，不是很多，上边有皱纹但没有色斑。这会儿他又像平日那般和善地微笑着了，笑容里几近带着怜悯，没有嘲弄之意，清澈的目光注视着，有如两大滴烈酒或者是酸醋（我们差不多是身在暗影里）。他不是一个老人，从来都不是，我已经说过，但在那一刻，我觉得他变老了，也就是说，他心怀恐惧的模样让我感觉他变苍老了。有一位叫克拉克或者是路易斯的作家，在妻子亡故之后描述自己的感受，开头是这样的："没有人告诉过我痛苦的感觉跟恐惧是那么相似。"也许我父亲兰斯的笑容里流露出来的是痛苦。人所皆知，子女结婚时，母亲会为此哭泣，感受跟痛苦相似。也许我父亲在感觉到自己兴奋的同时，也感受到了我已逝母亲可能体味的痛苦，一种代他人而受的痛苦和恐惧。这痛苦和恐惧来自另一个人，一个面容在我和他心中都有些模糊了的人。吊诡的是，所有由于怨气、厌倦或离世跟我们不再见面之人，他们的容颜逐渐消失，逐渐被照片所篡改，总是定格在某一天——那一天我母亲没有戴着她生命最后一段时光中总是架在鼻梁上的老花镜，她被定格在由我挑选的那一幅她二十八岁时的画像里，一个比现在的我都年轻的女子，表情安详，眼神流露出些许无奈。在我印象中，她一般不会有这样的眼神，而是像我的哈瓦那外祖母，她的母亲那样，眼中总是含着笑意。她们两人有时一同欢笑，但有时也确实会一同长久地流露出一种痛苦或者畏惧的目光。我的外祖母有时在摇椅上摇着摇着便停下来，失神地看着，干枯的双眼一眨不眨，就像迷迷糊糊刚睡醒那样，有时就那么一分钟或更久，注视着她那在我出生之前就消失于人世的女儿的照片或画像，肯定什么都没在想，连回忆都不曾涌上心头，只是感到痛苦或曾经有过的恐惧。我母亲偶尔也这样凝望着远离人世的姐姐，阅读时中途停下，摘下老花镜，一个指头塞到书里压住书页，另一只手则拿着眼镜，有时目光迷离，有时则注视着死者，那一张张人们曾经目睹其长大却不见其老去的脸，曾经立体如今变得扁平的脸，曾经拥有表情变化而如今我们忽然要习惯于它们变得静止不动，只是影像而不再是其本身的面孔。母亲鲜活的脸庞沉静下来凝视这些影像，她的眼神变得忧郁，也许是被手摇风琴声所触动，我童年时代马德里的街头巷尾每时每刻都会传来手摇风琴声。乐声响起时，家中的所有人，母亲，懒惰或生病的孩子们，还有女佣们便会驻足留意片刻，抬头甚至探身至阳台或窗外，再次观望那永远不变的场景：一个戴着宽檐帽的皮肤黝黑的男人和一架手摇风琴。一个机械地弹奏同一乐调的男人，打断或引领着女人们的吟唱，人们的目光随着他的乐声瞬间变得忧郁起来。抑或我母亲的忧伤持续得更久，因为痛苦和恐惧是无法转瞬即逝的。母亲、孩子和女佣们每每听到这个乐声便会做出反应，抬起头，如动物般伸长脖子，听到磨刀者高低婉转的哨声时也有同样的反应：女人们顿时会想想家里的厨刀是否好用，是否该拿着刀子跑上街去，无论在忙碌时还是在慵懒怠惰之际，都会蓦然记起刀刃；又或许思绪忽然陷入了那些埋藏心底、那些令人遭受痛苦的秘密里，那些知情和不知情的秘密。有时也就是在那一刻，当她们抬起头来聆听那单调的音乐声，或者那不断响起、逐渐在整条街上回转的吹哨声时，她们的目光便会落在那些故去之人的肖像上。她们半辈子都在瞧着这些谜一般的画像或照片，里边的眼睛静止不动，笑容憨傻；而另外一个人，儿子、姐妹或者鳏夫的一生或者半辈子，都在面对照片上那憨傻呆滞的眼神，面对着那不总是记得何时拍摄的照片：我的外祖母看着死去的女儿；我母亲看着死去的并被自己取代的姐姐；我和我的父亲看着她；我则准备在以后看着他，兰斯，我的父亲；我亲爱的路易莎，刚刚在旁边的大厅结了婚的她，对我们今日所拍的照片有朝一日将成为她凝望的对象一无所知，那时她来日无多，我的生命则已经结束。没有人知道死者的顺序，也不清楚生者的顺序，不知道痛苦和恐惧会最先落到何人头上。或许此时兰斯化身为再次降临的痛苦与恐惧，痛苦与恐惧隐匿在他那眼含笑意、带着怜悯的平静的表情中；隐匿在已经扔掉烟蒂、无所事事地交叉着十指的双手里；隐匿在总是扯得很高的运动袜上，他不想让人看到一丁点儿腿的皮肤，任何一块年老的肉，如同老母牛贝茹姆－贝茹姆的肉，照片里的肉。痛苦和恐惧隐匿在兰斯那花哨的领带上，领带的颜色混搭和谐，但有点儿宽得不合时宜，精致的领带结也同样显得比较宽大。他看起来很舒心地坐在那里，仿佛自己是这个马德里赌场的主人，尽管这是我们租来的场地；他看起来却也不怎么如意，因为我没有协助他展开一直纠缠他的话题——在我婚礼的这一天，他把一只手按在我的肩上，将我留在婚宴旁边的小房间里，决定（也许还未决定）跟我聊起的话题。现在我明白了，并非他不知如何表达，而是一种迷信让他无所适从，不知怎么做才能趋利避害，开口还是沉默，打破沉默还是三缄其口，闭口不言让事情顺其自然抑或借用话语干预，说破或不提醒，警示一番或不表明想法。有时候，恰恰是那些阻止我们产生某些想法的人给我们提供了这些想法，以阻止为目的，反而让我们从未有过的念头在他们的提醒下萌发。

“秘密？你在说什么呢？”

兰斯有点儿脸红，或者我感觉他脸红了，似乎他的无助在消失之前已经无以复加，不过他脸上那种老人身上罕见的红晕马上便被抹去了。他还是笑吟吟的，带着点儿憨傻的痛苦或是恐惧，或者两者皆有。他站了起来——我们两人如今身高接近——他再度把大手按在我的肩膀上，不过，这次是从正面伸过手来。他挨得很近，两眼紧紧地盯着我，不过目光并没有那么犀利。他按在我的肩膀上的手，如同手执阔剑的骑士对一个赤手空拳的人的猛然一击：他选择了折中，或者说给予暗示，依然犹豫不定，抑或是把话题再往后推延一点儿。他严肃而又平静地说了几句，脸上的笑容已经消失，之前几乎总是挂在那跟我很相像的丰唇上的笑容，在他将那个简短的句子说出口时消失无踪，而话一说完，又马上回到他的嘴边。随后，他从陈旧的烟盒里拿出另一根细长的香烟，打开了门。婚宴现场的嘈杂声顿时扑面而来。我看见路易莎在跟两个朋友，还有一个令我反感的前男友在远处说着话，眼睛却一直盯着我们这扇刚才一直紧闭着的门。兰斯给我做了个手势，表示道别、警告或鼓励（好像在说“再见”“加油”或“小心”），然后先我一步离开了房间。我看到他随即故作惊讶，然后跟一位我并不认识的太太开起玩笑来，并且放声大笑。这位太太无疑是路易莎那边邀请的客人。参加我婚礼的这半数客人，我从未见过，往后应该也不会再见面。也或许她是我父亲邀请来的客人，此刻我倒是想起来了：他经常有一些奇怪的朋友，或者是我不甚了解的朋友。

这是兰斯给我的忠告，是一段耳语——

“我只告诉你一件事，”他说，“等你有了秘密，或者已经有的秘密，不要说出来。”之后，他脸上又浮现笑意，再次说道：“祝你好运。”

宾客的签名最后留在了那个房间里，不知道是否有人负责打理，也不知现存何处，也许跟一些空盘子和婚宴的残羹冷炙一起进了垃圾桶。我当然也没有将它们从那个房间的桌子上收拾起来，虽然我曾在桌子边倚靠了一会儿，身着隆重的结婚礼服，那一天我必须那么打扮。

第七章

昨天，我听到街上莫名地传来了手摇风琴的声音，那琴声如今极为罕见，算是一种过去时光的遗迹了。像童年时代那样，我听到琴声之后立刻抬起头来。那琴声太过高亢，妨碍我工作，撩人心弦，让我无法专心做任何事。我起身往窗外看去，想知道到底是谁在摇琴，但摇琴者和乐器都没有出现在我的视野里，他们在街角的另一侧，被对面一幢并不高、平日也不会影响采光的楼房挡住了。不过也没有全部挡住，我能看见那个转角处还站着一个中年妇女，梳着吉卜赛女人的发辫，但没有穿民族服装（普通人打扮）。她侧身对着我，手中托着一个塑料小盘子，几乎只有一个杯垫大小，她如果不把盘子清空、把里面的硬币倒进衣服兜里或某个袋子里，是装不下多少钱的；当然也不能全部清空，要留下几个硬币，钱能招钱嘛。我仔细听了好一会儿琴声，首先是丘梯斯舞[①]曲，接着是某段不知名的安达卢西亚[②]音乐，然后是双步舞[③]曲。我走上露台，想看看能否从摆放盆栽的地方遥望到远处的摇琴者。明知可能不行，我还是走到露台，按理说向外凸出的露台确实能让我离街道更近，但露台恰恰在窗户的右边，而我必须向左看，如此一来转角那一侧被遮挡的面积就更大，我所见的则更少。来往的路人不多，吉卜赛女人一次又一次徒劳地摇晃着塑料盘，使得仅有的几枚硬币叮当作响。这些硬币也许是她自己投进去的，因为钱可以招钱。我回到书桌边，试图让自己摆脱干扰，但是做不到，干脆披上外套下楼，准备去交涉一番，止住琴声。过了马路之后，我终于见到了那个摇琴人，一个肤色黝黑的男人，戴着一顶陈旧的宽檐帽，嘴上留有一小撮修剪整齐的花白八字胡。这是一个皮肤粗糙、饱经风吹日晒的男人，脸上一团和气，细长的眼睛带着笑意，演奏时眼神中似乎还有些迷离，或是专注；他右手转动着手柄，左脚在地上踩着节拍，穿的是一双咖啡色鞋子，白色网格的鞋面被身上那条宽大的裤子垂落至脚面的裤腿遮住了。

---

① 丘梯斯舞，一种双人慢舞，源自苏格兰，20 世纪初流行于马德里地区。

② 安达卢西亚，西班牙南部的自治区。

③ 双步舞，又称斗牛舞，是模仿斗牛士动作的一种舞蹈，男女共舞，动作舒展、激烈。

他正在我家附近的街角拉奏一首双步舞曲。我从口袋里取出一张钞票攥在手上，对他说道：

“我把这钱给你，请你到前面那个街角去。我住在这里，正在家里工作，有音乐没法做事。可以吗？”

那个男人展露笑容，点头同意，随后用脑袋示意那个梳辫子的女人。虽然这并没有必要，因为她一看到我手中的钞票，就已经拿着半空的小托盘靠了过来。她把托盘递过来，我将手中的钞票丢在里面，不到一秒，托盘又恢复半空，纸钞已经进了她的口袋。在马德里，钞票从来不直接从一只手递到另外一只手中。

“谢谢，”我说，“请你们站到那个街角去，好不好？”

皮肤黝黑的男人又点点头，我便再次过街回家了。回到五楼的家中，我还是不太放心地往窗外看了看。依旧能听见乐声传来，但已经更为微弱而遥远，不再让我分神。尽管如此，我还是探头出去，执意亲眼确认他们已经离开我家附近的那个街角。“好的，先生，我们马上。”吉卜赛女人先前顺从地说，而且他们也履行了诺言。

今天我想到了两件事。第一件，不那么重要的一件，是他们接受了金钱和条件之后，我不应该再坚持，不应该强调“请你们站到那个街角去，好不好？”，事先就对他们是否能履行承诺表示怀疑（最糟糕的是那个冒犯人的“好不好？”）。第二件事就更严重，我只是因为有钱，就决定了昨天早上另外两个人的行动轨迹。我不希望他们在某一个街角待着（我的街角），便把他们打发到原本并没有想要去的另一处街角。他们选择我家这边的街角，也许是出于偶然，也或许事出有因，或许真的有某个特定的理由让他们站在我家这边的街角而非另一处，然而我对此毫不在意，也没有兴趣追根问底，只是让他们转移一个街区，挪到一个他们原本没有主动选择的地方。毋庸置疑我没有勉强他们，这是一种交易或协议。对我来讲，可以用一张钞票换取一个能安心工作的环境（然后工作又可以挣得更多的钞票）；于他们而言，是否待在我这边的街角无关紧要，他们无疑宁可拿上钞票转移到上个街角，而不是分文不进地继续待在我这边，所以他们收下钱之后离开了。甚至也可以认为，对他们来说这是笔轻松好赚的钱，本来，若只是靠稀稀拉拉的吝啬路人给的零钱，得花上好久才能凑足这个数目。所以，我这么做没什么大不了的，一桩小事，微不足道，对谁都没有造成任何伤害，更何况，双方都是赢家。然而，我认为比较过分的是因为我有钱且不介意慷慨大方地花钱，便可以决定黑皮肤男人应该在何处摇琴，梳辫子的女人应该在何处端着她的小盘子收钱。昨天早上我用钱收买了他们的脚步，收买了他们的立足之地，那一刻我也收买了他们的意愿。我原本可以道出原委，请他们帮忙，让他自行决定，毕竟他们也是在工作啊。但我觉得更为可靠的是给他钱，然后提条件："我给你这钱，你离开这里，站到前边那个街角去。"虽然我之后跟他解释了一番，但实际上我无须多费口舌，不必再解释，给了这笔对他来讲数目不小，但对我来说微不足道的钱，我确定他会拿钱走人。就算我在给他钱之后不去提及工作的事情，而是直接对他说"因为我想要你走开"，结果不会有任何不同。事实便是如此，只不过我没有把这句话说出口罢了，我把他打发到另一个街角就是因为我想要他走开。他是一个招人喜欢的手摇风琴师，如今会演奏这个乐器的人已经非常罕见，他是过往岁月和我童年时代的遗迹，我本应该更尊重他才对。然而糟糕的是，他本人也很有可能情愿让事情像已经发生的那样发展，而非依我此刻所想般发生。也就是说，他宁可要我的钱而非我的尊重。我可以对他解释我的情况后请求他离开，如果他表现得殷勤、识趣，再给他那张钞票，一笔小费而不是收买，"不好意思给您添麻烦了"，而不是"滚远一点儿"。然而，两种做法无甚区别，都包含了一个"条件"，明说或措辞含蓄，先给钱还是后给钱，其实都无关紧要。从某种意义上讲，我的做法最为清楚明了、干脆利落，没有半点儿虚伪或虚情假意，我们双方都得到了好处，如此简单而已。但是无论如何，我终究还是收买了他，掌控了他的步伐，打发他去另一处街角，在那里，黑皮肤男人也许会被一辆失控冲到人行道上的送货卡车卷入轮下，而如果他留在他一开始选择的街角的话，这原本不会发生。再也没有丘梯斯舞曲了，宽檐帽滚落，八字胡血迹斑斑。不过也有可能情况正好相反，我把他赶走反倒救了他的命。

但是这些都是推测或假设。有时，其他人的生活，或某一个人的生活（生命的定势与延续，而非单纯的几步路）取决于我们的决定或犹豫，我们的懦弱或是勇气，我们的语言和行动，有时也取决于我们有钱而他们没有的现实。在兰斯家附近，也是我童年、少年时代的住所旁边有一个文具店。一个女孩，店主的女儿，从很早就开始在店里帮忙了——大概十三四岁吧，她跟我年纪相仿，比我稍微小一些。那是一个不起眼的老旧店面，因为被时代进步的潮流所遗忘、冷落，许多年一成不变，直到最近几年，在她父亲去世之后才有了些改善，现代了一点儿，钱也应该多赚了一些。我十四五岁的时候，它无疑赚得很少，因此那女孩得在那儿帮忙，至少下午她都在那里。女孩非常漂亮，我非常喜欢她，几乎天天都去店里看她。我不会一下子把需要的东西都买完，而是今天买一根铅笔，明天再买个本子，这个下午买块橡皮，

第二天下午再回去买瓶墨水。我总是找各种借口买东西，也在那个店里花了不少钱。我还会磨磨蹭蹭赖着不走，像那时候的同龄少年一样，吹着口哨等着她，想方设法让她而不是她的父母接待我（暗中观察她什么时候有空，看准机会开口），故意拖延付款时间，假如收到她的一个亲切的或者至少可以让人回味的微笑或眼神，我整整一个晚上都会非常快活。尤其是当我想着那不可名状的遥远的未来离开文具店时，便会格外心满意足，一切都来得及，日复一日的午后她都将待在那里，永远可以在那里见到她，所以没有理由让未来具体化，也不必让它成为现实。我的年龄在增长，女孩也是如此。她长大了，接下来的那几年里还是那样的美丽动人。从十六岁起到现在，她上午也在那里，也就是一整天不间断地待在那里干活儿。我上大学的时候她就不再念书了。上小学和初中的时候我没跟她说过话，后来也没有，起初是因为我不敢，之后是因为时机一旦错失，便永远流走了，这便是只憧憬未来而没有行动的糟糕之处：双眼看着她，一边却忙着其他事情，而在充满变数的当下，我就不再那么频繁地光顾文具店了。我跟她说过的话仅限于买纸、买笔、买文件夹和橡皮以及谢谢之类。我不了解她的性格，她的喜好，不知道跟她交谈是否愉快，也不清楚她的脾气怎样，她怎么看待事情，她是否爱笑，如何亲吻等等。

我只知道自己十五岁的时候爱上了她，与那个年岁的所有爱情一样，朦朦胧胧还未开始，就以为会天长地久。除此之外，我敢说她看人和微笑时的模样（她那时的模样）永远值得爱恋，不只十五岁的我有这种感觉，我现在也这么认为。她一直都叫妮耶贝丝。从现在往回算，我已经有十五年，或更长时间没有在兰斯家住了，但有时候我会去看他，接上他去渔船餐厅或者其他更远的餐馆一同进餐。上楼之前，因为没有完全放弃到文具店里买点儿东西的习惯，我会先到那里转一圈。这么多年以来，我总是能碰到那个女孩，她已经不是女孩了。我见过她二十三岁、二十六岁、二十九岁的模样，现在她应该有三十三四岁了吧。就在我跟路易莎结婚前夕，我还见过她一次。她仍然是一个年轻的女子，这是必然的，我一直知道她大概的年纪，比我稍微小一些；她理应还年轻，看起来却不尽然，她已经不再美丽，我不知道为何会这样，她明明还没有到失去美丽的年龄。一定是多少年来她从早到晚一直待在文具店里的缘故（虽然每天晚上、周日以及周六午后都不用待在那里，但这点儿休息时间远远不够），她卖文具给孩子们，他们不再视她为同龄人或倾慕的对象，而是从很早以前便把她看作一名中年女子了。毫无疑问，她不会再被光顾文具店的任何一个孩子爱慕，甚至没有爱慕者，连当下已经不是孩子的我都不会再倾慕于她，或许她那和她家来自同一个街区，从早到晚在另一个店面里忙活着卖药或换轮胎的丈夫也不。我什么都不知道，或许她连丈夫都没有。我唯一知道的是这个看起来已经不显年轻的年轻女子经年累月身着风格相似的服装：圆领毛衣、圆领衬衫、打褶裙和发白的长袜，经年累月上上下下地爬梯子，用那双指甲断裂、沾满墨水的手寻找着打字机的色带；曾经苗条的身材微微发胖，我曾目睹其丰盈的胸部日益松弛，眼神生出倦色，黑眼圈逐渐扩大，眼皮因睡眠不足而浮肿，渐渐遮挡了曾经明媚的双眼——或许眼皮浮肿只是因为眼前这一切从小就未曾变换。那一次，就在筹备好的婚礼前夕，在我上楼去接我父亲，准备两个人开开心心地吃顿午餐之前，我在那里又见到了她。我突然产生了一个不切实际的想法，说实话如今这想法让我感到羞愧，但是我无法彻底摆脱它，或者，确切地讲，它时不时地在我脑际回转，有如反复遗忘又想起的事情，我们懒得想办法解决，于是就惦记一半忘记一半，或者遗忘和回想穿插进行，以免完全遗忘。我当时想，那个女孩，妮耶贝丝，倘若我当年不只是暗恋她，如果成年之后我跟她说过话，跟她交往过，如果她曾经想要亲吻我，她会不一样，会更好。当然，我将永远无从得知她是否想要亲吻我。我清楚自己对她一无所知，但她无疑缺乏雄心、好奇心，也没有不安分的想法。至少有几件事我可以确定：她不会像现在这样穿着打扮，她会走出文具店，那里会由我来经营和打理；有可能她依旧明媚动人，显得青春有朝气。这么说有点儿言过其实，但是仅仅想到这种可能性就足以让我愤怒，倒不是迁怒于自己从前没有跟她聊过铅笔以外的话题，而是为一个简单的事实，或者依然是为这种可能性而愤怒：一个人看起来年岁几何、容貌如何，有可能取决于她身边是什么样的人，还有她自己是否有钱。金钱可以让人毫不犹豫地变卖文具店，赚取更多的钱财；金钱可以减少恐惧，可以允许人每季购买新衣；金钱可以让某一个微笑或某一个眼神得到应有的怜爱，并且更为持久地存在。另外一些跟妮耶贝丝境遇相同的人应该不会继续留在原来的地方，可能最终离开了无比舒适的遥远而抽象的未来，离开了那个曾经开放而如今逐渐合拢的空间。但我要说的并非设想中的这些人，而是那一个女孩，她虚无缥缈的身影护佑了我十五岁那年的每一个夜晚。因此，我诞罔不经的想法并没有成为什么王子和村姑、教师和卖花女、骑士与歌女等老套故事又一花哨虚浮并且煽情的翻版——尽管其中有自负的成分，或许是由于即将举办的婚礼，也或许是因为有那么一瞬间，我感觉自己是叛徒，优人一等，幸免于难，背叛了妮耶贝丝，优越于她，幸免于成为她那样的人。但我关注的并非自己如何，而是她那已经定型的生活，以及接下来的日子；有那么短暂的一瞬间，我自认为有能力而且原本可以改变她的生活，甚至还来得及去做，就像昨天早上，我改变了属于往日一景的和善的手摇风琴师和长辫子女人的位置和步伐一般。我知道若是如此，文具店的女孩原本可以目睹、经历更多事，游历别的国家，不仅仅是在八月；我知道她原本可以拥有完全不同于现在的社交圈，本可以拥有更多的金钱，不必终日埋头于铅笔屑和橡皮渣之间。可我无法理解的是，当时在文具店的那一刻我怎么敢那样想，时至今日，我居然还没有把这虚无缥缈的想法彻底祛除，还让它再冒出来。我为什么居然还认为，跟我一起生活对她会更好，整体来讲会更好。可从来就没有所谓的整体啊，我现在想。如果跟我一起生活的话，她会是什么样子呢，我那一刻想过，却不曾意识到，我也有可能不会是现在的我，我也有可能跟她一起埋首于文具店打发我的时日。

“你有这种钢笔的笔芯吗？”

这是我当时问她的话，边说边从我的口袋里拿出一支我从布鲁塞尔买的德国产钢笔。这支笔我非常喜欢，因为笔尖是黑色和马黛茶色的。

“我看一下。”她说着，打开了钢笔，看了一下几乎空了的钢笔芯。“我想没有，但是请等一下，我去看看上面的盒子里有没有。”

我明知店里不会有这种钢笔芯，我想她也应该早就清楚店里没有。然而，她还是拉来老旧的梯子，把它靠到自己那一侧、我左手边的陈列柜上，吃力地爬了上去，仿佛比实际年龄还要老上二十来岁（可是她这些年一直在上上下下地爬梯子啊）。她爬到第五层阶梯便停住了，在那里仔细翻看着几个对我们来说应该没什么用处的纸箱。我从背后观察她。她穿着低跟鞋和一件老式的方格学生裙，臀部宽大，胸罩的带子有些松散，在衬衫里若隐若现；还有美丽的颈部，那是她身上唯一没有变化的部位。她在纸箱里翻看着，手中拿着被打开的钢笔用来比对，拿它的姿势小心翼翼。那一刻，如果我也正好处在她的高度，就会把一只手放在她的肩膀上，或是温柔地抚摸她的后颈。

很难想象我会在那间文具店里打发时日。即便像现在，在离开兰斯家后这么长的时间里，我并非手执千金，而是需要工作来谋生——即便目前一年只工作六个月——我一直不缺金钱和好奇心，或者说好奇心和金钱。清楚自己将会有钱的人在很大程度上其实已经拥有它，在这件事上，人们往往想在前面。我知道父亲去世之后自己将会有很多钱，甚至如果我不想工作的话，我也可以放弃。从小，我就有钱可以买很多铅笔。我母亲过世时，我继承了一部分遗产；在这之前，外祖母去世时，我也继承了一小部分。尽管这些财富不是她们挣来的，死亡却可以让那些本来并不富有的人，让那些单靠一己之力永远无法发财的人变得富有，让寡妇、女儿们富有，抑或只留下文具店，无济于事，却把女儿束缚住了。

兰斯一直过得不错，所以他的儿子也过得不错，但没有那么阔绰，也就靠着那份职业收入，不过他还给人做画作鉴赏。其实我父亲富余的财物或财富来自于他的藏画和某件雕塑，特别是油画和无数的素描。如今他已经退休，但是在过去的很多年里（佛朗哥时期以及之后的年代），他是普拉多博物馆[①]的在编鉴赏专家。他从未当过馆长或者副馆长，也非什么抛头露面的大人物，表面上他是个每天上午都埋头于办公室的公职人员，连他儿子，至少小的时候，都是从来不清楚父亲在忙些什么的。后来我才慢慢了解到，他终日把自己关在一间办公室里，办公室周围便是那些令他痴迷的经典或算不上太经典的画作。他每天上午都以名画为邻，埋头工作，却从未顾得上露个脸欣赏一下身边的名画，或者观察

① 普拉多博物馆，又译作普拉多美术馆，建于 18 世纪，位于西班牙马德里，是西班牙最重要的艺术品收藏博物馆，也是西方最重要的艺术品收藏博物馆之一。

那些参观者如何看画。他检查画作，编目，写作品介绍，把作品撤下目录，调查，出鉴定报告，清点画作，拨打电话，买进卖出。他也不总是待在那里，还常常应机构或个人邀请出行，逐渐了解到了他的实力的机构和个人，聘请他发表意见，做鉴定报告——这个词虽然难听，但干这一行的人习惯这么用。他逐渐成了好几家美国博物馆的顾问，包括马里布的盖蒂博物馆、巴尔的摩的沃尔特斯博物馆以及波士顿的加德纳博物馆。他还同时担任了好几家基金会、胡作非为的南美银行以及一些私人收藏家的顾问，这些人有钱到无须过来马德里和家里，只能由我父亲亲自飞往伦敦、苏黎世、芝加哥、蒙得维的亚[①]或是海牙。他提供意见，赞成或劝阻画作的交易，最后拿着佣金或礼物打道回府。经年累月，他变得越来越有钱，不是因为佣金或普拉多博物馆付给专家的薪水（薪水其实不高），而是来自他那神不知鬼不觉的舞弊行径：事实上，在我跟前他从不讳言自己半欺诈性的行为，甚至还对之大肆吹嘘，说在小心谨慎、权势滔天的买家眼皮底下施展各式精巧伎俩，在各种意义上都值得喝彩，更何况这些行径既不会被追责又不会被发现，也就是说，买家压根察觉不出被谁欺骗了，甚至发

① 蒙得维的亚，乌拉圭首都。

现不了骗局本身。在这个行当中，舞弊不算非常严重的行径，只需从代表买方的利益转而代表一下卖方的利益，并且做得不被聘请鉴定专家（有朝一日也可能成为卖方）的买方察觉或知情即可。马里布的盖蒂博物馆和巴尔的摩的沃尔特斯博物馆聘请我父亲是为了通过他了解待售画作的所有权、现状和收藏方面的信息。我父亲原则上据实相报，但也会隐瞒某些信息，比如某幅油画少了几厘米，原因是在几个世纪的时间里，有人为了把它放进某任主人的收藏室把这几厘米裁剪掉了；或者是画作背景里的几个次要人物被人在原作上“修饰”过，但避免说“重画”二字。这些细节一旦被披露，将会大大降低画作的价值和价格。在不透露这些细节的情况下跟卖方达成协议，意味着一个更高价格基础上的双倍提成，这对于保密的鉴定者来讲是一笔丰厚的收入，对于卖方来讲则获益更大。如果日后事情败露，鉴定者总可以说是个疏忽，因为没有一个专家能做到从不走眼，相反，某一次在某个方面出现问题是不可避免的，只要在其他方面都做好了就依然可以维持他的权威。就这样，错误是可以人为把控的。我的父亲，我不怀疑，他眼力好，手也灵巧（因为鉴定过程中必须触摸画作，有时在不伤害画作的前提下，甚至还要用舌头舔舐），而多少年以来，在一些像西班牙这样的国家，在人们还不懂或无力支付化学测试的情况下，这可是一个无价的禀赋（顺便提一下，化学测试也未必可靠）。专家的名望完全取决于他下鉴定结论时是否笃定和坚决。西班牙的私人收藏界到处充斥着赝品（公立机构的收藏也是，只不过比例小一些），它们的收藏者决定卖出并且最终将其托付给正规拍卖行的时候，往往会无比愤怒。曾经有几位太太在获悉自己收藏了一辈子的格列柯[①]小幅圣像实为“圣赝”时当场气昏过去；也曾经有几位年长的绅士，当得知珍藏一生的心爱的弗兰德版画只是一张巧妙的赝品这一真切无误的消息时，急得要割脉自杀。拍卖行的办公室里固然也有真品流通，但卖家贵重的木制手杖也被摔断过，而自从有位员工被割伤以后，锋利物品就都被收在了玻璃柜里。警力或救护车的出现已是屡见不鲜，精神病看护人员在这里更是常客。

几十年来，在西班牙，任何一个人都可以厚颜无耻、夸夸其谈、无所顾忌地发表鉴赏意见。无论是古董商、书商、画展评论员、挂胸牌的导游、学校勤杂工、明信片零售商或者家政服务员，所有的人都能提出看法，发表意见，所有的见解都千真万确，没有优劣之分。这种情况下，确实懂行的人就成了无价之宝，时至今

① 格列柯（1541—1614），文艺复兴时期的著名画家。出生于希腊，曾旅居意大利，1577 年移居西班牙。

日，全世界依旧如此，只是在彼时的西班牙这股风气更甚罢了。我父亲懂行，比大部分人都懂。然而，我怀疑在他轻微的舞弊行为里头，有他从不挂在嘴上炫耀的更为恶劣的行径。这一行的行家们，除去我上边讲的，还有另外两三种方法可以发财致富。第一种是合法的，也就是从外行或处境窘迫之人手里买进画作（比如战争期间或战后，那时候人们会用名画换取一本护照或一头猪）。多年以来，兰斯不只为雇用他的人，也为自己买画：他向古董商、书商、画展评论员、普拉多博物馆挂胸牌的导游、学校勤杂工、明信片零售商甚至家政服务员，向各类人购买，以很低的价格从这些人手里购进名作真迹；他用马里布、波士顿、巴尔的摩付的钱来为自己做艺术投资，确切地讲，也不能算投资，即使算的话也是为了子孙后代，因为他从来都没想过要变卖自己的资产，要卖的话也是将来由我操办。我父亲拥有一些没花几个钱淘来的珍品，其中有几件非常神秘。一九四五年，德国不来梅艺术馆遗失了丢勒[1]的一幅画和十六件素描，传说是在炮火中焚毁或是被苏联人拿走了，后一种说法的可能性大一些。在遗失的素描中，有一幅题为《闭眼女人的头像》，一幅是《卡特琳娜·科纳罗的肖像》，第三幅题为《三棵椴树》。我

① 阿尔布雷特·丢勒（1471—1528），德国文艺复兴时期著名版画家、画家和艺术理论家。

不下断言也不否认，但是，在兰斯收藏的素描里，我敢发誓有三幅是丢勒所作（不过我没有下定论的资格，而我每次问时他总是笑而不答），其中一幅上画着一个紧闭双眼的女人的头部，另一幅上的卡特琳娜·科纳罗肖像惟妙惟肖，直觉告诉我它就是真迹，而在我看来最后一幅画作上是三棵椴树，虽然本人对树木一类并不在行。以上只是举个例子而已。鉴于艺术品市场的价格如此多变，我不知道我父亲的所有收藏品总共价值多少。（当我问他时，他也是笑笑说："你不得不去估价的那一天就知道了。这玩意儿天天变，像黄金的价格那样。"）等他过世之后，出不出售都是我的事了，如果我不想继续为干翻译活儿到处跑的话，有可能只需卖掉一两件就足够了。

至于家中一直展示的那些名画（为数不多），兰斯总是对朋友和客人们说是复制品（也有些可以解释的例外，像布丹、马丁·里科的画作以及其他类似的作品），出自老古斯塔尔多易之手的上等复制品，某幅年代近些的则出自小古斯塔尔多易。这一行业内的行家另一敛财的方法，是把他的见识用在创作而不是诠释画作上，也就是说，给伪造者提供咨询指导，让仿冒作品尽可能完美。可以想见，给仿冒者提供咨询的行家应该不会把这些赝品，这些在他调教之下完成的画作披露出去，仿冒者则可能会把其中的一幅画，在另一位行家的明鉴下出售给某个私人收藏者、博物馆或银行，在所得收益中提取一定比例来酬谢第一位行家；也有可能这位行家会主动把仿作的信息透露给那一位负责鉴定的行家。兰斯最好的朋友之一是老古斯塔尔多易，现在是小古斯塔尔多易，两人都是手艺精湛的画作仿制者，任何时代的任何画作都难不倒他们，虽然他们最拿手的是十八世纪法国画家的作品。在他们笔下，这些作品的原作和复制品真假难辨。在很长一段时间里，十八世纪的法国画家并不被看好（因此没有人在意仿冒之事），在今日却被奉为圭臬，部分原因便是最近几十年，业内的行家开始对其价值进行新评。在兰斯家里，有两幅精美绝伦的仿作，一幅是华托[①]的小幅油画，另一幅是夏尔丹[②]的迷你画，前者出自老古斯塔尔多易之手，后者为小古斯塔尔多易所作，是兰斯三年前才向小古斯塔尔多易定制的，至少他是这么说的。十多年前，老古斯塔尔多易在去世之前遇上了点儿麻烦，颇受了一番惊吓：他被逮捕，但很快无罪释放。无疑是我父亲从普拉多博物馆的办公室里给某些在佛朗哥死后依然没有完全失去影响力的人打了电话。

在马里布、波士顿以及巴尔的摩，在苏黎世、蒙得维的亚以

① 让·安东尼·华托(1684—1721)，法国18世纪洛可可时期代表画家。
② 让·巴蒂斯特·西梅翁·夏尔丹（1699—1779），法国18世纪静物画大师。

及海牙，兰斯通过私人交情或通过向卖方提供更为隐秘的服务，甚至通过为老古斯塔尔多易提供可能的建议，包括现在也许偶尔还为小古斯塔尔多易提供咨询，逐渐赚取和积累起了他的财富或者说资产。但无论如何，如我之前所说，其中大部分依旧集中在个人收藏的素描、油画、版画和某件雕塑作品上，虽然我还不了解或者暂时无法了解这些资产和财富的升值空间（我希望他在去世时留下一份精确的专家报告）。他从来不想变卖什么，不想卖出任何一个他所谓的仿作或确凿无疑的真迹——说到这里，也应该承认，如果撇开那些轻微的舞弊行为不谈，他对画作的确怀有真爱。仔细想想，把布丹和马丁·里科的小幅作品送给我们当作结婚礼物，肯定会让他吐血，哪怕在我们家他还能见得着它们。我还记得，过去在普拉多干的时候，面对任何意外事件或遗失，损坏或丝毫的不完美，他都会惊慌失措，面对博物馆保安人员时他也是如此。根据他的说法，应该付给这些人极高的薪水，还要保证他们拥有无比愉快的心情，因为他们不只是负责艺术品的安全和看护，更是那些画作得以存留的基本保证。他说，以《侍女图》[1]的例子来讲，艺术作品的存在完全仰仗于保安们每日的仁慈或宽恕，如果他们想的话，可以随时摧毁作品。因此，要让他们感到骄傲和快乐，心境平和知足。我父亲以各种借口（这并非他的职责，也不是任何人的职责）负责了解保安人员的生活：他们是心平气和，还是焦躁不安；是否有债务让他们不堪重负，或者有能力应付；他们的配偶（保安人员有男有女）对他们友善还是粗暴；子女是他们幸福的源头，还是让他们发狂的逆子。他总是有意关注着他们，以保护大师们的作品，避免他们以可能的愤怒或不满的冲动伤害画作。我父亲清醒地意识到，一个男人或女人每天都关在一间小厅里看着永远相同的画作，每天上午加上有时候的下午，无数个时辰坐在小椅子上不做任何事情，只是看管参观者或盯着画布（甚至禁止做填字游戏），他们有可能会发疯，进而对那些画作滋生威胁，甚至发展成一种致命的仇恨。因此，在普拉多博物馆工作期间，每个月他都自行负责更换保安的岗位，以保证其盯着相同画作的时间不超过三十天，以此安抚他们心里的仇恨，或者在还来得及的时候转移憎恨的目标。同样，他也清

①《侍女图》，也称《宫娥》，西班牙黄金时代画家委拉斯凯兹于 1656 年创作的油画，描绘了西班牙宫廷的日常生活。现收藏于马德里的普拉多博物馆，是西方美术史上的重要作品之一。

醒地意识到，倘若某个保安决定在某个上午毁掉《侍女图》，这幅名作就会遭受与不来梅艺术馆在炮火中被毁的丢勒画作相同的命运。因为如果去干这缺德事儿的是保安本人，他将拥有大把的时间，无人可以制止他，除了他自己，哪怕他最后受到惩罚，落入监牢，一切都将无法挽回，画作必定无法复原。

有一次，我父亲在闭馆前的一小时离开办公室——那时候大部分的参观者都已经走了——结果发现一名叫马特乌的保安（此人已在那里工作二十五年了）正在一幅伦勃朗[①]的作品边上玩着一次性打火机。具体来说，是在那幅创作于一六三四年、题为《阿尔忒弥斯》[②]画作的左下角玩着打火机。这是普拉多博物馆馆藏的唯一一幅伦勃朗真迹。画中的阿尔忒弥斯的五官与莎斯姬亚的非常相似，后者是这位天才画家的妻子和常用模特。阿尔忒弥斯斜眼凝望着侍女递来的一盏形状复杂的杯子，年轻的侍女跪在地上，几乎背对着画面。这个场景可以有两种阐释。其一可将画中的女

---

① 伦勃朗·哈尔曼松·凡·莱因（1606—1669），欧洲巴洛克绘画艺术的代表画家之一，也是17世纪荷兰黄金时代绘画的主要人物，被称为荷兰历史上最伟大的画家。

②《阿尔忒弥斯》，音译，伦勃朗作品，目前收藏于普拉多博物馆。如小说里描述的那样，该画作有两种阐释方式，其中之一展现的是古希腊某城邦的女王阿尔忒弥斯的故事。“阿尔忒弥斯”同时也是希腊神话中的月神和狩猎女神的名字，所以画名也译作《月亮与狩猎女神》。

子诠释为哈利卡纳索斯[①]的女王阿尔忒弥斯，此画描绘了她将要喝下亡夫摩索鲁斯[②]骨灰那一刻的情景。她后来为亡夫修建了一座陵墓（这便是"陵墓"一词的来源[③]），成为世界七大奇迹之一。其二可将画中的女子视为索芙妮丝芭，迦太基[④]将军哈斯德鲁巴的女儿。西庇阿[⑤]和他的手下前来带走她时，她向新任丈夫马西尼萨[⑥]要了一杯毒酒作为新婚礼物，据记载，是想在危难之中为表示忠贞而自杀——索芙妮丝芭不单单属于马西尼萨，在此之前她已经嫁给马塞西利部落的首领西法克斯，实际上，她是刚刚被第二任丈夫（上文提到的马西尼萨）在攻打锡尔塔[⑦]的混战中从西法克

① 哈利卡纳索斯，古希腊的城邦，位于爱琴海西南方的海岸，现为土耳其领土。

② 摩索鲁斯（？—前 352 年），波斯帝国卡里亚总督，前 377 年至前 353 年在位。

③ 这里指西班牙语"mausoleo"（陵墓）一词源于阿尔忒弥斯丈夫的名字摩索鲁斯（Mausolo）。

④ 迦太基，位于北非（今突尼斯）。公元前 8 世纪至公元前 146 年，腓尼基人在北非建立殖民城邦，后发展为帝国。古迦太基曾与古希腊争夺地中海霸权，后又与古罗马争夺霸权。

⑤ 西庇阿（前 235 年—前 183 年），全名为普布利乌斯 · 科尔内利乌斯 · 西庇阿，也被称为"大西庇阿"。古罗马统帅和政治家。他是第二次布匿战争中罗马方面的主要将领之一，以在扎马战役中打败迦太基统帅汉尼拔而著称。

⑥ 迦太基将军哈斯德鲁巴之女索芙妮丝芭跟马西利部落（东努米底亚）之王马西尼萨有婚约在先，但因马西尼萨投靠罗马，被她父亲解除婚约，嫁给了马塞西利部落（西努米底亚）之王西法克斯。后来西法克斯与迦太基的联军被马西尼萨与罗马的联军打败，马西尼萨迎娶索芙妮丝芭为妻。西法克斯则被马西尼萨移交给西庇阿，不久去世。

⑦ 锡尔塔是西努米底亚的都城。西法克斯兵败，锡尔塔被马西尼萨的军队占领。

斯手里劫走的（锡尔塔即今日的阿尔及利亚城市君士坦丁）。很难说这幅画描绘的是阿尔忒弥斯为纪念摩索鲁斯要喝下亡夫的骨灰，还是索芙妮丝芭因马西尼萨之错要饮下毒酒。不管这位女子是何人，从她斜睨的表情看来，似乎在一番内心挣扎之后她终会吞下难以下咽的杯中之物。无论怎么理解，在画作的背景中都有一个老妇人的头像，她似乎更关注杯子，而非侍女或阿尔忒弥斯本人（如果画中的人物是索芙妮丝芭的话，有可能是这位老妇人给她准备的毒酒）。老妇人的模样不太清晰，背景是一片着色很重、过于神秘的暗影，而索芙妮丝芭的形象却是如此光亮，如此巨大，使得老妇人显得更为扑朔迷离。

在那个年代，普拉多没有火警自动预报装置，但是有灭火器。我父亲用力卸下手边的一个灭火器，虽然不知如何使用，依然笨拙地把它藏在身后（灭火器极其沉重，色泽显眼），慢慢地走近马特乌。他已将画框的一角熏黑，打火机的火焰已经非常靠近画布了，他上上下下、一点点地用火苗烤着，仿佛要把所有的细节照亮：侍女、老妇人、阿尔忒弥斯以及酒杯，还有一张下边放着炭盆的桌子，摆着折叠的信件（也许是西庇阿的最后通牒），索芙妮丝芭堪称圆润的左手也支在上头。

“怎么样，马特乌？”我父亲平静地说，“这样看得更清楚吧？”

马特乌没有回头，他非常清楚那是兰斯的声音。他知道兰斯每天离开之前都会随意地在几个展厅里转一圈，以确定画作们依旧完好如初。

“不，”他不冷不热，淡然地回答，“我正想把它烧掉。”

我父亲盘算着，他本可以重击一下马特乌的手臂，把打火机打落在地，消除威胁，然后轻轻一脚将它踢远。但那时他在背后藏着灭火器，空不出双手来。而且，单单是一旦失误就会进一步激怒保安马特乌的可能便使得他立刻放弃了尝试。他想，也许更好的办法还是稳住他，让他不再打火（正燃烧着含沥青的物质），直至一次性打火机的油气燃尽。但是，这样还要花上很久，如果不幸打火机是新买的呢？他也想过大声求救，有人会出现，马特乌会被制服，火势就不会蔓延到其他画作，但是这样就意味着要跟普拉多唯一一幅伦勃朗真迹永别，跟索芙妮丝芭永别，跟阿尔忒弥斯永别，甚至跟摩索鲁斯、马西尼萨、莎斯姬亚以及西法克斯永别。于是他又问马特乌：

“我说，兄弟，你就这么不喜欢这幅画吗？”

“我讨厌这个胖女人。”马特乌回答道。他无法忍受索芙妮丝芭。“我不喜欢这个戴珍珠链子的女人，”他坚持说（阿尔忒弥斯确实长得胖，在伦勃朗的画里，她的脖子和前额上都挂着珍珠项链），“那个服侍胖女人的小姑娘看起来更漂亮一些，但是没法看到她的脸蛋儿。”

我父亲忍不住做出了一个戏谑的回答，也就是说，他表现得既吃惊又不失逻辑。

“对哦，”他说，“就是这么画的，可不是嘛，胖女人正面而坐，侍女背着身子。”

想纵火的马特乌时不时地让打火机熄灭几秒钟，但始终没远离画布，过一会儿又重新点燃，用热气熏着那幅伦勃朗。他没有看兰斯。

“这太糟糕了，”他说，“就这么画了，变不了了，现在我们永远没法知道究竟发生了什么了。您瞧，兰斯先生，根本看不到那个姑娘的脸，也不知道背景里的老女人有什么用。唯一看得见的是这个戴着两根链子，永远无法拿到杯子的胖女人。我真希望她他妈的一口气全都喝光，好让我看看那个小姑娘，要是她转过身来的话。”

马特乌，一个通晓画作的男人，一个在普拉多干了二十五年的六十岁男人，突然想要一幅他无法理解的（没有人能理解，阿尔忒弥斯和索芙妮丝芭之间有着天壤之别，是喝掉死人骨灰与喝掉致命毒酒的差别，是扩展生命与结束生命的差别，是延长生命与扼杀生命的差别）伦勃朗作品中的场景继续演绎下去，这很荒谬，但是兰斯没有放弃跟他讲道理。

“但是，您要明白这是不可能的，马特乌，”兰斯说，“这三个人已经被画上去了，您不是看见了吗，都被画好了。您看过许多电影，但这不是一部电影。要明白没办法以另外一种方式来看她们，这仅仅是一幅画而已。一幅画而已。”

“所以我要毁掉它。”马特乌一边说，一边再次点着打火机。火苗在画布上方跳跃。

“还有，”我父亲补充道，他刻意精益求精（他爱卖弄学问），试图让对方分心，“胖女人额上戴的不是项链，而是一顶王冠，尽管也是珍珠做的。”

但是马特乌并没有理会他这一套说辞，而是机械地吹了吹制服上的灰粒。

反手悬空抓着灭火器让我父亲的手腕都要散架了，于是他不再把那东西藏在身后，而是把它甩到身前，像婴儿那样抱在怀里，它抢眼的胭脂红色马上被保安马特乌注意到了。

“喂，喂，您拿着这玩意儿是要干什么呀？”他指责我父亲，“您不知道我们这里禁止把灭火器卸下来吗？”

其实马特乌是在听到一声巨响后才终于转过身来的，那是我父亲笨拙地把灭火器从背后转移到怀里时，灭火器撞地发出的巨响，地板上的一些碎屑飞溅了起来。但是我父亲没敢利用保安那一刻的警觉，倒是大脑飞转，寻思起来。

“您不必担心，马特乌，”他告诉对方，“我把它拿走是因为它用不了了，需要修理。”然后趁机把那东西往地上一放，松了一口气。他取出上衣口袋里用以装饰的樱桃色丝质方巾，把额上的汗水擦干。一块手感和颜色都不错的手帕，装饰功能强于实用价值，跟灭火器的颜色很相配。

“我跟您说我要毁掉它。”马特乌又说。他用打火机冲莎斯姬亚做了个威胁的动作。

“这幅画价值很高的，马特乌。能卖几百万。”兰斯跟他说，试图用钱来让他恢复理智。

但是这位保安继续摆弄着打火机，点火，熄火，然后再点火。他决定再燎一燎画框。一个材质精良的古老画框。

“还值这么多呢，”他不屑地说，“这臭肥娘们儿还值几百万，去他妈的吧！”

优质画框被熏黑了。我父亲琢磨这一回是否要跟他提一下进监狱的事情，但是马上打消了这个念头。他想了又想，终于又改变了策略。突然，他抓起地上的灭火器对保安说：

“您说的是，马特乌，我赞同您的看法。但是不要把它烧掉，这样会殃及其他画作的。您让我来干吧。我用灭火器来毁掉它，灭火器很重的。在胖女人身上重重一击，让她见鬼去吧。”

兰斯端起灭火器，像举重运动员似的，两只手把它高高举在头顶，准备狠狠地往索芙妮丝芭和阿尔忒弥斯身上砸去。

就在这时马特乌突然较真起来。

“喂，喂，”表情严肃的马特乌对他说，“您这是要干什么？这样会伤到画的。”

“我要砸烂它。”兰斯回答道。

片刻的犹豫，我父亲双臂悬空把鲜红的灭火器举在头顶，马特乌则依旧手持打火机，火苗在空中跳动。他看看我父亲，又看看画。兰斯快撑不住了。这时，马特乌灭掉了打火机，揣进兜里，像斗士那样张开双臂，威胁道：

“待在那里别动，别动，您可别逼我。”

马特乌没有被开除，我父亲并没有把此事向上面汇报，保安也没有检举我父亲曾经企图用失效的灭火器摧毁那幅画。没有更多的人注意到画框被烧过（除了某一位被劝不要多嘴的冒失参观者，还有接受了贿赂的马特乌的替代者），很快，画框被撤换，新画框跟老画框极其相似，虽然没有那么古老。根据兰斯的说法，如果马特乌在过去的二十五年里一直是个爱吃醋的保安的话，没有理由在偶尔一次对画作施暴后就性情大变。他甚至把对方的举动和不法行为归咎于过得太拘谨压抑，宣泄得太少，况且，他还看到了马特乌可信可靠的证据，那就是当马特乌眼见自己怨恨的画作受到一位上司的威胁时，护卫的责任感油然而生，超越了自己真心想要烧毁阿尔忒弥斯的冲动。马特乌随后便立刻被调往另一个展厅，那里展示着较为早期的艺术作品，人物都没那么丰满圆润，比较不会让人恼火（有些画的所有故事都在同一个平面或空间演绎出来）。我父亲此后只是更加关心马特乌的生活，鼓励他积极面对老年时光，并且在一年两次的晚会上对他格外留意。这些晚会是在闭馆的日子里为全体馆员举办的，首选地点为那间挂着委拉斯凯兹画作的大展厅。所有的员工都携带家眷参加，从馆长（他只是露个脸，跟员工泛泛地握握手）到清洁女工（她们是最喧嚣、最享受晚会的人，因为她们要留下收拾残局），馆员们聚在一起吃喝、交谈和狂舞（交谈只是一种说法而已），每年两度由我父亲本人根据狂欢节的模式和理论策划，目的就是让保安们开心，让他们抛开平日必须保持的拘谨，彻底放松，尽情宣泄。他本人则监管晚会供应食品的品质，保证它们产生的污渍不至于损毁或损坏作品。就这样，很多野蛮行径便被准许了：我从小就见过《侍女图》上淌着汽水，《布列达的投降》[1]上沾上了蛋白酥。

①《布列达的投降》，西班牙画家委拉斯凯兹于1634年至1635年期间创作的油画，现收藏于马德里普拉多博物馆。此画描绘了1625年7月西班牙军队攻占由荷兰长期坚守的军事要塞布列达时的一个场景。

第八章

多年以来，在我的童年时代，以及之后的少年、青年时代，当我还在犹犹豫豫地看着文具店女孩的时候，我只知道在跟我母亲结婚之前，我父亲跟我母亲的姐姐结过婚，也就是在跟胡安娜结婚之前，跟她的姐姐特雷莎·阿齐雷拉结过婚。我的外祖母在讲过去的事时有时会提到这对姐妹，也就是她口中的“小姑娘们”，和她们的其他几个兄弟，“小伙子们”，区别开来。做儿女的很晚才会对父母过去是什么样的人产生好奇（一般来说这种兴趣要等到子女们自己也接近他们父母当年的年纪，得以真正认识父母的时候，或是等他们也有了孩子，对为人父母的身份感到困惑，继而回忆起自己的孩童时代时才会产生）。除此之外，父母们也总是尽可能不去引起孩子的好奇心，不和孩子谈论自己，避而不谈自己的过去，又或许连自己都淡忘了。几乎每一个人都羞于提及自己的青葱岁月，常说人们留恋青春，其实不太对，青春是被冷落、被排斥的，被或轻易或费力地放逐到噩梦和小说，还有虚无里。青春被藏匿起来，对于错过我们的青春的人来说，就成了秘密。

兰斯和我母亲从未隐瞒他跟特雷莎曾经有过一段非常短暂的婚姻，我只清楚它的终结是由于特雷莎的早逝——如果她还活着的话，本应该是我的姨妈（或者说本不应该成为我的姨妈）——不过很多年来我都不知道她为何早逝（我也没有打听过）。而等我终于问及此事，他们并未告诉我实情，所以之后的更多年里，我自以为大概了解真相，实则受了蒙骗。这是父母常用的另一招数，当被问起已经遗忘的青春往事时便跟孩子撒谎。他们跟我说她是病死的，这就是全部，在很多年里他们都跟我说特雷莎是病死的，而我们很难对从童年时就知道的事情产生怀疑，一般要过去很久才会起疑心。所以我一直认为那段短暂的婚姻是一个可以理解的错误，一个孩子或少年的观点，他宁肯相信父母的结合是不可避免的，这样才有了他，宁肯相信自己的存在是合理的、必然的（我指的是那些懒惰的普通的孩子，发点儿烧就不去上学，也不必一大早骑着脚踏车去送货的孩子）。无论如何，那种想法是模糊的，那所谓的“可以理解的错误”就在于兰斯原本以为自己爱上了姐姐，实则喜欢另一位，也就是妹妹，但可能认识她们两人时，妹妹年龄太小，他就没有当真。也许我的母亲，或更确切地讲，我的外祖母——可能吧，我记不清了——就是这么告诉我的，那是在敷衍和搪塞孩子的提问。当然兰斯从来没跟我说过这些事。对于一个孩子来说，很容易会联想到另一个因素，那便是怜悯：为抚慰鳏夫而取代姐姐，为抚平鳏夫的绝望而取代死者的位置。我母亲嫁给我父亲，有那么一点儿是出于同情，她不想让我父亲从此孤单一人；也有可能不是这样，也许她从一开始就偷偷地爱上了他，暗地里期待障碍——也就是姐姐特雷莎消失。既然后来事情真的发生了，那就高高兴兴地接受现实，至少从某一角度来讲是这样。兰斯对此一直三缄其口。就在几年前，已经成年的我曾经试图问他，而他依旧把我当作孩子。“这跟你有什么关系？”他说，然后转移了话题。当我坚持要问时（当时我们在鲷鱼餐厅），他便一边起身去洗手间，一边绽放出自己最灿烂的笑脸挖苦道：“听着，我没有兴趣提那么久远的事儿，这倒人胃口，是在提醒一个人他现在有多老。如果你想继续的话，等我回来时你最好已经走了。我只想安安静静地吃一顿，就在今天，就在现在，而不是重温四十年前的某一天。”那场景就好像我们依旧是在家里，我还是当年那个可以被他呼来喝去的小孩。他让我走开，甚至都不考虑发一通火之后选择自己离开。

确实几乎从来没有人说起特雷莎·阿齐雷拉，自从我的古巴外祖母过世后，这“几乎”二字慢慢都显得多余了。她是唯一一个会偶尔提到特雷莎的人，仿佛无意说起或无法回避，尽管在她家里后者无时不在，在一幅依照照片绘制的油画遗像中清晰可见。在我家，也就是说在我父亲家，过去和现在都挂着特雷莎的一张标准黑白照，兰斯和胡安娜偶尔经过时都会顺便朝它瞅上一眼。照片中的特雷莎表情自信、严肃，她是一个美丽的女子，英气的一字眉，下巴中间有条浅浅的沟，像是一个凹槽或一处阴影；深色的头发挽在脑后，发线中分，凸显出所谓的“寡妇尖①”；颈部修长，一张充满女人味的大嘴巴（但是跟我父亲以及我的嘴巴非常不一样）；颜色同样深重的眼睛睁得大大的，毫无惧意地盯着目标；耳朵上戴着低调的，也许是珍珠母做的耳环；尽管非常年轻，可唇上依然涂了口红，这符合她活着的那个年代拥有良好家教的妙龄女性的打扮。她的肤色非常苍白，双手十指相扣，双臂支在桌面上，也许那是一张餐桌而非书桌，画面看不太清楚，无

① 寡妇尖，也就是中国人俗称“美人尖”的发际线形状。

法判断。照片的背景也很模糊，也许是在照相馆里拍的。她穿着一件短袖衬衣，当时可能是春天或夏天，二十岁左右的模样，也许更小，也许她还没有认识兰斯，或刚刚认识他。她那时还是单身。特雷莎身上的某种东西如今会让我想起路易莎，尽管在路易莎出现之前这张照片我已经看了那么多年——除了最近两年，我一辈子都在看这张照片。可能是因为人会觉得到处都或多或少地有自己所爱并与之共同生活的人的影子吧。这两个女人，照片中的特雷莎和活生生的路易莎，都有着自信的表情，两人都似乎毫无惧意，没有什么可以让她们感到威胁，至少路易莎清醒时是这样的。她睡着时，面部显得更加脆弱，身体更加像是处在危险之中。我们在一起度过的第一个晚上，路易莎非常放松，她做梦了，并且告诉我梦见了许多金盎司古币。因为我在身边，她半夜醒来，看着我的样子略带惊讶，她用指甲轻划过我的脸颊，跟我说："我刚才梦见金盎司了，像指甲一样，闪闪发亮。"只有天真单纯的人才会梦见这些东西，而且还讲给人听。认识了路易莎，跟她共度良宵之后，在兰斯家看到特雷莎的相片时我一度曾想，也许特雷莎·阿齐雷拉在她的新婚之夜也梦见过那些闪闪发亮的古金币。我不知道她是何时拍的这张相片，肯定也从来没有人去确切地了解过：相片尺寸很小，被裱在一个木制相框里，在一个架子上放着。自从她过世之后，家人们可能只是偶尔看她一眼，就如同容器或装饰品，或是家里收藏的画作，一旦成为日常景观，就不再会被满怀喜悦地细细端详了。自从我母亲去世之后，她的相片也摆在了那里，在兰斯家，尺寸要大一些。那儿还挂着一幅我童年时老古斯塔尔多易给她画的肖像，不算是遗像。两姊妹长得有些相像，脖子、脸型和下巴都一模一样，但我的母亲，胡安娜，性情更为开朗。我母亲在照片里微笑着，在画像里笑着，照片和画像里的她都要比小相片里的姐姐年纪大，特雷莎则永远也活不到那个年纪了。毫无疑问，离世使得她成为年纪最小的一个，最后连我都比她年长，早逝让人青春永驻。我母亲微笑着，几乎像是在欢笑：如同我的外祖母，她很容易绽放笑脸；她们两人，就像我之前讲的，有时会在一起开怀大笑。

不过，直到几个月前我才得知，无法成为我姨妈的特雷莎是在和我父亲蜜月旅行回来后不久自杀身亡的。这是小古斯塔尔多易告诉我的。他比我大三岁，我从小就跟他认识——那时大三岁意味着大很多，小时候我总是尽可能地躲避他，到成年以后才能忍受他。双方父亲的友谊或生意的联系有时会让我们待在一起，尽管他总是跟大人们走得更近，对成人的世界更感兴趣，似乎迫不及待地要加入，想要行动自由。在我的记忆里，他是个早熟的孩子或像挫败的成年人，一个幽闭于不和谐的孩子躯体里太长时间的男人，因徒劳的等待失魂落魄。给我留下这种印象并不是因为他参与了父辈们的谈话——他还不会卖弄学问，只能旁听——而是因为他身上笼罩着一种孩子不应该有的焦躁和阴郁，让他时刻保持警惕，向窗外观望：如同一个看着世界在眼前飞逝，却被拒之门外的人；如同一个囚犯，知道无人为其守候，无人因其缺席而受影响。他明白自己的时间在与飞奔的世界一同消逝，类似于垂死之人的感受。小古斯塔尔多易总给人一种在失去着什么的感觉，他自身也痛苦地意识到了这一点，他是那种想要同时活出几种人生的人，渴望拥有成倍的生命，不愿局限于自我，因为无比惧怕单一。他来我家，在我们父亲结束交谈之前需要跟我待在一起的时候，会走到阳台上，背对着我，一刻钟，二十分钟，半个小时，对我天真地建议他参加的各种游戏置若罔闻。可尽管一动不动地站着，他伫立的躯体并未因此停驻，连他那双瘦削的手也不平静，在撩开窗纱后还紧抓不放，就像新入狱的犯人习惯于抓着囚室的铁栅栏，因为还不相信自己已被囚禁。我畏缩在自己的房间里，在他的背后玩耍，试图不去引起他太多的注意，也几乎不看他剃得精光的后颈，更不敢正视他那成年男子般贪恋外部世界的、渴望观看和行动自由的目光。对于最后这一点，小古斯塔尔多易多少曾得偿所愿，至少他父亲很早就开始慢慢教他干那一行——临摹画作，可能还有伪造画作，让他接一些画室的活儿，给他报酬。因此小古斯塔尔多易比同龄人有钱，也拥有一个少年不太常见的自主权，逐步开始自己谋生。他对市井之事比对上学更感兴趣，十三岁就去嫖娼。我总是对他有那么一点儿惧意，不仅因为他比我大三岁，所以在我们偶尔打架时——他的焦躁累积到一定程度便会爆发——总能赢我，也因为他那猥琐粗暴的性情即便在打架时依然冷酷，无论在屈服之前我再怎么负隅顽抗，都能注意到他身上并没有怒火，只有冷暴力和征服的欲望。虽然我去过几次他父亲的、现在属于他的画室找他，但是我既没见过他画平庸的个人作品，也没看过他绘制精美的仿作。他的仿作技巧精湛却循规蹈矩，连同他人定制的肖像画一道，是他的财源。他把自己长时间地关在画室里，纹丝不动，手持画笔，眼睛盯着画布，倾注于细节，这些也许都可以解释他为何如此躁动不安，以及他为何对扩展生命那样执着。自少年时代起他便对他的猎奇行径直言不讳，特别是关于性事的（我在少年时代，甚至更早就从他那里学会了几乎所有的门道），有时我想，老古斯塔尔多易死后的这些年里，我父亲与他如此亲近是否跟这些猎奇的经历有关。不安分的男人们，年纪越大，生存的欲望就愈加强烈，无法由自身的官能获得充分的满足，那便寻找有能力讲述他们无法实现的生存体验的同伴，让对方代自己扩展生命。我父亲一定是想要倾听小古斯塔尔多易讲述。我知道曾有妓女在跟小古斯塔尔多易过夜后惊慌逃离，甚至都不愿谈及发生了何事——即便被他弄到床上去的是两个女子，她们彼此可以互相壮胆和安慰。从非常年轻时起，小古斯塔尔多易的欲望便是多重的，单独一个女子无法让他满足。自很久以前开始，他的偏好之一便是“双飞”。随着年纪的增长，小古斯塔尔多易变得谨慎低调。据我所知，他自己也不会提起女人们为何落荒而逃，但也许私下里跟我父亲透露过，对他来说，我父亲就像他的教父。我父亲一定是想要倾听他的讲述。事实上，多年以来，两人频繁见面，他每周一次来探望我的父亲，或是共赴晚餐，餐后可能一同去一处老旧的酒吧，或是一起去采购，去拜访第三个人，比如说我，甚至某一次在我不在家的时候来找路易莎，我父亲新过门的儿媳妇。小古斯塔尔多易应该可以讨得我父亲欢心。他如今已接近四十岁，剃光的后颈上方留着一根海盗或斗牛士般的小辫，络腮胡有些长，显得不合时宜，但不管怎样都是惹眼的，胡子卷曲，颜色远比暗红色的直发来得深。也许他在炫耀这些东西，小辫子和络腮胡，为了跟他周身散发着的夜游画家特有的过时的放荡不羁相配，尽管他的穿着又很正统，而且显得过于得体——总是打着领带，渴望通过着装显示自身的优雅。他会有那么几个月留着胡髭，另外几个月又剃掉，让人捉摸不透，也许正是要表现自己代表的不仅仅是某一个体。随着年龄的增长，他的脸型已经完全长成自童年、更是少年时代起便希冀的模样：一如他的性情，猥琐、粗暴、阴冷，前额宽大，额上两侧发际线后移，鼻子微微呈钩状，牙齿很长，在他露出亲切但缺乏热度的微笑时，长长的牙齿便在脸上闪闪发亮。他的眼睛非常黑，大得出奇，两眼分得有点儿开，几乎没有睫毛。缺失的睫毛和过宽的眼距让他那猥琐的眼神更令人无法忍受。他就这样看着被自己征服或收买的女人们，看着与他竞争的男人们，看着他已经得心应手融入其中的流转着的世界。

就是他，在几个月前，或者大概一年前，在我从哈瓦那、墨西哥、新奥尔良和迈阿密度完蜜月回来不久，将四十年前我姨妈特雷莎的事件真相告诉了我。那天我本准备去父亲家看望，旅途归来问候一下我父亲，跟他聊聊蜜月旅行。我在大门口遇见了小古斯塔尔多易，他消瘦的身影伫立在黄昏里。

“他不在家，”他告诉我，“有事必须出门一趟。”然后抬抬眼表示自己指的是兰斯。“他让我在这里等你几分钟说一声。有个美国人打电话给他，他走得很急。不知道是哪个美术馆的什么人。

他今晚或明天会打电话给你。我们一起去喝点儿东西吧。”

小古斯塔尔多易抓起我的胳膊，拉着我一道往前走。我注意到他的手冰冷、坚硬，像我从童年时代起就熟悉的那般强劲有力。以前他是个力大无比的孩子，现在是个力大无比的男人，拥有一股生气十足又专注的力量。我最后一次见他是几个星期以前，我婚礼那天，感觉却很遥远了。他并不是我邀请的客人，而是兰斯邀请的。我父亲请了一些人，我没有理由反对，不反对请其他人来，也不会反对请他。婚礼当天我没有时间跟他寒暄，他到婚礼场地后只是面露殷勤的笑容，向我表示祝贺，笑容里夹着一丝嘲讽。之后的婚宴上，我只远远地看到他贪婪地注视着周围。实际上他这副模样我非常熟悉，他总是贪婪地看着女人，还有某些男人——胆小羞怯的男人，无论身在何处，他的目光均如他的双手一样紧抓猎物。那天他的胡髭剃掉了，几个星期以后的现在，几乎都长出来了，虽然还没有完全长满，在我跟路易莎蜜月旅行期间他一直在留。在巴尔莫拉尔酒吧，他点了一杯啤酒。他从来不喝啤酒以外的东西，所以全身消瘦，就肚子显得大（但他总是利用领带来遮掩啤酒肚）。他一会儿跟我聊钱，一会儿跟我聊我父亲，说觉得他状态不错，后来又扯到他正在赚的一笔钱，似乎我的新婚状况是他最不感兴趣的事——他既没有问起蜜月旅行，也没有打听我工作上的事，我之后要去日内瓦、伦敦甚至布鲁塞尔的差旅，他不可能知道这些事，他应该问问，但他没有。既然父亲出门了，我便想回家跟路易莎待在一起，或许一起去看场电影。我跟小古斯塔尔多易从来都没有太多共同的话题。我父亲出门了，可能是来自马里布、波士顿或巴尔的摩的某个人打电话来把他叫走的。最近几乎没人给他电话，虽然他的眼光和见识还是像从前一样的专业，甚至比以前更加专业。几乎没有人向老家伙咨询，除非事关重大。比如有人行经马德里，刚好找不到人共进晚餐；我父亲则会以为，他们是需要他就某幅重见天日的画作或某桩发生在马德里的生意出谋划策。我做了个手势表示要走，但是小古斯塔尔多易把手放在我的胳膊上——他的手像个重物——把我按住了。

“再多留一会儿，”他说，“你还没跟我聊聊你那个漂亮老婆呢。”

“对你来讲，所有女人都漂亮，没什么可以说的。”

小古斯塔尔多易点着一个打火机，随即又熄灭。他微微笑着，露出一整排长牙，盯着火苗燃起又消失。他暂时没有看向我，或者只用两只分得很开的眼睛中的一只斜睨着，以便掌握周围的情况。

“我说，你单身这么多年终于结了婚，她一定有两下子，你又不是毛头小伙子了。她一定让你神魂颠倒。人们因为别无选择，因为恐惧或者绝望，因为无法失去某人，因为无法忍受失去某人的痛苦，才会去结婚。貌似最常规的事情里头总有不少癫狂。说吧，告诉我你属于哪种情况。告诉我那小姑娘都对你做了些什么。”

小古斯塔尔多易很粗鄙，还带点儿孩子气，仿佛童年时期对长大成人的无尽等待，让成年后的他永远保留了某些童年的印记。他肆无忌惮，口无遮拦，虽然跟我在一起时有所收敛：我的意思是他用词不那么粗野，语气不那么狂放，我是说他跟我单独在一起时是这样的，换成其他朋友他恐怕会直截了当地要求对方描述自己女人的阴部甚至是阴道，让对方描述做爱的感觉如何（这些词很难翻译，幸运的是从来没有在国际会议中出现过）。他跟我往往比较迂回。

“你得付费。”我这么跟他说道，想把他的话化为一句玩笑。

“行，我付钱。你要多少？再来一杯威士忌怎么样。”

“我不要了，连这杯也不想喝。饶了我吧！”

小古斯塔尔多易已经把手伸到兜里去了。他是那种把零钱放在裤兜里的男人，说实话，我也是。

“你不想谈吗？没问题，你不想谈的话我也尊重。为你和你的小姑娘干杯。”他喝了一小口啤酒，一边环顾四周，一边抿了抿嘴巴。吧台上有两个三十多岁的女人正在聊着天，其中一个面对着我们，有意无意地露着大腿（也许两个都是）。那大腿的古铜色就春天而言显得太深，很假的混血古铜色，其实顶多是在游泳池边涂了美黑膏晒出的颜色。小古斯塔尔多易此时毫不掩饰或毫无防备地看着我，又说：“无论如何，希望你过得比你父亲好。我不想当扫帚星，我得敲一下木头[1]。他的遭遇真是特别，甚至连‘蓝胡子’[2]也比不了。还好这势头没有继续下去，他的年纪也不小了。”

“不至于那么严重吧。”我说。我立即联想到特雷莎姨妈和我母亲胡安娜。两人都已作古，小古斯塔尔多易还提起她们，夸张或居心不良地用死亡把她们联系在一起。说什么“连‘蓝胡子’也比不了”“扫帚星”云云。什么连蓝胡子也比不了啊，谁还记得什么蓝胡子啊。

“啊？不至于？”他说，“当然，事情到你母亲这儿有所好转，

① 敲木头为西班牙一种迷信习俗。敲一下身边的桌子或者木质材料，以避免所说的或无意说出的不吉利之言成为现实。

② 蓝胡子为法国诗人夏尔·佩罗（1628—1703）创作的同名童话故事《蓝胡子》的主人公。故事中，蓝胡子娶了许多女人，这些女人都被他连续杀害。后人用其指代花花公子、乱娶妻妾或是虐待老婆的男人。

要是不小心就没有现在的你啦。不过你看，他还是活得比她久，真没有人能跟他比啊。愿她安息！”他又说道，尊重的口吻中带着戏谑。他谈起兰斯时带着赞赏，也许还有崇拜。

我看了看身边的那两个女人。她们自顾着说话，对我们毫不理睬（无疑在聊什么趣事），偶尔会传来一两句声音大一点儿的话。(“那真是超级过分。”我听见背对着我们的那个女人带着毫不掩饰的惊讶说道，另一个则很随意地袒露着自己的大腿，我估计从另一个角度则可以看见她内裤的三角区域。她那无比健壮的古铜色大腿让我联想起米莉亚姆，几天前在哈瓦那见过的那个女子，让我回忆起了她的模样，想着之前有那么一刻自己应该在惦记着她。那也就是几天前的事而已，或许吉列尔莫跟我们一样，已经返回马德里了。)

“只是个巧合，没有人知道死亡的顺序，也有可能原本他会是先死的那个，也说不定我们还会走在他前面呢。我母亲可是活得相当久了。”

小古斯塔尔多易终于点了一根烟，然后把打火机搁在桌上，吹灭火苗，深吸了一口，时不时地回头看一眼那两个坐在吧台前的三十岁女人，冲她们的方向吐烟。我不希望他有意起身去跟对方搭讪。在这方面他是个老手，有时与他想要搭讪的女人甚至不需要对视或眼神来回一番就说上话了。在某个酒吧，聚会，甚至在大街上，似乎他第一时间就能知道谁出于何种目的想要被接近，也许让人起心动念的正是他本身。我不知道在赌场的婚宴上他跟谁搭讪过，当时几乎都没有见到他的人影。此时他正对着我，再度用那令人反感但我又如此习惯的眼神盯着我。

“随便你怎么想，一个巧合。但是三次巧合未免太多了吧？”

“三次？”

这是我生平第一次听人含沙射影地提起那个跟我没有亲戚关系的外国女人。有关她的事，现在我了解了一些，但也不算太多，而且永远也不可能了解太多。有的人曾在这世上活过很多年，却根本没有人记得他们，就好像他们从来没有出现过。而这一次，当时我都不知道小古斯塔尔多易指的是她，我也不知道指的是谁，甚至都不知道还有这么一个人的存在（“三次巧合未免太多了吧”）。一开始我宁肯相信这是个口误，小古斯塔尔多易起初也是轻描淡写，也许他原先只打算跟我讲讲我姨妈特雷莎的事；也许他之前压根没有什么打算，并非想要跟我说那些事。而在那些充满不祥预感的日子里，在婚姻刚起步的时候，我宁可对此仍旧一无所知，尽管人一旦对某事有所了解，就很难知晓自己究竟是想要知情，还是继续不闻不问。

“我是说两次。”他马上说。或许这一切并非蓄谋已久，也并非出于恶意，但大概也不是无心之举：哪怕是带有善意，或寻常的企图，总会有其一。小古斯塔尔多易不是一个心思缜密的人，但这次一定别有用心。他马上又笑了（他的长牙给犀利的面孔增加了些，或者说勉强增加了些亲和力），把更多的烟往两个女人的方向吐去。背对着我们的女人不知烟从何处来，恼火地用手打散烟雾，好像在驱赶一只蚊子。小古斯塔尔多易没有停顿，接着又说：“听着，要知道，我并不是要跟你父亲过不去，正好相反，你肯定也心知肚明。但是其中一个女人跟他结完婚就自杀的行为可不像一个巧合。绝不是用你所谓的死亡顺序可以解释的。”

“自杀？”

小古斯塔尔多易咬了咬嘴唇，表情过于夸张，显得不自然。然后他伸手晃了晃两个手指叫服务生过来，并趁机朝那两个女人色眯眯地看了一眼。两个女人还是对我们不理不睬。（尽管其中有个女人曾经注意到我们的烟雾，就像注意到了一只蚊子。这时，面朝我们的女人笑容可掬，大声说：“好了，好了，好了，恶心死我了。”她开心无比，几乎都要开始拍打那对深棕色的大腿了。）相反，小古斯塔尔多易跟我说话的同时还在关注着她们。他总是一心多用，总是希望自己的生命是多重的，希望置身于本人并不在场的空间里。我以为他要站起来，于是坚持追问不让他走：“你说自杀是什么意思？”但是他仅仅是想跟服务生再要一杯啤酒。

“再来一杯。别跟我说你不知道啊。”

“你在说什么呢。”

小古斯塔尔多易摸了摸仍然稀疏的胡髭，又把脑后的小辫子捋正，动作难免有些阴柔之感。我不知道他为何要留这么一个可笑而且脏兮兮的辫子，让他看起来像个手艺工人或者十八世纪的乡巴佬。他吹了吹啤酒。在快四十岁的年纪居然还要热情满腔地迎合时尚，也许是受了绘画的影响。

“泡沫太多了。”他说。“妈的，”他又说，“你居然毫不知情，真要命，家里头这么瞒着孩子，谁知道我家里又有什么事倒让你知道个一清二楚，我他妈的连门儿都摸不着。”

“我可不清楚。”我立刻说道。

他又开始玩火。他掐灭了烟，很难闻。

“我好像有点儿多管闲事，兰斯会恼火的。我之前真不知道，原来你都不清楚你母亲的姐姐是怎么死的。”

“病死的，他们总是这么跟我讲。我也从来不多问。你说吧，你知道些什么。”

“也许不是真的，多年以前我父亲告诉我的。”

“他跟你说什么了？”

小古斯塔尔多易接连两次抽了抽鼻子。那会儿他并没有去过洗手间吸食可卡因，但是他抽鼻子的样子像是刚从那里回来。

他把打火机点着又灭掉。

“别告诉兰斯我跟你说这事了，好吗？我不希望他对我心存芥蒂。也许是我记错了或理解有误。”

我没有回答，我知道，即便不承诺什么，他也会讲给我听的。

“你记得什么？你知道些什么？”

小古斯塔尔多易又点着了一根烟。他假模假样故作深沉：颇有兴致地吸两口烟，不吸进去，就往两个女人的方向吐出一股浓烈的烟雾（如果吞进去再吐出来，这股烟就不会这么浓，扩散得那么慢）。背对着我们的那个女人机械地回了一下头，接着便侧着身吹赶烟雾。她的腿也袒露在外，不过似乎还未光顾过游泳池。那一小会儿，她的目光终于落在了小古斯塔尔多易的身上，尽管只有几秒钟，而同时，她的同伴正带着不屑很肯定地跟她说着某个人：“他被我弄得神魂颠倒，可我就是不喜欢他那张脸，不过他兜里钱多着呢，你说怎么办啊？”

“你姨妈跟兰斯蜜月旅行回来不久便一枪了断了自己。你知道的，她跟兰斯结过婚。”

“这我知道。”

“她走进洗手间，站到镜子前，解开衬衫，脱下胸罩，用她父亲的手枪枪口摸索心脏的位置。她父亲当时跟几个家人和客人待在餐厅里。我父亲是这么告诉我的。”

“在我外祖父家？”

“我是这么理解的。”

“我父亲当时在那儿吗？”

“当时不在，随后就到了，我想是这样的。”

“她为什么自杀？”

小古斯塔尔多易抽了抽鼻子，也许是春天常发的小感冒，尽管他追赶时尚，但绝不是那种为花粉过敏忸怩作态的男人。他摇摇头。

“我一点儿也不知道，我猜我父亲也不清楚，或者他没有告诉我。如果有谁知道的话，那就只能是你父亲了，不过恐怕连他也不清楚。弄清一个人究竟为什么要自杀可不容易，哪怕是身边最亲近的人。每个人都不正常，每个人都会摊上操蛋的事儿，有时无缘无故，多半没人知晓，只能把脸朝下蒙在枕头里，等待第二天的来临，然后突然就不想等了。我从来没有跟兰斯说过这事儿。怎么向一个朋友问起他那个婚后就一枪了断自己的老婆呢？就算那事儿已经过去几百年了也不好开口。我不知道，如果是你的话也许会吧。我不想做扫帚星，得敲一下木头。但我不会去问一个比我岁数大这么多、我如此敬重的朋友。敬重会影响某些对话，让它们永远没法进行。”

“是的，敬重会让对话没法发生。”

他又提起“扫帚星”，我立即不由自主地想把它翻译成英语、法语或意大利语，我会说的那些语言，却无法找到这些语言里对应的表达。“邪眼”我知道，英文是“evil eye”，意大利语是“jettatura”，但都不是一回事。每次他说敲木头的时候实际上都没去做，只是碰一下啤酒杯的玻璃面而已，反而是我敲了敲我的椅子。

“对不起，我以为你是知道的。”

“父母给孩子讲当下或过去的事，都要美化一番，我猜之后就很难再告诉他们真相了，可能是找不到一个合适的时机。很难界定孩子什么时候算是长大，什么时候时机足够成熟，来重新认识一段旧时的谎言，或者披露被隐瞒的真相。那就让时间慢慢过去吧，我猜，最后连说谎者自己都对当年的谎言信以为真，或者干脆把它忘在脑后。直到像你这样的人过来惹事，打破一辈子刻意保持的沉默。”

我也不知道“邪眼”在法语里怎么说，我曾经知道，但又忘了。“guignon”，我突然又想了起来。“说不定你说这些会给我带来晦气啦。”我听见那个古铜色大腿的金发女子这么说着。她能说会道，嗓音沙哑。她是那种西班牙女人，既不注意说话的语气，也不介意自己的言语会传到何处，不在乎自己的动作有多大，更不关心裙子的长度；她们太过频繁地从口中、从眼神、从霸道的神态、从交叉的双腿里流露出不屑。古巴的米莉亚姆也继承了这种风格，她的长胳膊、她的叫嚷、她的高跟鞋，还有她那折刀一般的大腿（“你是我的”“我要杀了你”）。路易莎有所不同，新一代的西班牙女性也会藐视一切，不过克制一些。她的性情更为温柔，虽然有时较真起来也会变得很严肃，旁人有时能看得出来她不是在开玩笑。她以为我此刻正跟我父亲待在一起，但他出乎意料地出门了，所以此刻我在听小古斯塔尔多易抖搂旧事，内容应该属实，因为他压根没有编故事的能耐。他的故事总是基于存在的事实或发生在他身上的事，也许正因为这样他必须亲身经历，必须去过双重人生，只有这样才有故事可讲，只有这样才能构思出那些匪夷所思的故事。有些人只能认识已经实现的幻想，没有任何想象力，因此没有任何预见能力。想象可以避免许多不幸，能预见自己死亡的人几乎不会自杀，能预见他人死亡的人几乎不会谋杀，他们宁可依靠想象，甚至靠远远地挥臂抓人的手势，去谋杀和自杀，不遗后果，不留痕迹。一切都只是距离和时间的问题。假如站得远一点儿，刀子只能划破空气而不是胸膛，不会扎入棕色或白皙的皮肉，而是在空中挥过，什么都不会发生；刀子挥舞过的轨迹不被计算，不被记载，不为人知。图谋本身不会受到惩罚，未果的图谋再多也是无声无息的，甚至连受害者都会否认，因为一切都保持原样，空气如常，皮肉完好，没有撕裂，枕头若没有捂着某个人的脸就是无害的。一切如故，即使有所蓄谋，没有对象的击打以及没有触及口鼻的窒息都不足以改变事实和关系，再怎么重复、坚持、威胁或图谋未遂也是如此。这一切只会让情况恶化，但不能改变什么，也没有给现实增添一笔，就像米莉亚姆伸手欲抓人的架势和她的话语（“你是我的”“你欠我的”“我这就来找你算账”“跟我一起下地狱吧”）并不妨碍事后的缱绻亲吻，不影响事后她在隔壁房间、在左撇子男人身边嘤嘤哼唱。吉列尔莫便是这个男人的名字，之前她还跟他说过：“总有一个要死，不是她就是我。”

“我肯定惹事了，”小古斯塔尔多易说，“但我认为最好是了解一下事情的真相，晚知道总比不知道要好。事情都过去那么多年了，你姨妈怎么死的其实也没什么大不了的。”

我父亲曾经历过一场死亡，一场真正的死亡。这死亡，像小古斯塔尔多易之前所说的那样，并非按照自然顺序发生。亲手了断自己的死亡更加深重，或许，死于我手之人的死亡还要更为深邃。他还说“但是三次巧合未免太多了吧”，随后又改了口。是否要再回到这个话题，我犹豫了片刻，如果再坚持一下，我敢肯定，他会把发生的事或他知道的事和盘托出，无论是不完整的事实，还是不可靠的传言。确实，当一个人对某事还一无所知的时候可能不会有探听之意，但之后就不一样了，他说得在理，还是知道更好，不过要在已经知情的情况下适用（当时我还没有）。就在那一刻，自年幼时便散落在记忆中的一段往事在我脑海中浮现出来，一段可能在那个时候——在幼年时便已被遗忘的极为微小的记忆，那微不足道的画面骤然回归，如同浅唱低吟，如同幻觉，又如同当下对往事瞬间的觉察，每当它被唤起时，也是带着疑惑而来。我正在古巴外祖母家玩着玩具小兵，她在摇扇子，与无数个我母亲把我留给外祖母照顾的周六下午相同。但那一次我母亲病了，是兰斯在晚饭前来接我回家。我很少看到我父亲和外祖母两人单独在一起，我母亲总是居中调解或在他们两人中间，但那次没有。傍晚时分，门铃响起，在那没有尽头的走廊里，我听见兰斯跟随女佣的脚步走到我和外祖母所在的房间。我当时正赶着玩最后一个游戏，外祖母则在轻声念叨着，哼唱着，有时被我的话逗乐，孙辈的一言一行总是会让祖母们开心。兰斯那时还很年轻，尽管在我眼里算不上，他只是一个父亲。他走进房间，风衣披在肩上，手里拿着刚摘下的手套。那时天气凉爽，是个春天，我外祖母已经开始摇扇子了。她总是很超前，也许那是她召唤夏天的方式，也或许她一年四季都摇扇子。在兰斯开口之前她马上就问道："胡安娜怎样了？""好点儿了，好像，"我父亲说，"我不是从家里过来的。""看过医生没有？""我走的时候还没有，医生说得晚些才能过去，也许现在已经到了。如果你想知道的话，我们打个电话问一下。"他们无疑还说了些别的，或者打了电话，但我的记忆（和小古斯塔尔多易面对面坐着时）定格在外祖母旋即跟我父亲说的话："我不明白胡安娜生病的时候你怎么还能走开去办你的事。我不明白每次你女人感冒的时候你为什么不祈祷，祈求上帝保佑。你已经失去两个了啊，孩子。"我记得，或者我认为我记得外祖母马上就把手按在嘴上，捂了一会儿嘴巴，似乎要阻止这些话从嘴里冒出来。但是话已经说出口，我已经听见，尽管当时压根没有在意，或许——现在看来——只是因为她用双手捂着嘴巴，想要将说出口的话抹去，才引起了我的注意。我父亲没有回答。这二十五年或更多年之前的手势直到现在才拥有意义，或者更确切地说，在大概一年前，我面对小古斯塔尔多易而坐，想着他说过“三次巧合未免太多了吧”之后又改口，记起外祖母也说过“你已经失去两个了啊，孩子”随即又后悔，这时才拥有意义。她称兰斯为“孩子”，他做了她两次女婿，双重女婿。

我没有执意要求小古斯塔尔多易再讲点儿什么，那一刻也不想了解更多，而且他已经心有旁骛了。

“你对那两个女人感兴趣吗？”他突然问我，同时几乎完全转过身去，不加掩饰，直勾勾地盯着她们看。她们也感受到了来自一双睫毛稀疏、眼球分得很开的眼睛的直视，便马上压低嗓音，或者停止了说话。她们觉察到自己正在被观察、被揣摩，也或许是意淫。在被打断或放低声音之前，她们之间的最后一句话出自背对着我们的女人之口，几乎和小古斯塔尔多易的提问重合，但她们一定都听到了。小古斯塔尔多易的问题想必是说给她们听的，让她们知悉，让她们留意他迫切的企图。“我现在更讨厌那些臭男人了。”大腿白皙的女人说道。“你对那两个女人感兴趣吗？”小古斯塔尔多易紧接着说（让人觉察到自身的存在是很容易的，只要提高嗓门就可以实现）。于是那两个女人屏住呼吸，看了我们一眼。这是一刻必要的停顿，用以了解是谁在打自己的主意。

“要记得我是结了婚的人。那两个女人，你请便吧。”

小古斯塔尔多易又喝了一口啤酒，站了起来，手里拿着烟和打火机（啤酒的泡沫已经消失）。到吧台的几小步路他走得叮当作响，仿佛跳着踢踏舞，鞋底钉着金属板或金属片，或者增高鞋垫。他一离开，我忽然觉得他长高了。

等到我把钱从裤兜里拿出来扔在桌子上，出门回家陪伴路易莎的时候，两个女人已经跟他在一起说说笑笑了。我没有跟小古斯塔尔多易告别（只是远远地跟他挥了挥手），也没有跟那两位三十多岁的女人说再见就走了。她们应该会在一阵子啤酒、口香糖、杜松子酒、气泡水、冰块、烟雾、花生、欢笑、可卡因和舌头贴耳的絮絮私语之后成为小古斯塔尔多易既陌生又惊恐的亲密朋友。具体说了些什么我将无从听见，是一些让人捉摸不透、劝人就范的私语。嘴巴永远被塞满，它无所不能。

第九章

那个晚上，我和路易莎并肩倚在枕上看世界，就像一般的新婚夫妻那样，我们对着电视，我手里还拿着一本并没有在翻看的书。我把小古斯塔尔多易跟我讲述的和我无意追问的事情都告诉了她。话语让夫妻、甚至是情侣真正结合在一起，不仅仅是说出口的话语，自觉吐露的，更重要的是那些不由我们意志支配、不甘寂寞的话语。不是说同床共枕者之间就没有秘密，有没有秘密由他们自己决定：同样是缄口不言，哪些事比较严重，算是一则秘密，哪些算不上。两个人实际上会不由自主地讲述、评论、表明想法，似乎这些都构成夫妻生活的基本活动，至少是新婚夫妻的基本活动，他们还没有怠惰到无意开口说话的地步。两个人不仅把脑袋枕在枕头上回忆过去，甚至还会想起童年，那些遥远的往事，那些微不足道的小事，都会回到脑海中，回到嘴边，所有的一切仿佛都拥有了价值，值得大声回忆。这也不仅仅是在给枕边人讲述我们的生平和经历，更像想要他们从一开始就“认识”我们——特别是要从一开始，也就是说从幼年开始，让对方通过我们的讲述“参与”我们从前的每一段时光；那时我们不相识，现在却认为当初是在相互等待。也不仅仅执着于对比或寻觅两条平行的轨迹，刻意在二人的过往里寻找巧合，努力了解在自己生命的每一阶段对方身在何方，徒劳地幻想我们是否有可能“从前”就认识——情人们总是相见恨晚，仿佛拥有激情的时间总是不够长久，或者可以回顾的时光过于短暂（而当下是不被信任的）。也或许是无法忍受那些年彼此没有迸发激情，甚至连好感都未曾有过；那时两人已经来到这个世上，加入到世界前端最为急促的步伐中，却形同陌路，可能连相识的意愿都没有。同理，也并不存在一个每日问询的制度，使得夫妻双方因疲惫或惯例而无法逃避，最后都要开口回答。其实更确切地讲，陪伴在很大程度上意味着要大声思考，凡事思考两次而非一次，一次使用大脑，另一次依托话语。婚姻是一个叙述机制。也许是因为两人互相陪伴已久（现代夫妻相处的时间再怎么短暂，也算是长久的），双方（尤其是男方，沉默时会产生负罪感）必须讲述自己的想法和所遭遇的大小事件来取悦对方，就这样，任何一方的所思所想所为无一不被讲述，无一不变成夫妻之间的共同话题，旁人私下里向我们吐露的想法或事情也被当作谈资，所以常言道："睡床上无话不说。"同床共枕者之间无秘密可言，睡床是一间忏悔室。为了爱情，为了爱的真谛——讲述、告知和宣布某些消息，评论、发表见解、打趣逗乐、聆听、放声大笑，还有徒劳地计划未来——我们背叛他人，背叛朋友、父母、兄弟姊妹，有血缘关系或无血缘关系的人，背叛往日的爱情、信仰和恋人，背叛过去的岁月、童年、那些我们不再使用的语言，无疑还有生养自己的国度，背叛人人都拥有的秘而不宣的那一部分，哪怕它已成过去。为了讨好所爱之人，我们诋毁周遭的一切、否定、咒骂，只为取悦和紧紧抓住一个可能会离我们而去的人。枕头圈定的领地力量强大无比，排斥这个空间之外的所有人和事。这方寸之地因其自身的特点只允许夫妻或情人在场，从某种意义上说他们"与世隔绝"，所以会不自觉地述说，而且无所不谈。枕头柔软，近乎圆形，往往是白色的，一段时间过后，那圆圆的模样和柔软的质地最终取代了这个世界，取代了其孱弱的车轮。

我在床上给路易莎讲了跟小古斯塔尔多易的谈话以及我的怀疑，讲到我姨妈特雷莎是自杀身亡的秘密（根据小古斯塔尔多易的说法），还有我父亲可能有过另一段婚姻，若确有其事，该是我不曾知道的第三次婚姻，而且应该是三次婚姻中的第一次，发生在跟“小姑娘们”结合之前。路易莎不理解我为什么不愿意继续追问下去。女人们有种纯粹的好奇心，她们好打听，爱管闲事，虽然也善变。她们想象不到或预见不到，那些自己不了解的、可以被一探究竟、能够被演绎之事的本质可能会何等严重。她们不知道，行为可以自行发生，或者说只言片语就足以催发一个行为。她们需要验证，而非预见，也许她们几乎时刻做好了知情的准备，一般来讲既不害怕他人的讲述，也不会对听闻之事心生怀疑。她们忘记了一个事实：有时，了解真相后一切都会改变，某些东西会被撕扯开来，甚至皮开肉绽。

“你为什么不再问问他呢？”她问道。就像几天前在哈瓦那的那个下午一样，她依然躺在床上，但是此刻，如同平日的每个夜晚，一切都很正常或者将会变得正常。此刻夜幕降临，我也钻在仍然簇新的被单里（我猜测那是她嫁妆的一部分。“嫁妆”是一个奇怪而又古老的辞藻，我不知道该怎么翻译成其他语言），路易莎身体不再抱恙，身上也不再有勒得人难受的胸罩，而是套着一件宽松的睡袍，几分钟之前，在这房间里，我刚刚眼见她穿上。那一刻，她因为仍旧不习惯穿衣时有人在场而背对着我，等几年，或许几个月之后，她将不会在意我在跟前，也许到那时，我对她来讲已不再是“别人”了。

“我不知道自己还想不想听下去了。”我答道。

“怎么可能？光是听你跟我说，我就好奇死了。”

“为什么？”

电视无声地开着。电视里出现了喜剧演员杰瑞·刘易斯[①]的镜头，一部老片子，也许是我童年时代的。我只听见我们两人的声音。

“没有为什么啊，事情有关某个我认识的人，我当然想知道了，何况还是你的父亲，现在也是我的公公。我怎么会对他以前的事情不感兴趣呢？更别说还是这种遮遮掩掩的事了。你要去问他吗？”

我犹豫了片刻。我想我不完全是对事情本身感兴趣，更多的是想要知道小古斯塔尔多易的话里边有多少真实可信的成分，有几分是猜测，或者有谣言的意味。但如果是真的，就应该继续追问。

“我想不会。既然他向来都不愿意跟我谈这些，我就不会去

① 杰瑞·刘易斯（1926—2017），美国知名喜剧演员。

强迫他。有一次，并不是很多年以前，我问过他我姨妈的事，他跟我说他不想重温四十年前的旧事，当时差一点儿把我从餐厅撵走。”

路易莎笑了。几乎所有的事情都会让她觉得有意思，通常她只看到事情有趣的一面，甚至那些最悲凉凄楚、最恐怖的事情也不例外。跟她在一起生活就像活在喜剧里，也就是说，生活在永恒的青春里，跟和兰斯在一起生活一样。或许正因为如此，曾经有两个，或三个女人都愿意嫁给他。尽管路易莎才是真的青春尚在，当然她也可能会随着时间而改变。她也喜欢我父亲，他会取悦她。路易莎喜欢倾听我父亲讲述。

“那我来问他。”她说。

“想都别想。”

“他会对我说的。谁知道呢，没准这些年来他一直在等着你身边出现一个像我这样的人来居中调停，你们父子沟通起来都挺笨的。也许，他一直没有跟你讲他的故事是因为不知道怎么开口，或者你没有好好问他。但我知道怎么让他开口。”

电视里，杰瑞·刘易斯正操作着一台吸尘器，而它像只不听话的小狗，难以驾驭。

“如果是一些不好说出口的事呢？”

“你什么意思？任何事都可以拿出来说，只要开个头，话自然会一句接一句地冒出来。”

“有些是他不该说的，有些则已经过了时机。每段时间都有自己的故事，有时一旦错过，就最好永远不再提起。过了时限之后旧事再提，就变得不合时宜了。”

“我认为任何事情都不会真的成为过去，所有事情都就在那儿，等待着被重新提起。更何况，所有人都喜欢讲自己的故事，连那些没有故事的人也是一样。故事可能不尽相同，但它们的意义都是一样的。”

我转了一下身体，好正对着她。她将一直在那里，在我的身旁，至少这应该就是婚后的常态；她卧在我的床上，将成为我的故事的一部分。确切地说这张床不是我的，而是我们共同的，也或许是属于她的。倘若有一天她离开了，我也会耐心地等待她的回归。我转身时，胳膊轻轻触碰到了她的乳房，那在轻薄的睡衣下裸露着的乳房，透过薄布依稀可辨。我的胳膊便停在那里，这样便能继续磨蹭她的乳房。如果不想有肌肤碰触的话，她现在应该挪动一下了。

“你看，”我对她说，“长时间守着秘密的人，不一定是因为羞愧，也不一定为了保护他们自己。有时候其实是为了保护他人，为了维护友谊、爱情或婚姻，为了让子女们过得比较轻松，或是为了减少他们的恐惧，毕竟人有着太多的恐惧。也有可能只不过是不想让某一桩他们无比渴望从未发生过的事和这个世界产生联系。不去讲述秘密是为了把它稍稍地抹去一些，忘掉一些，否定它的存在。不去讲述自己的故事可能是施与世界的一个小小的恩惠，应当受到尊重。也许你不太想要了解我的全部，随着时间的推移，往后，你也不会想让我了解你的全部。你不希望我们的某个孩子了解我们两人的全部，或了解我们各自的事情，比如说，我们认识之前的事。我们甚至都不了解自己的全部，无论之前单身时还是结婚走到一起之后。”

路易莎很自然地把身体挪开了一些，把她的乳房从我放胳膊的地方移开，我便触碰不到她了。她从自己那侧的床头柜上拿起一根烟，点着后快速地抽了两口，试图抖落还没有成形的烟灰。她突然变得有些紧张，有点儿反常地严肃。那是我们第一次提到孩子，到那时为止我们还从未说到过这种打算。确实有些过早了，哪怕现在也为时过早。第一次提到孩子并不是在做要孩子的打算，它只不过是一个假设，用来阐明另一件事。她眼睛没有看着我，说道：

“我当然想知道你是否会有一天想要谋害我，就像哈瓦那宾馆里的那个男人，那个吉列尔莫一样。”她说话的时候并没有看着我，语速很快。

“他的话你都听见了？”

“当然听见了，我跟你一样在那儿，怎么会没听见呢。”

“我还以为你没听见，你发着烧睡着了，所以我什么也没跟你说。”

“如果你以为我没听到，第二天也没有说给我听啊。你早就可以告诉我的，你一向什么事情都跟我说。或许，其实你并没有。”

路易莎突然动怒了，但我不知道这是因为我没有把她承认已经听见的事讲给她听，还是她把怒气指向了吉列尔莫，或者米莉亚姆，甚至所有的男人。女人更有群体意识，有时会对全体男性发怒。她生气，也有可能是因为我们第一次提到孩子却只是用来假设，是顺便一说而已，而非某种建议或愿望的表达。

她拿起电视遥控器，很快地将其他频道都搜索了一遍，最后又停在原来的频道上。杰瑞·刘易斯正试着把意大利面吃下去：他开始用叉子卷面条，卷啊卷，结果连胳膊上都缠满了面条。他惊愕地看着这幅景象，然后一口一口地往嘴里送。我像个孩子一样被逗乐了，这部电影我童年时曾经看过。

“你觉得那个吉列尔莫怎么样？”我问她，“你认为他会怎么做呢？”此刻我们可以展开这个话题了，而当时在哈瓦那，我和路易莎都不想谈，她在发烧。也许一切都在等待回归和复原，但任何事情都无法以原有的方式重现，也就无法真正得以重现。不过现在已经无所谓了，她已经直截了当又轻描淡写地提起来，她刚刚说：“我想知道你是否会有一天想要谋害我。”我还没有回答这个问题。在彼此无话不谈、不停讲述的两个人之间，回避不愿意回答的问题原来是那么的容易。话语层层叠加，各种想法短暂地出现便消失了，当然，如果有人坚持，有时还会回归。

“最糟糕的是他什么也不会做。”路易莎又说，“一切都将维持现状，那个米莉亚姆会继续等待，病妻依然气息奄奄，如果后者真的病着或者果真存在的话，前者的怀疑不无道理。”

“我不知道她是不是病着，但是这个人肯定存在。”我说。“那个男人有老婆。”我断言道。

路易莎仍旧没有看我，而是把脸朝着杰瑞·刘易斯说话，她的心情还是很糟糕。她比我还年轻，也许小时候没有看过这部电影。我很想把音量放大些，但没有这么做，那样一来我们的谈话将宣告结束。而且，遥控器还在她的手里，她的另一只手则夹着抽了一半的烟。天气有点儿热，但也不是很热：突然间，我看到她的乳沟有些潮润，亮晶晶的。

“结果都是一样的，即便病妻死去，他也不会做什么。他不会把哈瓦那的那个女人带回来的。”

“为什么不会？你又没见过她，我看见过的，长得挺漂亮的。”

“她肯定漂亮，但也让他烦心，这一点他应该清楚，至少感觉得到。不管在这里还是在那边，当情人或当老婆，她永远会让他感到厌烦。这种女人只对外边的事情感兴趣，完全依附于他人。这样的女人还有很多，她们只学会了在与他人的关系中经营自己。”路易莎顿了顿，马上又继续说，似乎后悔用了“学”字，“也许不是学会，只是遗传而已，她们天生就对自己没有兴趣，这种人我认识不少。她们的前半生在等待中度过，结果什么都没等到，即便有所得也被她们视若无物；然后，她们就在后半生中，守着那微不足道的记忆苟且度日。我们的祖母们就是这样过来的，我们母亲那一代人仍然如此。吉列尔莫跟那个米莉亚姆在一起未来无利可图，只有眼前的这点儿好处，而且每况愈下，他为什么要改变现状呢，容颜易老，情欲在减退，更多的是重复。这个女人所有的牌都出完了，自打一开始，她就没有过好牌，没什么好戏可唱，只能到这一步，没有惊喜，没有底牌，没有能力再提供任何新的价值。人只有在期待某种惊喜或者好处，期待现状仍有改善的余地时才结婚。当然，情况不总是如此。”她沉默片刻，然后又补充道，“我很为那女人难过。”

“也许她给不了太多，但可以不再是一个负担，这就是跟她在一起能带来的好处。如果有一天吉列尔莫跟她结婚的话，她就可以不再是一个负担了。也有男人是这样的。”

“有男人是怎样的？”

“有男人无聊得很，只在乎自己同其他男人或女人的关系。对于这些男人，尽可以不断给他们制造麻烦，让他们感到烦心，因为烦恼可以帮助他们一天天地打发时间，给他们解闷，证明他们的存在。这点跟给那些女人制造麻烦是一样的。”

“那个吉列尔莫不是这样的人。”路易莎断言道（我们两人都爱下结论）。

这时她终于看着我了，尽管是斜着眼睛，一副不信任的样子——不信任感也是与生俱来的——或者说我是这么感觉的。有一个问题可能或非常可能，甚至必须要被我们两人之一提出，那便是：“你为什么要跟我结婚呢？”或者：“你认为我为什么要跟你结婚呢？”

“小古斯塔尔多易今天下午问我为什么要跟你结婚。”我以这种方式把问题摆了出来，同时又不算真的问出口。

路易莎意识到我希望她说：“你是怎么回答的？”当然也可以

保持沉默。她和我一样对语言非常敏感，我们是干同一行的，虽然婚后她工作的时间少了一些。她一时无语，用遥控器把所有频道又快速地翻了一遍，然后又回到原来的频道，或者说又回归到了杰瑞·刘易斯。他正跟一个精心装扮的男人在一个空荡荡的大厅里跳舞。这个男人我立刻就认出来了，我记得他是乔治·拉夫特，多年来一直以匪徒角色以及精湛的波莱罗舞和伦巴舞舞艺闻名，出演了知名的《疤面人》。杰瑞·刘易斯一开始怀疑那个人是否真是乔治·拉夫特本人（“噢！您不是乔治·拉夫特，只是长得像而已，其实不是，都被当成是乔治·拉夫特了，还有什么不满足的！”），强迫他跳了一段波莱罗舞，看他舞跳得是否跟乔治·拉夫特一样精彩，以证明此人确实是乔治·拉夫特。两个男人紧拽着对方，在一间空旷而昏暗的大厅里跳着舞，不断移动的人形被镁光灯照亮。这是一幅滑稽的场景，又是怪异的一幕：装作某一个人的样子跳舞，向怀疑自己身份的舞伴证明自己就是某某人。这段画面是彩色的，余下的全是黑白，也许不是一部电影，而是喜剧片段集锦。舞步停止以后，两人难为情地分开，我记得刘易斯像是帮了对方一个忙似的跟拉夫特说：“没错，我认为您就是货真价实的拉夫特。”（电视机依旧静着音，我听不见对白。这些对话都来自我童年时期并不那么准确的记忆。英文对白可能是

“the real Raft”或“Raft himself”。）路易莎没有问“你是怎么回答的？”，而是说：

“你回答他了吗？”

“没有，他只是想问床笫之事，他实际上想问的就是那种事。”

“所以你没有回答他。”

“没有。”

路易莎笑了起来，突然间心情变好了。

“你们说起话来像两个小孩似的。”她笑着说。

我想当时我有些不好意思，其实是替小古斯塔尔多易感到害臊，不是为自己。路易莎和小古斯塔尔多易那时候尚未认识，所以在路易莎面前，我要为小古斯塔尔多易负责，他是我这边的人，一个老朋友，虽然也不完全是。但一个人会感觉自己要为所有让他羞愧的事情负责，而在所爱之人面前（在刚开始恋爱的时候），一切都会让人感到羞愧。正因为如此，我们会背叛所有人，特别是背叛自己的过去，那段被我们憎恶并且遗弃的过去（她则不属于那一段过去，她拯救了我们，她让我们变得更好，她赞美我们，至少我们爱她时是这么认为的）。

“所以我不想谈。”我说。

“真遗憾，”她说，“要不然，你现在就可以给我讲讲你当时是怎么跟他说的了。”

这回轮到我笑不出来了，通常过几秒就会尴尬地错过笑的时机。但笑出声总是要费点儿时间的。

我感觉不太自在，感到羞愧。我沉默了。为什么要讲呢？过了一会儿我说道：

“所以你认为吉列尔莫永远也不会谋杀他生病的老婆？”我再次把话题扯回到哈瓦那，回到之前让她变得严肃的对话。我想让她恢复严肃的样子。

“他怎么会去谋杀呢，怎么会呢，”她非常肯定地说，“没有人会因为一个可能会离去之人的要求而去杀人。不然他早就那么干了。这种事，如果不去反复琢磨的话是可以实现的，但想多了就做不到了。你知道会发生什么吗？早晚有一天那个男人会不再去古巴，他们会忘记对方，他继续维持自己的婚姻，一辈子守着那个有病或没病的老婆。如果她身体抱恙的话，他会尽一切可能治好她，她是他的保障。他也会继续找，尽量找那种不会带来麻烦的，比如说，已婚的。”

“你希望事情这么发展？”

“不，是肯定会这么发展。”

“那她呢？”

“她就不好说了。也许她马上又找了另外的男人，新男人不能让她称心或者一无是处。也有可能等她发现吉列尔莫确实不会再出现，就会像当时宣扬的那样自杀了。也有可能她会等待，然后活在记忆里。不管怎样，她已经上了贼船，事情永远都不会如她所愿。”

“都说吵着要自杀的人不会真的死的。”

“傻话，什么事都是有可能发生的。”

我从她手里拿过遥控器，然后把手中一直拿着却一行都没看的书放在床头柜上。是本纳博科夫的《普宁》。虽然还没有看完，但我非常喜欢。

“那我父亲又是怎么回事？还有我姨妈呢？听小古斯塔尔多易这么一说，现在才知道她原来是自杀的。”

“如果你想要知道她有没有事先扬言自杀的话，你得去问他。你不会希望我来问吧？”

我犹豫了一下，回答道：

“不希望。”想了一会儿我又说：“我想不希望。我需要再考虑一下。”

我把杰瑞·刘易斯的选段集锦放出声来。路易莎关掉了她床头柜上的小灯，翻了个身，似乎准备睡觉了。

"我这就关电视。"我对她说。

"光线不影响我的，调成静音吧，拜托。"

此刻杰瑞·刘易斯正身处一个圆形影厅里，手里拿着一包爆米花，放映还没开始。他要鼓掌的时候，爆米花全掉在了前排一位体面端庄、一头白发的女士的脑袋上。"噢，女士，"他说，"爆米花掉在您头发上了，让我来为您拿掉吧。"没一会儿工夫，女人挽起的头发全被弄得乱七八糟。"噢，请您这会儿别动——"他一边说一边用手来回翻动她的头发，最后把她弄得披头散发，放荡不羁。"真要命。"这位太太责备道。我不由大笑起来，这一幕我小时候并没有看过，我敢肯定，这是第一次看到听到。

应路易莎的要求，我再一次关掉了电视的声音。我没有睡意，但是两个人在一起生活就意味着至少要在就寝、起床、中晚餐的时间上协调一致。早餐是另外一回事。我突然想起牛奶还没买，我答应过要去买的。路易莎早上起来会恼火的，虽然她的脾气很好。

"牛奶忘了买了。"我说。

"好吧，我会下楼买的。"她回答道。

我关掉电视，房间里漆黑一片。我的床头灯没有开过，因为之前一直没能看成书。有那么几秒钟我什么也看不见，接着眼睛才稍稍适应了黑暗，但我一直不习惯：路易莎睡觉时喜欢把百叶窗放下来，我则不。我翻了个身，背对着她。我们还未互道晚安，也许未来许多年的每个夜晚都将不须如此，但这个晚上或许还是需要的。

“晚安。”我对她说。

“晚安。”她回答道。

我们互道晚安时没有呼唤对方的名字，没有使用任何习惯性的称呼。情侣们之间不能没有这些称呼，多少会有几个，至少一个，和本名有所区别，为了不总是叫一个名字，也是用这样的方式避免直呼其名，把本名留到相互辱骂和恼怒时，或是不得不宣布坏消息——比如其中一位遭到背弃——的时候使用，至少有三个女人曾经用这样的昵称唤过我父亲，每个称谓在他听来可能都一样，类似，重复，他可能会混淆，也或许不会。他对每个女人的称呼都不一样，宣布坏消息时他应该会叫她们胡安娜，特雷莎，还有另外一个我并不知晓的名字，但他一定忘不了。我母亲的称呼他叫了很多年，我姨妈特雷莎的则非常短暂，也许就跟我和路易莎结婚的时间这样短暂。对他们来说，没有未来的多少年，甚至连几个月都没有，根据小古斯塔尔多易的说法，她没多久就自杀了。第三位，也就是他的第一个女人，他呼唤她的时间又有多久呢？他们互道晚安，转过身去背对彼此（或只是她背对他或他背对她），各自抱着“共同享用”的枕头时（只是一种说法而已，通常总会有两个枕头），他们会怎样称呼对方呢？

“我不想知道你是否会有一天想要谋害我。”我在黑暗中对路易莎说。

或许这话听起来有些严肃，她转过身来，我立即又感到了已经消失了一段时间的肌肤之间的碰触，她那熟悉的胸部紧贴我的背部，我顿时感到有了依靠。我也转身面对着她，感受到她把手按在我的太阳穴上，抚摸我，或是在责备我；感受到她在亲吻我的鼻子、眼睛和嘴巴，还有下巴、前额和脸颊（整张脸上都有吻落下）。我的脸顺从地迎接着她的吻，因为在这句话说出口的那一刻，在我转向她的那一刻，已经变成由我来保护她，给予她依靠了。

第十章

就像我说过的一样，不久之后，我们结束蜜月旅行，也过完了夏天，我又开始因为国际组织中的口笔译工作（现在多是口译）不得不和路易莎分开。我和路易莎说好，双方最大限度地同步居家和外派的时间，或者干脆两人都改行，而在那之前，她会暂时减少工作量，腾出时间一心一意地布置我们的新家（刻意营造的新家）。每年秋天九月中旬，联合国大会在纽约召开，阶段性会议加起来使得会期长达三个月之久，我要作为临时翻译（大会期间需要若干名）前往，延续和路易莎相识前数年间的惯例，在那里工作八周，然后就可以回到马德里清闲至少八周。

大都市都是十分无趣的，纽约也不例外。那里，一周中有五天的时间人们都在疲于奔命，以至于剩下的两天周末都显得不那么真实了（仿佛两个句子间的短暂停顿），体力透支到只剩下那么一点儿力气为下周再战做准备，也只够散散步，望望远处的瘾君子和未来的罪犯们，逛逛商店（幸好所有的商店周日都开门营业），翻看巨大版面的《纽约时报》读上一天，喝能量饮料，吃什锦水果口味的冰激凌，浏览多达九十个频道的电视（很容易在某个台看到杰瑞·刘易斯）。想要耳根清净休憩口舌也是不可能的，因为即使独处也时刻免不了听和说。不过我的情况有些例外。大多数临时翻译都会租一个简陋的公寓，那种装有开放式厨房并带家具的小型套房。这样比起住酒店是便宜多了，但所有人都会犹豫：是自己做饭、忍受满屋的饭菜余味呢，还是去外面既昂贵又费事的餐馆里吃饭。纽约餐馆里的任何东西都比标价贵出许多，因为不仅需要额外支付百分之十五的强制性小费，还有百分之八的纽约地方税（简直是胡乱收费，波士顿只收百分之五）。幸运的是，我在纽约有个西班牙朋友，我去联合国大会工作的八周，她总会慷慨地为我提供住宿。她是联合国的专职翻译，在纽约已经住了十二年。她的房子非常舒适，丝毫不似出租公寓寒酸，偶尔做饭也不用担心厨房的味道会飘到客厅和卧室（众所周知，出租公寓面积狭小，其实就是一整块打通的小空间而已）。我们早在她出国的好几年前，在大学校园里就认识了。我们当年还都是学生，不过她比我大四岁，这也意味着她现在三十九岁了，而在我现在要说的，或者正打算说的我新婚后的那次拜访中，她要比现在小一岁，三十八岁。十五年前还在马德里的校园里时我们曾经上过两次床，或者三次，也许是四次（不会再多了），具体几次我们两人肯定都记不清了，但对这段过往的心知肚明使得我们如今相处起来心照不宣，彼此之间相当信任——需要时能互吐慰藉互相打气，分隔两地时，我们也会想念对方（模糊地想）。人的一生中总有四五个人是真心不舍得失去的，我们习惯把身边发生的奇谈趣事第一时间向他们倾诉，或是专门为他们积攒一些话题和谈资。正因如此，遇到挫折我们也能坦然接受，因为有这几个人做我们的精神支柱。“我得把这事儿告诉贝尔塔”，我们会这么想（我好多次这么想）。

六年前，贝尔塔在高速公路上出过一次车祸，一条腿多处骨折，引发了骨髓炎。医生曾考虑给她截肢，最终腿保住了，但不得不截掉了部分股骨，从那以后贝尔塔走路就有一点儿跛。虽然没到穿不了高跟鞋的地步（她穿高跟鞋时依旧能行走自如），但一只鞋的鞋跟比另一只来得高一些也粗一些，是为她量身定做的。不知情的人看不出鞋跟的奥妙，但能看出她有点儿跛脚，特别是在她筋疲力尽时，或在家无须费力保持步伐优雅时：一回到家，她就会从身后关上大门，把钥匙放进包里，然后完全放松下来，毫不掩饰，走起路来便跛得更厉害了。她的脸上还留下了一道疤，形似一弯月牙悬在右眉上方，很浅，浅到她都懒得去做手术祛除。不过在她没睡好、心情不好或是疲劳时，疤痕的颜色会加深，变得更明显。有几次我一时还错以为是她脸上沾了什么污渍，便提醒她。“是伤疤。”她提醒我，说只不过是伤疤的颜色变蓝或变紫了而已。

她年轻时曾结过婚，这也是当年她离开西班牙来美国定居的部分原因。第一段婚姻持续了三年便结束了，两年后她再婚，一年后又离了婚。从那以后她就再也没有维持过长久的感情。六年前的车祸之后，她毫无缘由地觉得自己老了，再也无法吸引男人了（能保持长期关系的那种）。其实她是个漂亮女人，她的容颜从未显出稚气，部分五官天生就显得比较成熟，因此从大学时代到现在几乎都没什么变化。即使将来老了，她应当也会美貌依旧，不会像我们过往中的某些人，被岁月改变了容貌，让人难以辨认，可能连我们自己都是这样，只不过从来都没有好好端详罢了。在我看来这种没来由的感觉只是她的一种情绪，但这种情绪在她身上是真实存在的，尽管她还没打算放弃或杜绝两性关系，但这种近乎执念且不由自主的情绪使她最近的几段关系深受其害，恋情中充满焦虑，即使还没到麻木的程度，很可能也不远了。这些年我做临时翻译时多次借住她家，见过无数男人进进出出（多数是美国人，少数是西班牙人，还有一个阿根廷人；大部分人送她回家，有一些打来电话约她出去，少数几个来接她，有一个甚至有她家的钥匙），却没有一个人有兴趣认识我，这也意味着这些人对她不是真的感兴趣（我的意思是长久的兴趣：如果你想跟某人认真维持一段关系，会希望认识她的朋友，甚至有意取悦他们）。那些男人几乎都在一夜情后欺骗或者抛弃了她。即便如此，在相处的第一夜，她依旧对每一个男人都抱有幻想，憧憬与他的未来，哪怕约会的第一晚就显出了最后一晚的征兆，而且最后事实也果真应验。她一次比一次努力，却越来越难留住男人（就像我刚才说的，她还没真的变得麻木，却也还不懂得玩世不恭）。

到我婚后去纽约工作的八周——正值九月中旬到十一月中旬的那两个月——为止，她通过婚介公司安排约会已经两年了。一年前，她还开始往报纸杂志上的征友栏目写信（他们管这种栏目叫“personals”）。她录了一段录像，让中介公司（收取预付款后）把录像寄给有意与她这样的人交往的人。这种说法很荒谬，“对我这种类型感兴趣的人”，有人这么说，贝尔塔也如此，她套用了他人的说法，没有创新。录像里，她坐在沙发上说话（她把录像放给我看，她保留着母带，让婚介公司拷贝，然后寄出的都是复制品），很漂亮，装扮精致，显得庄重平静，比实际年龄更显年轻，在镜头前说英语，最后用西班牙语加了几句客套话，期望吸引身在美国的单身西班牙男人，定居者或旅客，或是偏好异域风情的男人，以及在美国生活的拉美男人。她谈了自己的兴趣爱好、想法（并不多），但没有提工作；还说到了车祸，在提及自己轻微跛足时故作轻松地笑了笑：身体上的缺陷必须直言不讳，免得被人骂作骗子。之后的录像内容是她在家中四处走动，浇浇花，翻翻书（昆德拉的书，是个败笔），放着背景音乐（能听得出是巴赫的大提琴曲，落入俗套），还有她系着围裙在厨房忙碌，在台灯下伏案写信之类的场景。录像非常简短，只有三五分钟，内容也很乏味。她还另外支付了一笔不高的费用，从婚介公司要了一些男人（所以我说到“男人们”总是用复数）的录像，他们中有的预先看过她的录像，有些则没有，总之都是些有意认识她或有意结识陌生女人的男人。贝尔塔每星期都会收到几盘录像，我住在她家的时候，她会拿出来和我一起看，边看边笑，而我会给她提些建议，虽然我确实无法给出什么中肯的建议。在我看来，这只是一场游戏而已，我很难相信她能对这些人里的任何一个抱有幻想。我认为用这种方式寻找约会对象的人一定都是不正常的，性格古怪，不可信任，所以才会选择这种方式。而当我这样想着的时候，竟忘了贝尔塔也是其中一员，她却是我的朋友，一个值得信任的朋友。这个婚介公司很正规，至少看上去如此。在当事人第一次正式见面之前，一切都有所规范，录像里没有半点儿粗俗的内容，必要的话公司还会进行审查，一切运作都挺正常。但私下的通信联络就是另一回事了，没有任何监管，也不存在中间人，所以也总是直奔肉欲的主题。他们开门见山地索要性诱惑性质的录像，下流地用露骨的语言开各种玩笑，令人作呕，贝尔塔却不以为然，她习以为常，丝毫没有反感。没过多久她就几乎对婚介公司寄来的录像失去了兴趣，但她仍要求录像继续源源不断地寄到家中，就为了相信自己依旧拥有这个正常平静的世界。她与古怪或更反常的男人通信、交换录像，只看过他们的脸和身体却不知其名，或只能得知名字的缩写或绰号。其中我记得有过“金牛座”“VMF①”“德科瓦”“毕业生②”“武器”“MC”“亨伯特③”“抹

① 美国的海军陆战队战斗机中队。

② 取自美国电影《毕业生》片名，电影讲述的是男主人公本杰明在大学毕业后陷入对前途的迷茫，与一位年长的女性和她的女儿发生情感纠结的故事。

③ 弗拉基米尔·纳博科夫的长篇小说《洛丽塔》的男主角的名字，小说讲述了一个中年男子与一个未成年少女的恋爱故事。

香鲸[1]”“高乔人[2]”之类的。他们在镜头前露出淫荡的笑容，录像是居家风格，明显都是自拍的，独自在家自言自语，或幻想跟镜头那端的陌生人、即将认识的人说话，跟一个忽略他们存在的世界说话。有些人侧身躺在枕头上，只穿着内裤或三角泳裤，吸着肚子，像健美运动员似的在胸肌上抹了油——但他们可绝不是什么健美运动员。最大胆的（年纪越大越放肆）干脆全裸出镜，阴茎勃起，却装作若无其事地说话。贝尔塔看了会大笑，我也会笑，但有些不安，因为我知道她会回复其中的某个人，寄去她自己的录像，和他约会，甚至把他带回家。那样的话，她回家，关上大门，放好钥匙后会继续费力地走稳步子，至少会坚持到卧室，因为上了床就用不着走路了。

在我结婚那年来到纽约两周之后（恰逢周末，也是我在纽约的第二个周末，积累了两周的疲倦感忽然袭来），贝尔塔给我看了一封寄到她租来存放“私信”的邮箱里的信。她经常把这类信拿出来和我分享乐趣（痛苦的部分分享得少些），但那天她给我看信还有另一个目的，就是想知道我看后是否会与她有同感。

① 抹香鲸的英语表述是“Sperm Whale”，“sperm”是“spermaceti”（鲸脑油）的词尾省略形式。但“sperm”本身作为单词是“精子”的含义。

② 分布于阿根廷潘帕斯草原、乌拉圭草原和巴西南部平原地区的拉丁美洲民族，是西班牙人和印第安人的混血，以骑术高超、骁勇彪悍著称。

“你怎么看？”她把信递给我时说。

信是英语写的，而且是用打字机打的，内容无关紧要，语气轻松自在且不失教养，甚至对这种信件来说有些过于正经了。这人看到了贝尔塔在一本月刊征友栏上刊登的广告，便有兴趣认识她。他提到要来纽约待几个月（他自己觉得这可能是件好事，但同时也可能给对方造成压力），又说他经常来曼哈顿，一年要来好几次（这样两个人既有希望在一起，又可以保持新鲜感，不会纠缠不休）。他像是不习惯写这种信件，或不知道刚开始要用假名、绰号或缩写一样，为自己最后落款“尼克”（手写的签名）道了歉。他解释说因为“在一个高度曝光的领域工作”（“as I work in a very visible arena”，这是他的原话），暂时需要谨慎低调，夸张点儿说是需要有所保留，甚至秘密行事。他就是这么说的：“需要有所保留，甚至秘密行事。”

我看完信，对贝尔塔说：“这封信是一个西班牙人写的。”如她所料。

信里用的英语大致正确，但在措辞上略显迟疑，还犯了个明显的错误，再加上一些并不地道的表达方式，更像是从西班牙语硬生生地直译过来的：贝尔塔、我还有路易莎对我们同胞使用英语时容易出现的毛病再熟悉不过了。假如这个男人是西班牙人，那么他用英语给贝尔塔写信就显得古怪、荒谬，因为她每个月在那本杂志上刊登的个人介绍总是一开始就介绍籍贯：“来自西班牙的年轻女子……”虽然约会时她会为之前用了“年轻”来形容自己感到有些不好意思：出门时会自我厌恶，把自己所有的皱纹看得一清二楚，包括在注射了胶原蛋白之后被撑开的和那些尚未显形的。“尼克”的信最令她好奇的就是那个所谓的“高度曝光的领域”。事实上，自从她开始以这种方式和陌生男人接触，我就从未见她在初次联系后如此兴奋。“高度曝光的领域！”她喊出这几个字后，又笑着重复了几遍，既笑这句话的自命不凡和装腔作势，也笑自己被燃起希望后的那份热情。“他会是干什么的呢？曝光率很高的领域，听起来像是影视圈的。会不会是个主持人呢？有好几个主持人我都很喜欢，不过如果是西班牙人，那我就不认识了，也许你认识。”她想了一会儿，又接着说道：“可能是个运动员，或是政客。我觉得政客不太可能冒这种险，不过谁知道呢，西班牙人的脸皮比较厚。说自己曝光率高等于说自己很有名嘛。所以他一上来就想要冒充美国人。他到底是个什么人呢？”

“也许那套说辞是编的，为了引起你的注意。看起来奏效了。”

“也许吧，但他的说法确实有趣。领域这个词很美式，假如他是西班牙人，又是从哪里学到的呢？”

“跟电视学的吧，电视上什么都有。也可能他一点儿名气也没有，但自认为很有名。也许他是个股票经理人，或者医生、企业家，他只是自以为身份显要，被很多人关注，其实是无名小卒，特别是在美国。”

我能做的只是在一旁煽风点火，助长她的幻想和希望。就这样，我能做的只是倾听，关注她的世界，为她加油鼓劲，爱屋及乌，她在乎的事我也在乎，并且表现得乐观积极。在我看来，这便是朋友最大的作用。

“他可能是个歌手。”

“或者作家。”我应和道。

贝尔塔给“尼克”留下的地址回了信。P.O. Box，邮政信箱，英语里“信箱”一词是这么说的。大家都用这种信箱，在美国全境此类信箱不计其数。我在纽约的那段时间里，贝尔塔总是把她收到的信件和录像拿给我看，但她自己手写的回信却既不留底也不跟我分享。这点我倒是可以理解。一个人通常能容忍别人对自己的行为说三道四，因为行为从不会完整地暴露于人前，而且转瞬即逝，但自己的文字遭遇偏见却令人难以容忍，因为文字是完整可读的，并且可以留存的（即便评判者怀着善意，也没有将不自觉生出的想法明确地表达出口）。

几天后她收到了回复，并且又给我看了。信仍然用体面但犹疑不决的英语写成。据贝尔塔说，此前她为了不伤害对方使用外语时的自尊且不让他失望，也使用了同样风格的英语回复，而且更加简短，用词更加大胆淫荡，仿佛先主动的人是她自己，也或许是初次接触中必要且最低程度的客套和矜持在进入第二回合时都会消失殆尽，荡然无存。这次他的签名不是“尼克”，而是“杰克”，他说这星期更想用这个名字，同样是手写签名，字母“c”和“k”的写法与上次一模一样。在信中他向贝尔塔索要录像，说想看她的脸，听她的声音，还为没有先寄来自己的录像表示歉意（看来贝尔塔已先一步主动向对方索要录像了）：由于他刚到纽约，有待安顿，所以一时还没空去买摄像机，也还没找到可以录像的地方，所以下一次再寄。这一次他没有再提到任何关于工作领域的事，对自己也是只字未谈，只提到了一点儿贝尔塔，简短地（用了三行文字）描述了自己想象中二人耳鬓厮磨的景象。但他仍然使用了俗气却不粗鄙的语言，还引用了露骨的情歌歌词，“我渴望此刻就褪去你的衣衫，轻抚你柔软的肌肤”，诸如此类。只是在最后留下的落款之前，这位“杰克”先生好像再也无法克制，突然变得粗野下流起来，“我想操你”，用英语写的。但我觉得他像是不带任何感情地写下了这句话，那是一句生硬的提醒，好让贝尔塔不要以为这一条被排除在了两人制订的计划之外。或许这只是为了一改前文带着韵律装腔作势的风格，或是借此试探一下贝尔塔的忍耐度和用词习惯（对于粗话的忍耐度）。而贝尔塔不仅脾气好能忍耐，其程度还远高于此——她非但没有收起笑容，反而两眼绽放神采，跛脚也没那么明显了，一时之间沉浸在对方的恭维之中，却忘了对于这个渴求她、或者说“想操她”的男人而言，她只不过是几个字母、几个词的首字母缩写而已，是个还未兑现的允诺，“BSA”，代表着并非两人母语的几个词；贝尔塔还忘了，他看到她本人或她的录像后又会是另一回事，可能她到时便不再被需要，不再成为他的性爱对象了。一如她曾经的遭遇，允诺兑现，得到满足——确实兑现了——后男人就消失无踪，她不知道原因，也不想知道。

其实贝尔塔非常清楚这些（在片刻陶醉过后），但她还是给“杰克”写了回信，像之前回复“尼克”那样，并寄去了一份她给婚介公司的录像，开始急切地等待回音。在等待的日子里，她十分紧张，也很兴奋，和所有想入非非的女人一样，对我非常温柔，不过她对我一向温柔。一天下午我比她提早下班回家，把她信箱里的信都取了回来，这次她的心思暴露无遗。她一进门，就把钥匙放进手提包里（由于注意力集中，她并没有马上松懈下来启动居家的走路方式)，径直走到我面前，没顾得上打招呼便着急地问：

“是你取了信箱的信还是没有来信？”

“我拿回来了。你的信都在那边的茶几上。我收到了路易莎的信。”

她跑过去翻看那些信封（一个，两个，三个），但一封也没有拆开看，而是转身脱下风衣，上了厕所，从冰箱里拿了点儿喝的，又换了双让她走起路来更加左摇右晃的便鞋才动手。那天晚上我和她都没出门，我看着电视上的《家庭问答》[①]时，她手里一边翻着书（还好不是昆德拉的)，一边对我说：

“我真傻，昏了头，以为信箱里会有‘高曝光领域先生’的信呢。就算他给我回信，也应该寄到那个专门的信箱，不会寄到这里。因为他既不知道我住哪儿，也不知道我叫什么，我真是糊涂了。”她沉默了一会儿，又接着说道：“你觉得他这次会回信吗？”

“当然了。他都看过你的真人录像了，怎么会不回信呢。”我回答。

她没接话，跟我一起看完《家庭问答》里的一道闯关后，

①《家庭问答》，美国一档游戏竞赛节目，两个家庭组队进行比赛。

才说：

“每次等待回信的时候，我都会患得患失，感到恐慌。最后的结果总是糟糕透顶，但既然一切还未发生，我内心又很明朗，就觉得有无限的可能。就好像回到十五岁，什么都相信，真是奇怪。我无法不让自己心存幻想。我见过的那些男人都是些上不了台面的恶心家伙。有时我最终跟他们约会，去与他们共进晚餐，甚至后边接着更进一步，也只不过是为了对之前经历的那么多焦灼的等待、与他们来往的那么多信函有所交代。要不是这样，我根本连让他们陪着穿过马路都不愿意。我猜他们也这么想。”她顿了顿，可能注意力又转到《家庭问答》里的一个问题上了。过了一会儿她又继续说道：“最好的状态就是等待和未知，但若是知道这种无尽的等待不会有任何结果，我也不喜欢。你看，现在有个男人莫名地引起我的好感，而我对他一无所知，无论他是‘杰克’还是‘尼克’，他怎么想起来要换名字，这有点儿不寻常。在我还不认识他的时候，尤其是还没看到录像或照片之前，我简直是快乐的。这么久以来，就那几天我心情好。然后这些人寄来自以为大胆的荒唐录像，不堪入目，可怕得要命。可即便如此，我还是常常和他们相约见面，因为我总觉得见到本人之前的一切都不算数。太假了，我在想，真人和录像里完全两样，就仿佛这些男人得到了另一个可以抹去第一印象的机会，或者说给了我这个机会。奇怪的是，虽然我们录像的时候装模作样，但其实录像最不会骗人。你发现了吗？我们看录像时毫无顾虑，跟看电视一样，但在现实中我们从不会这么仔细这么无礼地盯着一个人看，因为你知道他同时也可能那么看你，或能发现你在偷偷地观察他。摄像机是个可恶的发明，它让瞬间发生的事情得以保留，杜绝了自欺欺人和歪曲事实的可能性，它消解了记忆，人的记忆原本并不完美，因为它可操控、可选择，而且易变。一旦发明了摄像机，人们便无法再根据自己的喜好回忆过去。一个人怎么可能去回忆那些明知可以重新观看的事情呢？而且还可以慢速回放。这样一来又如何能篡改过去呢？”贝尔塔的声音有点儿疲倦，她坐在扶手椅上，把瘸腿压在身子下面，手里端着一本书，那样子就好像还未决定是阅读还是跟我一起看闯关节目，所以才断断续续地随口闲聊，并不打算说很多似的。“幸好一个人一生中会被摄像机记录下来的时刻不多，但这些时刻永远不会骗人。与其说这是录像的准确性使然，倒不如说是因为谁都能看。看到男人的录像时，我很扫兴，觉得倒胃口，但我还是会笑，还是和他们出去约会。他们让我扫兴，穿着别扭难看的西装，口袋里掖着安全套出现在我面前时，我就更失望了。他们谁都不会忘记带安全套，心里都想着：‘嗯，以防万一。’假如某个人第一次约会时忘了带，那就更糟了，因为我可能会爱上他。我现在对这个叫尼克或者杰克的男人抱有幻想，这个装作美国人的古怪西班牙人，应该是个有趣的人，还说什么自己的曝光率很高，谁会想到刚开始就这么介绍自己呢？这些天我过得很舒畅，甚至称得上开心，我在等他的回复，等他寄来录像，当然了，也因为你住在这里。接下来会如何呢？他的录像可能令人作呕，但我会看上许多遍，直到习惯为止，直到我觉得不那么差劲，直到他的缺点都令我着迷为止。这就是重复的好处，它令一切扭曲，使陌生变为熟悉，生活中再讨厌的东西，只要在电视屏幕上看的次数足够多，就会吸引你。我心里明白，录像里的那张脸唯一想要的，像他先前暗示的那样，就是跟我上床，一夜情，仅此而已，然后他就会消失，无论我情愿与否。我现在既想见又不想见他，既想认识他又希望继续当陌生人，既希望又不希望得到他的答复。但是如果等不到他的回复，我就会很绝望、很郁闷，会想他一定是看见了我又不喜欢我，这毕竟挺伤人的。我永远不知道自己到底想要什么。”

贝尔塔下意识地拿摊开的书遮住了脸，书页一触到她，就从她手中滑落了下去，于是她顺势用双手捂住了脸，好像原本就是这么打算的似的。她并没有哭，只是短暂地避开一下我的视线。

我不再看电视，站起来走到她旁边，从地上捡起书，把一只手放在她肩膀上。她抓住我的手抚摸了一下（但只是一瞬间），随后慢慢地、轻轻地把我的手推开了。

这个“尼克”或“杰克”，第三次自称“比尔”的男人没有在录像中露脸。随录像带还寄来一张名片，上面依然用英语写着“比尔可能是我使用的最后一个名字，也可能不是”，其中字母 i 和“尼克”中的 i 一模一样。录像带是两天后在专门的信箱取到的，也许早在它不可能寄到也没有寄到家里邮箱的那天就到了。那是她去最近的邮局检查来信的日子，她最私人的，也可能是最不私人的邮件都会寄到那里。下午我进门时她还穿着风衣，应该只比我早了几分钟。如果她没有过去看邮件，没有在那里耽搁时间，拿着后来打开镀银信箱的钥匙浑身紧张，她本应该更早到家的。她拿着包裹（形状看上去像录像带），笑着举起来冲我挥了挥，算是告诉我这个消息。她当时站着没动，之后走路也不跛了。

“晚饭后一起看吗？”她很自信地问。

“今天我要出去吃晚饭，不知道几点能回来。”

“好吧，我要是忍得住就等你回来再看。要是忍不住，我就看完了把它放在电视机上，等你回来后睡觉前看一下，明天和我聊一聊。”

“那我们为什么不现在看呢？”

“不行，我还没准备好。知道已经等来了答复，但还不知道是什么内容，我想维持这种状态，过上几个小时。我会尽量等你。”

我几乎想要取消约会。显然贝尔塔想要和我一起看，这样她才有安全感，或者能同等分量地从视觉层面体现这几天来口头上已经表达过的对它的重视。对贝尔塔来说这是件大事，甚至算得上隆重，作为朋友我应当重视。但我的约会也算个半工作性质的活动，我父亲的一位西班牙政府官员朋友来纽约访问，他的英语马马虎虎但不太有把握，便请我陪他和他的夫人（比他年轻）与另一对夫妇共进晚餐。对方是美国参议员，他的夫人也是美国人(也比他年轻)。席间我可以陪夫人们聊聊天，他们则谈些肮脏的生意，需要时我可以帮忙翻译。后来我发现夫人们不仅年轻，而且疯疯癫癫十分轻浮，饭后执意要去跳舞，并且得逞了：她们和我，以及其他男人跳了好几个小时（但始终不包括她们的丈夫，后者一门心思只想着肮脏的勾当)，跳舞时都紧搂着我，尤其是那个西班牙女人，把胸脯挤在我胸前，我似乎感觉到一团硅胶，像潮湿的木头——我怕留下指印，所以不敢为所欲为亲手检查一番。这两对夫妇有钱有势，男人们做生意，女人们用硅胶隆胸，男人们头头是道地谈论古巴，女人们则光顾搂搂抱抱的舞场。

我回到住处时已过深夜两点，幸好第二天是周六（当然，正因为是周五我才安排了应酬）。贝尔塔的阅读灯还亮着，一般我晚归她都会为我留这盏灯，同样，她晚归时我也如此。我没什么睡意，耳朵里还回响着与两个交际花跳舞的乐曲，还有那两个商量着新古巴[①]生意的男人的声音（结果我给那位官员翻译了很多次，他交流有困难）。我看了一眼手表，突然想起走之前贝尔塔说的“我尽量等你回来”，结果她没能等到舞曲终了，不过电视机上如她所说放着一卷录像带和一张名片，就是我提过的“比尔”的名片（“比尔可能是我使用的最后一个名字”）。录像和所有此类个人介绍录像一样很短，已经播放到末尾，还没倒带。我把它塞进录像机倒带，大衣没脱就直接坐在沙发上——真不应该，大衣下摆一定会压出褶皱，我接下来的几星期都会看起来像个无业游民。我按下播放键，就这么坐在大衣上看起来。开头的三四分钟内，镜头保持静止，画面也没有变化，只看到一个人的躯干，没露脸，镜头框定在头部以下腰部以上的范围（还能看到颈部和突起的喉结），身形笔直。这个男人穿着浴袍，一件崭新的或是刚洗过的淡

① 原著完成于20世纪90年代初，当时正值苏联解体，古巴进入“和平年代的特殊时期”，制定“特殊时期”的内外政策以改变依托苏联援助的发展模式。作者可能据此称之为“新古巴”。

蓝色浴袍，也许是高档酒店里提供的那种，也可能不是，因为他左胸前印有两个小小的字母缩写，“PH”，也许他叫作佩德罗·埃尔南德斯（Pedro Hernández）。还能看到他的两只手臂，交叉在胸前，挡住了双手。浴袍是和服式的，袖子不长，露出他多毛粗壮的手臂，可能很长的手臂，此刻静止交叉着，看起来是干的，没有沾水，不像是刚洗完澡的样子。穿浴袍或许只是为了避免被人认出来，不显露任何特点，仿佛一袭匿名的戏服。唯一能看到属于他自己的，是右手腕上一块硕大的黑色手表（双手被手臂挡住了）。说不定他是个左撇子，把手表戴在右手上，也或许仅仅是随性而为。他说的是英语，和信里一样，但是他的口音比信上的文字更明显地暴露出他是个西班牙人。这男人应该不会以为自己能在一个久居纽约从事翻译工作的（这一点他倒是不知道）西班牙女人面前装成美国人吧，但他还是这样做了：把语言当作伪装，当作虚假的线索。通常一个人说外语时声音会有轻微的变化，即使他说得再好，毫不费力，这一点我是内行（他英语说得并不差，只是有点儿口音）。浴袍的领口露出了他胸口的一个三角地带，依然毛发浓密，多为深色，混杂着些许白色。浴袍和浓密的毛发让我想到肖恩·康纳利，电影明星，我童年时崇拜的偶像：如果我没记错的话，他扮演拥有合法杀人执照的特工时常常裹着浴巾，或身着睡袍或者和服。我马上把录像里不肯露脸的躯干安上康纳利的脑袋，因为很难做到只听着电视里的人说话而不去想象他的样子。录像里短暂地出现了他的下巴，几秒钟，因为他低了一下头。他的下巴好像是两瓣的，中间像酒窝般凹陷进去，或是下颌骨中间有一道缺口，外皮倒是完整的，但能显出骨骼的模样（我不记得肖恩·康纳利是否也长着带美人沟的下巴）。在将近一分钟的时间里，画面里的身子交叉着两手一动不动（但在呼吸），一点儿动静也没有，就好像他还没准备好录像就开始了，或是他正在斟酌语言，也或许是正在默念事先想好的台词。录像里隐隐约约能听到音乐声，好像看不见的远处开着广播或电视。我正想要快进，看画面是否会有变化时，“比尔”开口了。声音颤抖，压得很低，但音质尖锐甚至有些刺耳，与他毛发浓密的形象很不协调，更和肖恩·康纳利的面孔对不上号。他的喉结颤动着，说话的节奏很怪，好像在对着镜头背诵事先写好的只言片语。有时他还重复前面说过的话，很难知道这是他的讲话风格还是在无意识地纠正发音。录像的效果显得很阴郁。他的话不仅短促，而且嗓音尖细，有如锯子发出的声音，像极了我在哈瓦那度蜜月时隔壁阳台和隔墙传来的吉列尔莫的声音，这名字对应的英语名就是威廉，昵称便是比尔，不是尼克或者杰克。“我收到你的录像了，谢谢。”

他说得很清晰，但是带着西班牙口音，英文句法表达应该也是从西班牙语翻译过来的，而一段时间之后的现在又被我译了回去。“其实一切都很有希望，你非常有魅力，但这反而不好，因为仅仅有希望还不够，还不够。所以我也只给你看一部分，不完整的我。你看到我的脸与我看到你的身体的意味相同。你的身体。你们女人在意长相，眼睛，这是你们常说的。我们男人需要看脸蛋和身材，或者说身材和脸蛋。就是这样。我告诉过你，我在一个曝光率很高的领域工作。”（“a very visible arena”，他又一次这么说道，最后一个词还是按照西班牙语的发音来念的，这个词源于西班牙语，他不可避免地用了西班牙语发音。我往后挪了挪身子，大衣下摆皱得更厉害了。）“曝光率很高，我不能随随便便地透露身份，除非我确信了值得这么做。所以，我需要看到你的全部。整体。我需要看到你的裸体。细节越多越好。你说你出过一次车祸。你说你现在有点儿跛。有一点儿。但是你不让我看这一点儿是多少。我想看你受伤的那条腿。看看现在是什么样。我要看你的乳房。你的阴部。如果可以，最好是张开腿的样子。我要看你的乳房，你的阴部。肯定很漂亮。看过之后，我们才能安排约会。就这样。如果你的乳房、你的阴部、你的腿让我觉得值得冒险。如果你还对我有兴趣。也许你不想继续了。你可能觉得我太直接。太粗鲁。

太无情。我并不无情。我不能浪费太多时间。我不能浪费太多时间。我不能冒无谓的风险。我喜欢你，你很漂亮。我说的是真话。你很漂亮，我非常喜欢你。但是你寄来的东西让我对你了解得太少，正如你现在无法了解我一样。关于你，我看到的太少。我并不是无情。我想看更多。给我看更多。给我看吧。到时候我会让你见到我的样子，只要是值得的话。我想是值得的。我还是想跟你上床。现在更想了。更想了。就是这样。”录像又继续了几秒钟，没有声音，一样的画面，裸露着的多毛的前胸和交叉的手臂，右手腕上戴着黑色手表，喉结此时静止了，不再像说话时那样上下震动。他的双手掖在手臂下，我看不到他无名指上是否戴着婚戒，就像我从阳台看到的吉列尔莫那样。然后画面上的人站起来，从他左边移出了镜头（仍穿着长浴袍）。之后的几秒钟，我终于看到了一直被他身体遮挡的区域：一个枕头，一张凌乱的双人床。他是坐在床尾录像的。随即屏幕上出现线条，时间显示停止跳动。他用的是一卷新带子，十五或二十分钟的录像带。这种录像带在慢慢取代信件，也许连照片也是——其实信件早就已经被取代了。我关掉电视机，电视的光比贝尔塔阅读用的那盏灯亮得多，此时漆黑的屏幕上映出了我身后的贝尔塔，我转过身去。她穿着睡袍站着，一脸睡意，确切地说是一副失眠的面容。我回来之前她不知道已经看过多少遍，现在又从卧室出来陪第一次看的我重新看了一遍。她两手插在睡袍的口袋里，光着脚，头发凌乱，也许刚才在枕上辗转反侧过，没有化妆，但看起来很漂亮。她一动不动地站着，没有穿鞋，这时如果她迈步子走走，应该还会跛。我脑海里的舞曲已经消失，关于古巴的对话还在回旋。她把手从口袋里抽出来，交叉于胸前，就像不露脸的“比尔”在录像带里的姿势那样，她靠在墙上对我说：

“你都看到了吧。”

身上的大衣已经被我压得一团糟。我站起身，说：

“看到了。”

第十一章

接下来几天，我等着贝尔塔再度开口谈到他，谈到“尼克”“杰克”“比尔”“高曝光领域先生”或是佩德罗·埃尔南德斯，或者米莉亚姆的吉列尔莫，但我几乎马上就忘记了这一种可能性。对某些人和事，如果我们有了第二、第三或更多次的印象，当他（她）的言语或形象深深地烙在我们的记忆里，像一支在脑海中不停循环的旋律时，我们就不会再相信第一印象了。然而，那些天，也就是随后的周末（周六和周日），贝尔塔什么也没说，或许是不愿谈及这个话题。她在家来回踱步，偶尔心不在焉地出门，情绪不坏也不好，显然没了等待回音那几天的紧张和兴奋。她似乎比平常更热心地询问我的计划，关心我的婚姻生活和新家，打听我父亲和路易莎的近况——她和路易莎未曾谋面，只见过照片，在电话中交谈过几句。我想就连我都会时不时想起“比尔”，那么她只会更甚，因为那家伙穿着睡袍发表的那一番讲话是说给她听的，为了确保万无一失，被他要求展露脸之外更多部分的人是她。那个周末没人再去动那卷录像，仿佛它是某种不祥的征兆，或是受了污染。“比尔”的录像带就留在录像机里，没有倒带也没有取出来，定格在我上一次播放完毕的状态。

周一我们都各自出去工作，然而下午，我回到家时，发现贝尔塔也刚刚到家（她的包还开着，钥匙放在包里，脱下的大衣还放在沙发上），电视里播放着那卷录像。她又看了一遍，还时不时按下暂停——徒劳之举，我之前说过，有三四分钟，录像里的画面都没有变化。那段时间白昼很短了，夜色渐浓，又是周一，一整天联合国大会的工作让我筋疲力尽，我猜想她也是，劳累一天之后应该有点儿其他消遣，而不是继续听别人说话。但贝尔塔还在听。我没说话，只打了声招呼便径直走进自己的房间，又到浴室洗了把脸醒神，再次回到客厅时，她仍在研究录像，依然重复着暂停、播放、再暂停的动作。

“你注意到录像里有几秒钟的时间能看到他的下巴吗？”她问我，“这里。”屏幕上定格着“比尔”低下头在屏幕里露出下巴的那一刻。

“是的，那天晚上我就看到了。”我回答道，“他的下巴是凹的。”

她憋了一秒钟没吭声（但仅有一秒钟）。

“单靠这一点我们是认不出他的，是吗？我的意思是，假如你突然碰到他。假如你在别处见到这张脸。”

“不行吧，仅凭这个怎么可能认出他呢？”我说，“为什么这么问？”

“即使明知是他也不能吗？我是说，你事先就知道是他，猜到应该是他。”

我望着屏幕上定格的下巴。

“如果事先知道的话，也许可以，也许能确认。怎么了？”

贝尔塔用遥控器关掉录像机，画面从屏幕上消失了（但她想再看就能随时出现）。这时她的眼睛突然亮了，或者是重现了神采。

“听着，这个男人让我很好奇。他是个混蛋，不过我打算满足他的要求。我从未答应过第二个人这种要求，也没人敢这么提要求。我从未拍过那种录像来回应这么龌龊的要求，你想想。但也可能很有趣，就做这一次。”贝尔塔不想费力去找理由，停顿了一下后，她换了种语气，笑着说：“这么一来我的身体就能留存在影像里了，就算留存不了多久也没关系，大家都会抹掉旧的录制新的。但我可以保留着，留到我老了以后。”

“你腿的样子也要拍下来留到以后，对吗？”我说。

“腿的事我们再说吧。真他妈的混蛋！”口吐脏话时她突然沉下脸来（但也就那么一瞬间）。“但我做决定前必须见到他，我要知道更多，看不到脸实在折磨人。我必须知道他长什么样。”

“但是他说在你寄出录像之前，你见不到他，即使你寄了也说不准。他看了觉得好才行，这混蛋。”我猜想自己当时的表情也很阴沉，不只在骂脏话那一刻，也许自打谈话开始就是这副表情了，又或许三天前就这样了。

“我什么都做不了，因为他已经看过我的录像，认得我的长相了。但他不认识你，也不知道你的存在。我们知道他的信箱号码，他肯定隔一段时间就会去看信箱。我已经查到地址了，在肯莫尔车站，不远。你可以去那里，找到那个信箱，在一旁盯着，等他去取信的时候看看他的长相。”

贝尔塔说的是“我们知道”，她把我裹挟到了她的好奇心和兴趣当中，甚至更严重，她把我们同化为一个人了。

“你疯了吧？天知道他什么时候才会去那儿，有可能好几天都不去呢。你想怎么样，想让我整天都待在邮局吗？”

贝尔塔的眼神突然充满了愤怒，这在她身上并不常见。她早已打定主意，不容许有异议，更别说反对了。

“不，我没想那样。我只想让你这些天偶尔去几次，在你空闲的时候，下班以后去待上半个小时，碰碰运气，仅此而已。至少尝试一下。如果几次都碰不到就罢了，我们就忘掉这事。尝试一下没什么关系。他这几天应该在等我答复，等我寄录像带给他，所以也许每天都会去看信箱。如果他是来纽约出差，那么也许是朝九晚五，非常有可能下班那会儿，五点钟之后去看信箱，像我一样。或许能碰上呢。”她又一次用了复数人称“我们”，说的是“我们就忘掉这事”。或许是因为我当时用了若有所思而非不悦的眼神看着她，她笑了笑，柔声说：“求你了。”然而她面颊上的半月形疤痕变成了蓝色，又差一点儿被我看成一块污渍，几乎想伸手为她抹去。

我去了肯莫尔车站的邮局三次，第一次是次日下午下班后，第二次是两天后的星期四，也就是在干完一天累人的翻译活儿之后。我没有听贝尔塔的在那里待半个小时，而是两次都等了将近一个小时。等待无果时人总会不自觉地变得疑神疑鬼，担心那人正好在放弃等待抽身离去的那一刻姗姗而来，就像那个炎热的哈瓦那午后，米莉亚姆拖着高跟鞋在广场边徘徊，不等到吉列尔莫誓不罢休一样。不管那个男人叫吉列尔莫，还是“比尔”“杰克”“尼克”或是佩德罗·埃尔南德斯，他星期二和星期四都没出现。幸好纽约这种城市每时每刻遍地充斥着可疑之人，甚至是危险的罪犯，所以我这样一个穿着大衣、手拿报纸和书籍站在邮局里无所事事的人并没有引起任何人的注意。邮局里穿梭着寄送或收取包裹的人，不时还有拿着钥匙来开启银色信箱的人，他们匆匆走过，把手伸进去腾空信箱，有时会取到厚厚的一沓信件，有时则空手而归。但这些行色匆匆的人当中没有人走向 524 号信箱，也就是我始终锁定的目标。

“再去一次。”星期五晚上贝尔塔开口请求我，那时距离收到录像已经过去一星期，也许七天会是个转机。“明天是周末，上午你再去，他可能是太忙了，只能星期六去。”

“也可能他太闲了，这几天都在我没去的时间去看了信箱呢？这么做没意义，我每次都在那儿待了一小时。”

“我明白，谢谢你，你不知道我有多么感激。就再去这一次，求你了，去试试看周末行不行。如果还碰不到，我们就放弃。”

“即使他出现了，我看见他了，你又能怎样呢？让我给你描述他的长相吗？我可不是作家。我怎么知道他是不是你喜欢的类型。而且我也可能对你说谎，就算他长相丑陋我也可以告诉你他面容英俊，反过来也一样，那又如何？你不可能仅凭我说的话来决定是否满足他的要求吧？要是我告诉你他长得奇丑无比，面目可憎，你会怎么做？结果是一样的，也许我就会这么说，好让你不要答应他的要求，不要再跟他联系。”

贝尔塔对最后几句话没有回应，我估计她不想知道为什么我不希望他们继续来往，或者可能她自己心里也清楚，只是懒得听我解释。

“不知道，我也不知道听到你的描述我会是什么反应。但是我需要知道更多的信息，我无法忍受这家伙看过我在家的模样，我却没看过他的，而且谁也没见过他，我是指你。‘高曝光领域’，这家伙太狡猾了。只要你见到他，我就好做决定了。我现在还不知道该怎么办，但是到时候就知道了。其实我想自己去，但他会认出我，那样就坏事儿了。”

那一刻我心想，只要能让我不蹚这浑水，花多少钱我都愿意。

第二天早晨，在纽约工作逗留的第五个周六（已经是十月了），我拿着巨大版面的《纽约时报》来到肯莫尔车站，准备再次等上一个小时，或者更久：谁能想到，我来得这么不情愿，却很想尽一切可能等到那个人，也许等待让人上瘾。和周二、周四一样，我躲在一根柱子后倚靠着，还可以时不时地交替着歇歇脚（像马尥蹶子一样弯起一条腿踢两下），开始慢慢地看报纸，同时留心每一个从门口进来的人，看他们走到自己的信箱跟前，不紧不慢或急不可耐地打开信箱，然后心满意足或克制着怒气关上。因为是周六，邮局里人不多，大理石地面上响起的脚步声比平日更明显，也更容易辨认，只要有人来开邮箱我抬眼就能看见。大约等了四十分钟后（我已翻到体育版），一阵脚步声响起，比一般的脚步声刺耳，很特别，就好像那人鞋底装有金属板，或像一个女人脚踩高跟鞋发出的声音。我抬起头，看到一个男人快步走来，我一眼就认出他是西班牙人，从他身穿的裤子就看得出来。西班牙人的裤子很容易识别，剪裁独特，我不清楚究竟是哪里不同，但几乎所有同胞穿上这样的裤子后都显得双腿笔直，后臀挺翘（我不敢确定是否为剪裁所致）。（这些都是我过后才想到的。）不用看也知道他走向了我盯梢的那个信箱，524 号，然后在他带有西班牙特色的长裤的某一个口袋里寻找着钥匙。他也有可能要开 523 或 525 号信箱，他找钥匙的间隙我心里默想着（他摸了摸装打火机的小口袋，腰间的那个，也只是一瞬间）。他留着小胡子，穿着讲究，毫无疑问是个欧洲人（当然也可能是纽约人或新英格兰人），五十来岁（样子很精神，确切地说他保养得不错），个子很高，他从我身边迅速走过，待我想看清他的脸时，他已在背对我找钥匙了，面朝着信箱。我下意识地合上了报纸（一个失误），定定地看着他（又一个失误），看他打开了524号信箱，把整个手臂都伸到深深的信箱柜里。他取出了几个信封，三四个，这当中不会有贝尔塔的，也就是说他还与其他许多人通信，大概都是些充满好奇心的女人，通过报纸征友栏目联络陌生人的人都不会满足于一种尝试，尽管在某些特定时刻也会像贝尔塔这样（也许“比尔”不是），只关注一个对象而忘记其他目标——全都是陌生人。他关上信箱，转身逐个读起了那些信封，脸上既没有喜悦也没有恼怒（其中有个像是邮包，形状和大小都和一卷录像带相近）。他走两步，停了一下，马上又快速地往外走，经过我身边时朝我看来，正好与我盯着他的目光碰上。也许他也认出了我是西班牙人，可能也是因为我穿的裤子。他刻意地看了我一眼，我的意思是他审视了我片刻，我想，假如他再碰见我一定会认出我的（就像我现在能认出他一样）。他与肖恩·康纳利的相像之处，除了现在看不到的毛发以外（他穿着外套，系着领带，一件深色风衣搭在手臂上，一副有专车接送的人临时下车办事的样子），还有宽阔的额头，高挑的眉峰，一直延伸到太阳穴的眉尾，这使得他跟康纳利一样表情犀利。我没有看见他的下巴，无法跟肖恩·康纳利的做比较，但他前额上确实有几条深深的皱纹，虽然不显老，但也能说明他一定是个表情丰富的人。他并不难看，相反，在这一类型的男人中他应该算得上英俊或有吸引力了——事业繁忙、成熟果断、有钱，有些见识（也许是新近才拥有的），大概做些生意，会去那些搂搂抱抱的舞场，熟稔地谈论古巴的生意，也许正像吉列尔莫，米莉亚姆的吉列尔莫那样。但他应该不会去注射整形硅胶，他咄咄逼人的目光不会容忍这种事的发生。

我的任务已经完成，但我心想可以再跟踪他一段，乘胜追击。我看着他走出邮局，心里计算着时机，趁大门合上左右摇摆的声响可以盖住自己的脚步声时跟了出去，也加快了速度，以免跟丢。我从大门望出去，只见他走近一辆停在街边的出租车，站在人行道上给司机付了钱，然后让车开走了，大概他决定步行一会儿，因为天气不错（他没穿上大衣，而是披在一边肩头，我看到他的大衣是水蓝色的，一种很扎眼的颜色，而我此时整齐地穿着传统的米黄色大衣）。他边走边时不时看看手上的信封，突然拆开其中一封，但丝毫没有减慢步伐，迅速浏览一遍内容便将信连同信封一起撕成碎片，随手丢进了身旁的垃圾筒。我没敢上前翻找，一方面觉得难为情，另一方面也怕把他跟丢了。他继续走着，目光直视前方，有的人总是这样把头昂得高高的，为了显得个儿高，或让人觉得一切尽在掌握之中。他手里还拿着剩余的信件和那个装着录像带的包裹（肯定是录像带）。然后我在他右手的无名指上看到了结婚戒指，我与他相反，戴在左手上，几个月前才开始戴，还在慢慢适应。他又打开了另一封信，同样没有放慢脚步，然后和上次一样看完撕碎，但这次将碎片放进了上衣口袋里，可能是因为当时身旁没有垃圾筒（真是个文明市民）。他在第五大道的一家书店橱窗前停下了脚步，如果我没记错的话，书店叫斯克里布纳。但不一会儿他就走开了，可能没有看到感兴趣的书，或者仅仅是被这家店的外观所吸引。然后他穿上了大衣，不，不能算穿，只是把大衣披在肩上，手没有伸进袖管，我父亲兰斯常常这样，而美国人大多不这么穿（除了黑帮分子，比如乔治·拉夫特）。我尾随着他，就这种情况而言我肯定离得太近，我从没跟踪过人。他应该没有察觉到异常，虽然他并非真的在散步。他走得太快，只有遇到红灯时才暂停脚步，周六街上车辆不多，有时甚至都不用停下来。他好像有急事，但还没到要坐出租车的地步。表面看起来似乎漫无目的，但很明显是在去往某个想好的地方。也许这份焦急来自他手中的那卷录像带，上面可能没有写明寄件人的身份，只在里面附上了卡片，所以“比尔”可能以为它来自我的朋友贝尔塔，也就是他所认识的“BSA”；也许他以为手中正握着一丝不挂的她。他又一次停下脚步是在一家大型香水商店门口，也许是被里面飘散出的混杂了多种品牌香水的气味熏得头晕，他走了进去，我也跟了进去（我觉得站在门口等可能更加显眼）。店里没有营业员过来招呼，顾客可以随意浏览商品，选好以后到门口付账即可。我看到他在丽娜蕙姿[①]的柜台停下，把手肘支在玻璃柜台上，打开了第三个信封，慢慢地看完了那封信：这一封他没撕，而是放进了他那件颜色醒目的风衣的口袋里（那封撕碎的放在了外套口袋里，可见他是个有条理的人）。他拿起一款丽娜蕙姿香水的试用品，在没有佩戴手表也没有其他任何饰物的左手腕处喷了一下，依照惯例等待了几秒钟，然后仔细地嗅了一下，脸上没显露出明显的好恶。接着又走向一个档次稍低、摆放混合品牌的柜台。他在右手腕上试用了一款娇兰的香水——他那块巨大的黑色手表上应该也沾上了一些。他照例很在行地等了几秒钟，嗅了嗅（表带），大概是喜欢那个味道，拿了一瓶新的离开了。他又走到男用香水区继续购物，在两只手的手背试了两款，这下手上已经没有可以再试其他香水的部位了。他拿起一款以《圣经》中名字命名的美国牌子香水，耶利哥、约旦或约达切，我不记得了，可

① 丽娜蕙姿（Nina Ricci），法国知名品牌，始创于法国巴黎，主营服饰、配饰、彩妆、香水等。

能是想了解一下本地品牌吧。我拿了一瓶杜鲁萨迪[①]女式香水，我想着既然已经结婚，它自然会派上用场（我会时不时地想起路易莎），或者也可以送给贝尔塔（想到这里我又拿了一瓶）。我们各自在柜台前付账时（中间隔着一个队伍，而且他离柜台更近），他转过头来看到了我，无疑也认出了我。他的眼神非常犀利，我在邮局就发现了这一点。尽管犀利，但不带有任何感情色彩，既没有诧异，也没有不快，更没有怀疑（没有恐惧也没有威胁），尽管犀利但空洞无光，仿佛审视的点比较散乱，又仿佛那些电视名人自认为目光深邃而能洞察人心，却忘了自己根本做不到，因为面对的总是摄像机，而不是真实的人。他离开商店，又开始往前走。即便已被发现，我还是跟了上去。自那之后他便更频繁地停下脚步，假装看看街边的橱窗，或看看街上的钟给自己的手表对时，有时还会转过头来看看我，使我不得不佯装在路边摊上买杂志或热狗。但这并没有持续多久：到了59街，“比尔”突然向左拐，在我的视野里消失了几秒钟，而等我赶到拐角、他重新进入我的视线时，我居然看到他正跃上奢华的“广场酒店”门前带雨篷的台阶，对门口身着制服、戴帽子的门卫致以他的问候视而不

① 杜鲁萨迪（Trussardi），意大利知名品牌，以制作皮质手套起家，主营服饰、箱包、配饰、香水等。

见，迈着依旧轻快的步伐消失在大门里，手里还拿着他的录像带和装有香水的袋子。我手里则正拿着杂志、巨大的《纽约时报》、装着香水的袋子和一个热狗。从路口到酒店门口的这段距离他一定是跑着过去的，好让我来不及赶到路口看到他的目的地：著名的广场酒店（Plaza Hotel），不太显眼的首字母缩写“PH”，所以那件浴袍不属于他，他的名字也不是佩德罗·埃尔南德斯。

我把事情的经过如实地讲给了贝尔塔，但没有提及我的揣测。我感觉这个男人跟在哈瓦那的那个下午让大腿粗壮、手挽大包、咄咄逼人、黑白混血的米莉亚姆久久等待的是同一个人，就是那个已婚，家中有一个或许身体抱恙或许完全健康的老婆的男人。贝尔塔听得兴致勃勃，同时还带有几分隐隐的得意（只不过是因为让我去肯莫尔车站盯梢是她的主意，并且终有所获）。我没有骗她说“尼克”“杰克”或是“比尔”面目可憎或长相丑陋，因为事实并非如此，我照实说了。不过我确实不喜欢他那扎眼的大衣、犀利而令人难以捉摸的眼神、酷似肖恩·康纳利的曲折起伏的眉毛、精心打理的胡须、下巴上凹陷的阴影和拉锯般的嗓音——可能他就是用这嗓音来做生意和熟稔地谈论古巴的。正是利用这个嗓音，他成功地诱惑了贝尔塔。我不喜欢这个人。我把买来的一瓶杜鲁萨迪香水送给了贝尔塔。

后来几天贝尔塔和我都没有再提起那个男人（我闭口不谈是为了让她打消念头，而她大概还在考虑中），正好联合国的工作也非常繁忙：有一天我需要为本国的那位领导人做翻译，我曾经在一次发言中篡改过他的讲话，我就是在那个场合认识了路易莎。但这一次我克制住了自己，毕竟是联合国大会。在我把他那西班牙式的装腔作势和不着边际的错误理念翻译成英语传送到各国代表的耳机中时，不由清晰地回想起那一次，我曾周旋其中，私自修改，身后传来路易莎的呼吸声（她凑在我左耳边，像在低声耳语，她的胸部几乎触碰到我的后背），让英方首脑说出了“在很大程度上，人们去爱是因为他们被强迫如此”，后又补充道：“人与人之间的任何关系都会衍生出一堆问题，无数对抗，还有欺凌和羞辱。”过了一会儿又说：“每个人都在强迫他人，并非逼迫他人做不愿做的事，而是做不确定是否想要做的事，因为几乎没人清楚自己不想要什么，更不清楚想要什么，尤其是后者，根本没办法弄明白。”我方首脑沉默不语，好像已经对这场演讲心生厌烦，又好像有所感悟。英方首脑接着说：“有时候，施压的是外力，某个离他们而去的人、过去的岁月、不如意的事、自身的经历、不幸的生平，都有可能成为外力。甚至还有那些我们并不知情、无力掌控的事，我们与生俱来却不了解的部分，谁又能知道这个过程是什么时候开始的呢……”最后她说：“有时我会想，如果我们都安分、静止下来，都死去，是不是会更好。说到底，这才是我们唯一真正想要的东西，唯一一个我们在逐渐接受的有关未来的想法。只有死亡不容置疑，只有在死亡面前才无法反悔。”我们的首脑保持沉默，而那位在此时的秋日已经卸任、并未参加本次纽约联合国大会的英国领导人在一番独白后红了脸，她发现自己周围一片寂静，从情绪激动的恍惚呓语中猛地醒来。当时我再一次帮了他们一把，借英方首脑的口吻提议说：“阳光那么明媚，我们为什么不去花园里散散步呢？”（为了模仿得更像，我刻意选用了一个典型的英式单词。）于是我们四个就去花园里散步了。就在那个阳光明媚的上午，我和路易莎相识了。

如今我国的这位首脑仍然在位，也许正是多亏了他的装腔作势以及同那位英国领袖一样不着边际的错误理念，但后者却没保住自己的职位（她一定是个郁郁寡欢的女人，无疑想得太多，作为政治人物如此行事就等于自掘坟墓）。我国首脑演讲结束后，我在走廊上又遇见了正被随从们包围着的他（我的工作结束了，他正为那段冗长无趣的讲话广受恭维），我想既然我们认识，就打算问候他一下。我走上前去，边伸手边叫着他的官衔，还在后面加上了“先生”二字。真是天真无知之举。他根本不认识我，尽管我曾经歪曲过他的发言，往他嘴里强加过一些压根不存在的，而且恐怕一辈子都不会从他脑子里冒出来的内容。两位保镖迅速靠过来，抓住了我伸出去的和没伸出去的两只手，反扭到身后死死扣住（力道又大又猛，弄得我生疼），一时间我以为自己被铐住了，也就是说，被戴上了手铐。幸好当时旁边一个联合国的高级工作人员看到了我，认出了我的译员身份，从这位至高无上的领袖的保镖手中把我解救了出来。而他则在一堆违心的赞美和钥匙发出的不合时宜的杂音中（他在口袋里上瘾地拨弄着钥匙串）顺着走廊往前走。看着他远去的身影，我突然发现他的裤子也是西班牙式的，剪裁独特，名声在外。他是我们那遥远国度的一位如此典型的代表，如果不来这么一身穿着，就太不合适了。

当晚回到家，我把这桩轶事说给贝尔塔听，她却一反常态地反应冷淡，兴趣寡然。她脑袋里肯定忙着盘算那天的事，或更长久的事，一个计划，毫无疑问与“比尔”有关。

“你能帮我录像吗？”我一说完我的故事她就紧接着问道。

“帮你？什么录像？”

“拜托，别装傻。就是那个录像啊。我要寄给他的。我已经决定了要寄给他。但是那种录像我不可能一个人完成，拍出来效果会不好。你来拍能更好地取景，摄像机不能固定在一个地方拍，要能移动。你能帮我吗？”她用一种轻松的语气说道，几乎像在开玩笑。想必我当时是用了一副傻愣愣的表情看着她，她马上又说（这时语气不再轻松）：“别那么傻愣愣地看我，说吧，你能不能帮我？要是我们不给他寄录像，他肯定不会再有音讯了。”

我说（不假思索地脱口而出）：“那又怎么样呢？他有没有音讯就那么重要吗？他是谁啊？你好好想想，他是谁啊？我们不给他寄又有什么关系？只要我们晾着他，他就谁也不是，你连他的脸都没看到过。”

她又说了“我们”，说的是“要是我们不给他寄”，很自然地又把我扯了进去。也许她这么做不无道理，去了肯莫尔车站和其他地方，到最后一直跟到了广场酒店的雨篷，我早已参与其中了。我也用了“我们”，被同化也好，受感染也罢，我说的是“我们不给他寄又有什么关系”“只要我们晾着他”，也是无意识的。

“对我来说很重要，很严重。”

我打开电视，正好在播《家庭问答》，这节目每天都有，电视上闪动的画面缓和了我们两人之间的对立情绪，也许能让双方都闭嘴。有台电视在一边开着，每个人都会不自觉地看一两眼。

“为什么你不试着争取跟他见一次面？你再给他写封信，就算你不给他寄他要的录像，他也可能会回信。”

“我不想再浪费时间了。你到底帮还是不帮我？”

她的语气已经丝毫不轻快了，几乎是在下命令。我盯着屏幕，说：“我不太愿意这么做。”

她也面对着电视，说道：“我没有其他人可以求助了。”

然后整个晚上她都没再说话，也没和我待在一块儿，而是在厨房和卧室间走动。来回中带着杜鲁萨迪香水的味道。

到了周末，和以前一样，我们有更多的时间共处（那是我在纽约逗留的第六个周末，离我返回马德里、重回我和路易莎新家的日子已经不远了。我和路易莎每星期都会通几次电话，但都没有重要的事情可说，和所有越洋电话一样，匆匆聊几句，说些甜言蜜语就挂了），周六那天贝尔塔再次向我提出请求。“我必须录那个录像，”她说，“你必须要帮我。”最后那几天她比平时跛得更加厉害，似乎有意无意地试图唤起我的同情心。真是荒唐。我没答话，她就接着说道：“这事我没法求别人。我想过了，我唯一信任的人是胡利娅，但是她不知道这件事，她只知道有中介公司，知道我通过征友栏目与人联络，还有我偶尔会跟没有结果的人约会，但她对录像带往来的事一无所知，也不知道我还和其中的一些人睡过觉。她不知道有这么个‘高曝光领域先生’，而你打一开始就了解事情的来龙去脉，甚至亲眼见过他。你就别逼我再把整件事告诉另外一个人了，最后会传出去的。要是让同事知道就太丢人了。你得帮我。”她顿了顿，斟酌着要不要说后面的话，最后还是说了出来（嘴巴总是比脑子来得快）：“无论如何，你见过我没穿衣服的样子，这又是一大优势。”

“人与人之间的任何关系都会衍生出一堆问题，无数对抗，还有欺凌和羞辱。”我暗自想着，“每个人都在强迫他人，‘比尔’强迫着贝尔塔，现在贝尔塔又试图强迫我，在与贝尔塔认识之前，‘比尔’就在跟她较量，就开始强迫、冒犯和羞辱她了。或许贝尔塔并没有意识到这一点，或者意识到了而并不在意，她习以为常了。她现在跟我争执是为了说服我，就像米莉亚姆纠缠吉列尔莫，让他娶她为妻；也许也像吉列尔莫跟他的西班牙病妻较劲儿，为了让她最终去死，让她丧命。我也跟路易莎较过劲儿，强迫过她，或者被她强迫过，我说不清，那我父亲又是跟谁较量对抗呢，或者，又是谁冒犯、强迫过他呢，否则他的生命中怎么会有两个女人死去？或许他也促成过其中的某一桩死亡。我无意了解真相，不知情时世界才是平静的，我们每个人都安分一点儿不是很好吗？但是即便我们都安分了，仍然会有问题，会互相对抗，互相羞辱和冒犯，会产生强制性的义务——有时我们还强迫自己，这就是所谓的责任。也许我的责任就是答应贝尔塔的要求，朋友在意的事情我们也应该放在心上；如果我拒绝她，就是在冒犯和羞辱她，所有的拒绝都是一种冒犯和对抗。我确实见过她裸露的身体，那是很久以前的事了，我知道，但是记不清楚了。已经过去了十五年，她现在长了年岁，还有了跛脚的毛病，而那时她还很年轻，还没出事，两条腿还完好无损，她为什么非得提起那段往事呢。我们从来不谈我们的那点儿过去，因为事情本身实在无足轻重，时隔多年的现在看来更是遥不可及。当时我也很年轻，就像其他事情一样，那事发生了，但又没有发生。为什么是做了又没做，为什么要说出‘是’或‘不是’，为什么要被左一个‘也许’右一个‘可能’所累，为什么开口，为什么沉默，为什么拒绝，为什么还要知情——既然发生的任何事实际上都未曾发生，一切都是昙花一现，无法永久持续，无法长留记忆，发生与未发生无甚差别，无论放手或紧抓都一个样，经历过与未曾尝试如出一辙。可是我们还要穷尽所有智慧、感知以及热忱，去辨识那些终究会变得一样的，或者本身就相同的事物。所以我们经常懊悔，总是在丢掉机会，我们反反复复地确认、断定和把握机会，可真相却是一切均无定势，万物皆在消亡。抑或一切本是虚无。”

“好吧，那我们快点儿，现在就录，”我对贝尔塔说，“我们赶紧录吧。”我用了“我们”，完全合情合理。

“你要帮我？”她的语气里难掩感激和意外，还带有些许轻松。

“你告诉我要做什么，我就照着做。你快去做准备，最好我们早开始，早结束。”

贝尔塔走过来在我脸上亲了一下，然后离开客厅，去卧室找她的机器，很快我们在卧室里一切就绪。她选择在这里录像，以凌乱的床为背景。当时还是早上，我们原本正在吃早餐。

我拿着摄像机选取恰当的画面，并随着她的指示前后移动。眼前的这个身体与残留在我记忆里或已遗忘的那个身体没有任何关系。我只是通过摄像机看着，这样就减少了直接注视的冒失和尴尬。每次我们暂停拍摄，考虑下一个姿势或拍摄角度的时候（我只负责做，她负责出点子），我都会低下头看着地面，或者越过她的身体空洞地望着卧室的尽头，墙面和枕头。贝尔塔跟穿着淡蓝色浴袍的“比尔”一样，先是坐在床尾，也模仿他穿着自己的浴袍（白色的）。在此之前她冲了凉，让我等了一会儿，出来的时候头发还是湿的，浴袍合着，后来又松开了一些，仍系着腰带，但露出部分的胸部已经不是我记忆里的模样，而是更加丰满得近乎完美，也许是来自时间或爱抚，我相信她没有做过任何手术，但似乎自我上次见到它们以来变了个样，或像是有了母性，让我觉着自己有些冒犯，又有些慌乱（也许就像一个父亲，女儿长大后多年未见过她光着身体的样子，然而由于意外或不幸的来临，突然目睹她变了样的身体）。镜头中她的整个身子都比我十五年前在马德里曾拥抱过的那个要结实些，也许她在美国的十二年常常游泳或去健身房——美国是个很注重保持和塑造身材的国家。但在这崭新的活力之外也有些衰老的迹象，她的肤色变暗了，如同水果在腐烂的过程中果皮颜色变黑一样，腋下和腰部有些褶皱，近距离还能见到某些部位蜿蜒的纹路（近乎白色的皮肤纹理，像是用最细的画笔在画板上描出的一样），结实的双乳分得过开，乳沟很宽，穿低胸装或许不太美观。贝尔塔完全抛开了羞耻，至少表面上看是这样，而我却没有，我努力地提醒自己是在为另一双眼睛拍摄这段录像，为“比尔”或吉列尔莫的眼睛，住在广场酒店（PH）的那家伙犀利而不可捉摸的眼睛。他那双具有穿透力却又空洞的眼睛将会看到我眼前的一切，一切都是为它们，而不是为我既空洞又无神的眼睛准备的；虽然他观看的角度由我选择，他之后在屏幕上看到的东西取决于我（当然也取决于贝尔塔），不多不少，一切都取决于我们的决定，我们的拍摄，我们让他在并不遥远的未来看到什么。贝尔塔的浴袍已滑落至腰部，但腰带还系着，下摆遮掩着双腿，只有上半身裸露着（完全裸露）。我没有拍摄脸部特写，而是一扫而过，也许是不想把那张熟悉的脸（鼻子、眼睛和嘴巴；还有下巴、前额和脸颊，整张脸）和那个更结实却更衰老的陌生身体或仅仅是被我遗忘了的身体联系起来。她的身体与我当时和现在所熟悉的路易莎的不同，虽然直到那一刻我才意识到自己从未像在摄像机里看贝尔塔这样仔细地观察过路易莎的身体。贝尔塔的身体就像一段潮湿的木头，上边插着几把折刀，而路易莎的身体就如同难掩声响的大理石地面上回响着的脚步声，更富活力，更少疲态，表现力虽弱些却更为自然。拍摄的时候我们都没有说话，声音也会被录下，可能那时贝尔塔已经没了先前的兴致和轻松，而我自始至终都没有过。声音会让事件打折扣，评论会模糊事实，讲述也是如此。我们暂停了拍摄，我放下摄像机，其实只需要几分钟的录影，但我们拍的还不够。我慢慢地开始用之前见过，而贝尔塔从未见过的“比尔”的眼睛去看。不是我的眼睛而是他的眼睛在看。没人会对我那时用那种眼神注视眼前的女人、那么仔细地端详她加以指责，正像我先前说过的，其实不是我，而是他在借用我的眼睛拍摄，他的和我的两双同样空洞的眼睛，而我的眼神此刻却变得越来越有穿透力。这样的眼睛对于贝尔塔来说是陌生的，我们还没结束拍摄。“阴部。”我对她说。我不知道自己当时是如何说的，是怎么敢说出来的，但我确实说了。“阴部我们没拍。”我对她说。我用了“我们”，把我自己也包含其中，也可能是为了让所说的内容听起来不那么刺耳，先是两个字，然后是六个字，其中重复了前两个字（也许我是借“比尔”之口说的）。贝尔塔没回答，什么也没说，我不知道她有没有在看我，反正我没有看她（那一刻我没在录像），而是看着卧室的尽头，看着墙面和枕头，这枕头，病人和新婚夫妇最终都会倚在上边看世界，情人们也如此。贝尔塔松开了腰带，打开浴袍露出腹部，但浴袍下摆还遮盖着两条腿，只有大腿内侧露了出来，正面和再往下的部分依旧被浴袍盖着，两片下摆像淡蓝色的瀑布（或白色的瀑布）一样垂直落下，一直遮到脚踝，遮住了一长一短，或者说一短一长的两条腿。我拿着机器边靠近边拍摄，为那转瞬即逝的将来，所拍的录像贝尔塔会复制一份，她说过要这么做。她在我拍完她的大腿、慢慢拉远镜头后迅速合上了浴袍。我想她的疤痕一定又变得明显了，我还是不去看她，但我还有话要说，我们还没拍完，还有“比尔”“杰克”或“尼克”要求的东西我们没拍，那条腿。我点了支烟，燃着的烟丝落到凌乱的床上，但落下时已经熄灭，所以没有烧坏床单。我，或者是“比尔”，或者是吉列尔莫，用我们拉锯般尖细的嗓音对贝尔塔说道："腿，我们还差腿没拍。"我们说道，我说道，"记得吗，比尔想看腿。"

第十二章

我现在想起这一切是因为之后的不久，某件我尚在纽约期间发生的事，它在某方面（我认为只是在某一个方面，或许其实是两个或三个）跟再后来（虽然也就是不久之后）我回到马德里，回到路易莎身边时发生的事情很相似。我再一次产生了那种自婚礼以来就一直萦绕左右、挥之不去的不祥预感（至少这种预感从未完全消失过，也许永远也不会消失了），而且更为强烈，来得更有缘由。也许这是第三种不适感，与之前我在蜜月旅行期间（特别是在哈瓦那），或者更早体验到的那两种不同。新的不适感就像第二种感觉那样，可能是凭空捏造、想象的或不经意间察觉到的，是对代表第一种不适的那句令人发怵的问话——“现在又该怎样？”——必要但不充分的回答。这个问题一次又一次地被回答却一次又一次地重现，或自动还原重构，又或者一直存在，每每回答之后丝毫没有变样，就像用来逗小孩玩，让他们迷惑的“好烟斗的故事”。我小的时候，哈瓦那的外祖母会用它来逗我，在当年母亲把我留给她看管的那一个个午后，时光就在我们唱歌、做游戏、讲故事和不自觉地看向故人肖像的过程中慢慢流逝，也或许外祖母正是在对画像的凝视中目睹旧日的时光如何消逝。“你想听‘好烟斗的故事’吗？”外祖母总是带着淘气不怀好意地对我说。“想。”我像所有小孩子一样回答道。“我不是问你想还是不想，我是问你想不想听‘好烟斗的故事’。”外祖母笑着说。“不想。”我也像所有小孩子一样改口了。“我不是问你想还是不想，我是问你想不想听‘好烟斗的故事’。”外祖母笑得越来越厉害，这样反反复复，直到孩子们绝望和厌倦，大人的把戏就得逞了。其实只需要回答一句“我想听你讲‘好烟斗的故事’”，就可以跳出这个陷阱、打破魔咒了。但小孩子怎么也不会想到这么说，他们不会被左一个“也许”右一个“可能”所困扰，他们的世界里只有“是”和“否”。不过，早前提出来的那个问题现在变得更加糟糕，因为用重复问题的方式来回答根本行不通，就如同在阿尔卡拉 15 号赌场里，当我父亲向我问出那个问题时，我用重复问题的方式来回答根本无济于事，既没能给出答案，也无法将之消解。

那是婚礼结束之后，我和他单独待在一个房间里。“我也说这事呢，”我说，“现在又该怎样？”逃避这个问题的唯一办法不是重复它，而是不让它存在，不去触及，不让别人有机会提起，但这不可能。或许正因如此，为了回答这个问题，我们才会制造事端，担惊受怕，心生怀疑，惦记那让人心动、不可名状的抽象的未来，用病态的大脑思考或是用大脑病态地思考，正如有人劝告麦克白不要胡思乱想（so brainsickly of things）。我们疑神疑鬼，惧怕生老病死，惧怕被遗弃、遭背叛，无端地想象出种种威胁，甚至还会怀疑并无利害关系的人，凭白建立某种关联或象征。也许正是因此我们才愿意读小说、读纪实报道和看电影，目的是从中寻找共性和象征性，寻找认同感，而不是为了知情。讲述总是扭曲事实、歪曲事实，甚至全盘否定事实。无论如何忠实，事实一经讲述就变得不再真实，或仅仅只是接近真实。真相取决于事件被公之于世后所留下的隐蔽的、不为人知的和未被讲述的部分，跟事件原本“是什么”或“如何发生”关系不大。电视上、报纸上的事件有时看上去极其真实，被称为生活乃至真实生活，被当作共性和象征，但它们已不再是事实，而是变成了一种认同。常言道，真理从不闪光，因为唯一的真理是不被了解、不被传播的，是不被转换为话语或图像的，是隐蔽的、不被探究的。或许正因如此人们才热衷于讲述，而且无所不谈，让事情一经讲述便等于什么都没有发生。

我并不清楚自己从纽约回来后发生的那件事究竟是怎么回事，更确切地说，即使许多年以后我也许都不会知道，我不在的那段时间里发生过什么。我只知道在结束了八周的工作、离开贝尔塔、从纽约回到家中一周后，和路易莎在一起的一个雨夜，我离开枕头，从床上爬起来，走到冰箱跟前。当时有些冷，也可能只是冰箱冷气的缘故，我走到浴室穿了件睡袍（我差点儿想把浴袍当睡袍穿，但没那么做），路易莎也从床上爬起来走到浴室洗漱。我去书房待了一会儿，站着看了几篇文章，手里拿着可乐，已经略有困意。外面正下着雨，马德里多数时候晴空万里，下雨时往往无风来袭，雨滴整齐缓慢地垂直落在地面上，就好像这场雨知道自己会持续数天，所以不紧不慢，不徐不疾。我望向窗外，向路边的树木和路灯看去，路灯的光束在黑暗中形成一个光圈，将周围落下的雨滴照亮，仿佛镀了一层银。就在这时，我看到街道的转角处有一个人影——就是后来那位上了年纪的手摇风琴师和编着辫子、拿着托盘的吉卜赛女人自己选中，从我的窗户望出去常常看不到全貌的那个转角。此刻站在那里的不是手摇风琴师和吉卜赛女人，而是一个男人的身影，与前者不同，他完整地进入了我的视线，可能是为了避雨，正在我们对面那座并不影响采光的楼房的屋檐下，紧贴墙根站着，远离马路，不会被车撞上，那时街上也没什么车。他戴了一顶也能用于防雨的宽檐帽，这在马德里比较罕见，不过下雨时略显正常些。在马德里只有个别老先生喜欢戴宽檐帽，比如我的父亲兰斯。但那是一个高大挺拔、还算年轻的身影，不像上了岁数的人（一眼就看得出）。在黑暗中，隔着这么远，我看不清帽檐下面的脸，我的意思是无法辨识他的五官（能看到人脸透过雨夜的氤氲化成的白色斑块，他离最近的一盏路灯发出的光束还远），因为他是在抬头往上看，目标恰恰是我们家的窗户——至少我是这么认为的，这也是我留神关注他的原因——更准确地说，他在看我左边卧室的窗户。从他的角度应该看不到卧室里的任何东西，最多只能看到有没有开灯——可能他就是在看这个，我想，或许他是想看我们的身影，我和路易莎的，但我不记得我们之前是否靠近过窗户。他可能在等一个信号，用开灯或关灯传达的信号，就像远古时代用眼睛的开合和远方舞动的火把传递信息一样。事实上，虽然我没有看到他的五官，但我立刻认出了他。儿时便熟悉的身影，就算身形有所变化，经历了生长或衰老，无论何时何地，我们一眼就能辨认出来。但我又过了一会儿才接受事实，接受那个站在屋檐下的人是小古斯塔尔多易，他在眺望我们最私密的那扇窗户，等待着，察看着，如同一个恋爱中的人。有点儿像米莉亚姆，或几天前的我，米莉亚姆和我等待的地点在大洋另一端的不同城市，而小古斯塔尔多易在这里，就站在我家楼下的街角。而我并非像恋人一般等待贝尔塔，但也不能否认，也许等待的结果就跟现在的小古斯塔尔多易一样：卧室彻底熄灯后他便可以想象我们两人的情景，是背对背入眠，还是醒着相拥而卧。“小古斯塔尔多易在那儿做什么？”我心想，“是巧合吧，他路过这条街时正好赶上下雨，就在对面楼房的屋檐下避雨，因为太晚不敢上门打扰。但这是不可能的，他肯定是在那里监视，而且应该已经站了一段时间了，从他的姿态和竖起的外衣领子就看得出，他瘦削的双手合紧领口，分得很开、几乎没有睫毛的黑色大眼睛望向我们的卧室，他在看什么？在找什么？想要什么？为什么张望？我知道我离家期间他和兰斯一起来过，来看望路易莎，我父亲带他来的，所谓的顺路拜访，公公和他的朋友——名义上也是我的朋友——来拜访，他应该是爱上路易莎了，但他从不会爱上谁，不知道路易莎是否知晓这一点，真奇怪，他居然在一个我回家后的雨夜，在街上淋得像狗一样湿。”这些是最先闪过我脑海的混乱思绪。我听见路易莎从浴室走出来，回到了卧室。她唤了我一声，说道（对着走道，我们中间隔着一堵墙，但两个房间的门都开着)：“你不来睡觉吗？已经很晚了。”她的声音如此自然且富有生气，与我回来后的这一周每天都能听到、几分钟前还在响起、跟我躺在两人共有且共享的枕上说着绵绵情话时的声音相同，毫无异样。我克制住自己，没有告诉她发生了什么，我看到了什么，我在想什么；同样，我也克制住自己，没有走上阳台，大喊小古斯塔尔多易的名字并问他：“喂！你在那儿干什么？”这个问题米莉亚姆也曾经在不认识我的情况下，站在那片空地上，很自然地问过我，口气好像在对最亲近的人问话。我敷衍着回答（是在掩饰自己的疑心，虽然当时我还不清楚那是什么)：“你想关灯就关吧，我还不困，要再校对一会儿稿件。”“好吧，别太晚了。”她回应道，然后我看见她从走廊里关了灯。我小心地关上我的门，紧接着也关掉了刚才看文稿用的台灯，这样一来家里的每扇窗就都变黑了。我再一次从书房的窗户向外看，小古斯塔尔多易还在向楼上张望，扬着头，白色斑块随之朝向漆黑的夜空，尽管有屋檐遮挡，雨水还是不停地打在他的脸上，或许还混合着汗水而非泪水。雨水顺着屋檐滴落，总是落在同一处，浸湿疏松那里的土壤，直至渗透而入，形成一个洞或一条沟渠，这洞和沟渠就如同贝尔塔的，我见过并拍摄过的私处，也仿佛是路易莎的，那个片刻前我刚停留过的地方。“现在他会离开了吧，”

我想着，“看到灯都关掉，他就会走了，如同不久前我看到贝尔塔家里的灯熄灭，等待便宣告结束。”这么说这就是约定的暗号了。那时我也在街上等待，像现在的小古斯塔尔多易一样，也像更久之前的米莉亚姆一样，只不过米莉亚姆并不知道楼上有两张脸，或是有两个白色斑块，以及四只眼睛在观察着她，吉列尔莫的和我的。而此时路易莎也并不知道街上有两只眼睛在窥探自己，虽然不能直接看到她；小古斯塔尔多易也不知道，路灯下的雨丝如水银或白银一般流泻而下时，我的双眼正从漆黑的高空监视着他。和这次不同的是，在纽约时我和贝尔塔都对两人分别身在何处一清二楚，至少我们可以猜到。“现在他要离开了，”我想，“他必须离开，我才能回到卧室，和路易莎在一起，假装他不曾出现，想到他还在楼下我会无法入睡，也无法从背后拥抱熟睡的路易莎。童年时，我曾那么多次地看到他从我房间的窗户向外张望，就像现在的我一样，他曾那样渴望外面的世界，渴望这个他如今已经融入的、被阳台和窗户玻璃阻隔的世界。他始终背对着我，后颈剃得精光，让我在自己的房间里都心生恐惧。他曾是令人畏惧的孩子，如今是令人畏惧的男人，第一时间就能知道谁出于何种目的想要被接近，无论是在某个酒吧、聚会，甚至在大街上，更不用说他去过或来拜访过的人家，也许让人起心动念的正是他本身，让路易莎生出了在我动身去纽约之前还并不存在于她脑海里的安排打算。贝尔塔则相反，在我抵达纽约之前和逗留期间，甚至离开之后，这些念头一直在她的脑中盘桓，我敢肯定。她会继续和本名是吉列尔莫的比尔约会吗，没准儿她又见过他了？又或者吉列尔莫和我一样，已经结束了他在纽约两个月的行程，回到西班牙，我们三个人中只有贝尔塔留在那里，我应该给她打个电话。虽然人已离开，但我已被卷入其中，已被同化，不可避免地成为‘我们’中的一员，最终到处都会出现‘我们’这个表达。那么，现在，小古斯塔尔多易想要从我们这里获得什么呢？他想要我们如何呢？”

我在贝尔塔家楼下等待的时候，没有企图，也不是想要什么，那场等待是个未被预料、不曾被期待的结果。那是我在纽约停留的八周中的第七个周末——如同我之前提过的，前一个周末我帮贝尔塔录了那盘短短几分钟的带子——那周一录像带寄出去了(贝尔塔没有备份)，而且卓有成效，换句话说，“比尔”被录像吸引了，觉得值得冒险，之后两人又有通信。但他只以一张纸条作为回复，并没有回以同样的录像，没有露脸，甚至不肯回寄一张像样的照片，而且毫无歉意。然而他匆忙提议周六会面，信周五才寄到我们手中，这点确凿无疑，因为那一周贝尔塔每天下午下班后都会去老切尔西车站查看信箱。“比尔”的纸条一如既往地用了英文书写，但从他下午邀约第二天晚上见面的风格来看，他绝对是西班牙人无疑。纸条上写着：“我会认出你的。”他把约会地点定在广场饭店的橡木酒吧，很像是看演出、吃晚餐或是听歌剧之类的活动开始前见面的地点，他并不知道贝尔塔已经知道那是他住的酒店，他安置枕头的地方。贝尔塔原本约好那天晚上与同事胡利娅还有其他一些人吃饭的，而且几周前就约好了，我也会参加。她决定不事先通知自己将要失约，以免大家坚持要求她去；如果她谎称生病，他们可能会来看望，只好由我在当日到达时谎称她偏头疼发作得厉害。我只好只身赴约，在一家位于港口的餐厅里面对一群几乎都不怎么认识的人，感觉自己是个不速之客。

在我出门前刮胡子、做准备时，贝尔塔也在（或许是同化作用）为与“比尔”“杰克”或是“尼克”来之不易的约会悉心打扮。我们都没说话，暗地里争着使用浴室和镜子。她有些急躁，身上散发着杜鲁萨迪香水的气味。“你还没好吗？”看到我还在清理胡须，她突然开口问道。“我不知道你现在就要出去，”我说，“不然我就去我房间刮胡子了。”“不用，再过一个小时我才走呢。”她的回答很干脆，其实她早已精心穿戴整齐，只差化妆了，而据我所知，她化妆向来很快（穿鞋更快，她的双脚应该是非常干净的)。我还没系好领带，她就穿着另一身衣服走进了浴室，看得出同样花了一番心思。“真漂亮啊！”“太难看了，”她回答，“我实在不知道穿什么好，你觉得呢？”“可能刚才那身更好，但这套也不错。”“之前那身？可我现在才刚开始换衣服啊。”她说，“那身是在家穿的，现在才是晚上出门穿的衣服。”“哦，那身很适合你。”我一边回答她，一边用挂在脖子上的领带擦眼镜。她走出浴室，几分钟后又穿着另一件衣服走了进来。这衣服更诱惑人，如果这个词还有任何意义的话，我想是有的，它常用来形容女人的衣服，而且在我所知的语言中都有变体，人类的语言不太可能犯同一个错吧。她站在远处照镜子，尽可能看到全身（她家里没有照全身的落地镜，我停下系领带的动作，让到一边)。她弯了一下腿，用手拽了拽又短又紧的裙子，唯恐那并不存在的褶皱影响了自己臀部的线条，又可能是在隔着外头的裙布整理里边不服帖的内裤。她对自己穿了衣服的外表很不放心，尽管“比尔”早已见过她的裸体，哪怕只是隔着屏幕。

“你没有一点点害怕吗？”我问她。

“你指什么？”

“去见一个陌生人啊，谁都不知道会发生什么。我不想乌鸦嘴，不过就像你说过的，这世上有许多家伙，连让他们陪着穿过马路我们都不愿意。”

“你说的那种人大部分都在高曝光的领域工作：我们每天在联合国都能看到，任何人都可能碰上这样的人。而且我无所谓，已经习惯了，要是害怕，就不可能认识任何人。人总有退路，碰上倒霉事也就是运气不好而已。唔，也不总是这样，也有为时已晚的情况。”

她一遍又一遍地端详自己，正面，侧面，另一个侧面，背面，却不再问我怎么穿更好，她不问，我也不想发表意见。但她还是开了口：

“我现在看起来糟透了，不知道是不是长胖了。”

“你别钻牛角尖了，现在这样很好，前几天你还觉得自己太瘦了呢。”我回答道。为了转移她的注意力，让她不要再和自己过不去，我又问道：“你觉得他会带你去哪儿？”

她把一支细细的眉刷在水龙头下沾湿，向上梳理眉毛，让它们更浓密突出。

“既然他言语那么直白，而且一上来就约在酒店，我猜他会直接把我带去房间吧。但我可不想连饭都不吃。”

“可能他在房间里安排了晚餐，情色电影里都那么演。”

“要真是这样，算他聪明。我还没见过他长什么样呢。也许等见到了，我连坐下喝一杯都不愿意。”贝尔塔在自我安慰，她摇摆不定，此时更愿意相信事情不会如预期那般发展，她觉得自己应该被说服，或者说被引诱。其实她很清楚将要发生什么，因为结果在很大程度上取决于她，因为早在“尼克”给她写信的很久以前，她就深受诱惑，那些摆布、那些意念企图才是最具说服力和诱惑力的。似乎在我跟前她不想再继续自欺欺人了，她马上又说道：“啊，要是我不回来，你不用担心。我可能不回来睡觉。”

我走出浴室，到自己的房间对着小镜子打好领带。我基本上准备好了，我要赴的这个约比她的时间早；我要去的约会原本是她的，但她最终要赴的却与我无关。我穿上外套，把大衣挽在手臂上，又走到浴室门边和她告别。现在我不敢再越过门槛，仿佛一旦穿戴齐整就丧失了再进去的权利，即便我们十五年前曾在枕上清醒相拥，不用拘泥于礼仪和规范。

“你能帮我个忙吗？”我突然探头问她（问得很突然，因为其实我并没有想好要不要问，问题还在脑中徘徊时就脱口而出）。

她的眼睛没离开自己的脸（她正拿着小镊子找寻着也许并不存在的杂毛，现在镜子完全属于她一人了）。她说：

“你说吧。”

我又斟酌了一下，但又脱口而出（就像做翻译时，有时我会比发言本身超前一点儿，因为可以猜得到接下来的内容）：“你跟他聊天时，能不能提一下米莉亚姆这个名字？看看他有什么反应，之后告诉我。”同时心里想：“我要是说了，她一定想知道为什么。”

贝尔塔用力拔下了一根眉毛，夹在镊子中间，这才看着我说：

“米莉亚姆？怎么？你知道些什么？那是他妻子吗？”

“不，我什么都不知道。只是试着问问，一个念头罢了。”

“不对不对。”她边说边勾动着食指，就好像在诱导我，又好像在说“老实交代吧”“解释一下吧”，或是“说吧”。一阵混乱。

“我真的什么都不知道，真的没什么，只是我的怀疑，推测，现在也没时间解释了，我得准时赴约告诉他们你不去了，明天再告诉你。你要是记得，而且时机合适的话，就在谈话中提一下这个名字，怎么说都不要紧，比如就说你取消了和叫这个名字的朋友的约会，随便什么方式都行，只要提一下，不用多说。”

贝尔塔对未知很感兴趣，所有人都喜欢做试验并得到答案，哪怕自己也不明白动机是什么。

“好吧。”她说，“我尽量。那你能帮我个忙吗？”

“行。”我说。

她想都没想，或者她开口前已经思虑很久了，说：

“你有安全套能借给我吗？”她快速地犹豫着说出，没有看我

（她正在用一个微型刷子小心翼翼地涂唇彩）。

“我的洗漱包里应该有。”我回答得很自然，仿佛她借的是一把镊子——她的正在洗手池上放着；但那明显是假装的自然，我忍不住找补道：“我还以为你希望有哪次约会用不着带上安全套呢！”

贝尔塔笑了起来，说：

“没错，但我可不希望今天的‘高曝光领域先生’没有备着。”

她的笑声里确实带着快乐，我出门时还能听见的轻声哼唱也是（她应该在镜子前梳头了，独自一人，再没有我倚在不属于我的房间的门轴边上）。那样的笑声和哼唱属于幸运的女人，她们尚未老去，也未守寡，还未成为老姑娘，她们的哼唱既没有意义，也没有听众，更无人评判，此时既非睡梦的前奏，也非倦怠的表白，而是傻笑，是对欲望、对猜测或对已知的表达和预演。

然而后来发生的事出人意料——其实事后回想，也并非完全无迹可寻。我晚饭结束后大约十二点回了家，像往常那样，如果睡前自己一个人在家，便会打开电视，快速浏览每个频道，好知道我不在家的期间这世上都发生了些什么。正在这时，大门被打开了（我几分钟前进门时没有反锁），贝尔塔出现在门口。她没把钥匙放进包里，而是攥在手中。她走起路来比往常任何时候都平稳，或者是她格外刻意隐藏，一点儿都不跛。她的大衣没扣上，我注意到她穿的不是我离开前看到的那条裙子，谁知道她后来又换过多少件。不过现在的这件也很诱惑，很漂亮。她的脸上写着匆忙（或者是惊吓、窘迫，或是夜晚，一副夜晚的面孔）。

“幸好你还没睡。”她说。

“我刚到家。怎么了？”

“比尔在下面。他不想带我去酒店，哦，他甚至没说他住的是酒店。他只是不愿把我带到他住的地方，他想到这儿来。我告诉他有个朋友在我家借住，他说不想有其他人在，嗯，这也合情合理，不是吗？我们该怎么办？”

她特意说的是“我们”，但很明显这里面并不包括我，而是楼下的“比尔”，又或许指的是我们三人。

“我想，就照我们学生时代的做法吧。”我说着便站起身，我也特意用了“我们”，以前的那个。“我出去转一圈。”

她没有犹豫，我的回答正合她心意。她也没反对，这原本就是她的请求。

“不会太久，”她说，“一个小时，一个半小时，我也不知道。第四大道上有一家二十四小时营业的快餐厅，你会找到的，很大。其实现在也不晚，会有很多地方还开着门。你不介意吧？”

“不介意，当然不介意了。你不用急，给你三个小时是不是更好？”

“不用，不会那么久。我们可以这样，我会一直开着房间的灯，从街上能看见。他走了我就关掉，你在下面看到房间黑了就可以上来了。这主意怎么样？”

“好，”我说，“要是他想留下过夜呢？”

“不会，肯定不会。你带点儿东西去看吧。”最后这句仿佛出自一位母亲之口。

“我可以买明天的报纸看。他在哪儿？”我问，“你记得他见过我吧，如果我现在出去他会认出我的，那就不好了。”

贝尔塔走到窗边，我跟在她后面。我左右看了看，隐约在右边看到了“比尔”。“他在那儿。”她用食指指着他说。我的前胸蹭着她的后背，她呼吸急促，因为匆忙、窘迫、惊吓或是夜晚。夜色中天微微泛红，有很多云，但一点儿也不像要下雨的样子。我看到了“比尔”的身影，他背对着我们，等待着，离我们很远，离我们视线范围里的唯一那盏路灯也很远（贝尔塔住在一条全是低矮房子的街上，没有高楼，她家在三楼）。

“你不用担心。”她说，“我和你一起下去，去叫他一声。最不想被人看到的就是他了。你出去以后往左走，我不过去他不会转身的。你真的不介意吗？”贝尔塔抚了抚我的脸颊，动作很亲昵，女人在满怀憧憬时都会这样，虽然幻想都持续不了多久，或者立刻就会破灭。

我离开住处，到处走了走，进了几家还开着门的商店，在这个城市里，商店总是开着门。贝尔塔的思维刚才突然转变成西班牙式的了，或许是因为此刻正等着她的是个西班牙人，和她说话的我也是。在一家从不关门的韩国小店，我买了周日版《纽约时报》，一周里最厚的一版。还买了牛奶，家里已经没有了。我又进了一家唱片店，买了一张唱片，一部老电影的原声音乐，它没有CD版本，只有不带目录的黑胶唱片。那是周六的夜晚，街上人很多，我远远地看到了几个瘾君子和未来的罪犯们。我走进一家夜间书店，买了一本日本小说，书名是《睡美人》[①]，这名字我并不喜欢，但我正是因为名字才买的。我手上拿满了小包的物品，我把它们一股脑儿放进了装唱片的大塑料袋里，把其他包装都扔了。小商店给的装食品的纸袋没有提手，很不方便，占了两只手，或者更准确地说，双手都不得闲，就像男人在新婚之夜那样，女人也同理。在如今这个年代，第一次做爱就相当于新婚之夜，若没有第二次，第三、四、五次，第一次便很容易被遗忘，但人们

① 日本作家川端康成的小说。

心里是清楚的。此时我们就在经历“比尔”和贝尔塔的“新婚之夜”，一切都正在发生，而我则在城市里闲逛以消磨时间——“杀时间”。我看到了贝尔塔之前提起的那家快餐厅，实际上我一直在不知不觉地往那里走着，就因为她提到过。我还不想进去，晚点儿再说，因为其他地方一会儿会关门，而这里是二十四小时营业的，晚些时候我才会需要它。我只看了看餐厅门口的招牌。街道上已经看不见天空了，太多灯光，太多建筑物的楼顶，但我知道天色微红，多云，但不会下雨。我继续漫步，却没有走远。时间分分秒秒走着，在刻意消磨时人才能真切地感觉到它的流逝，每一秒都好像是独立的，坚实的，仿佛从人手中掉落在地上的鹅卵石，又仿佛沙漏中的沙子；时间变得粗糙而分裂，仿佛这一刻已是过去时，已成过往，人是在目睹过往的时光如何流走。但对贝尔塔和吉列尔莫来说不同，一切从第一封信开始已成定局，一切都已约定，只需在晚餐时解决最后一道手续。不论去哪里，漫不经心耐着性子聊天，假装从几句谈话、一段趣事中看到了对方的优点，观察对方的嘴唇，倒红酒，教养十足，点香烟，欢笑——欢笑有时就是接吻的前奏和欲望的表达，传达了欲望。不知为何，笑颜在稍后的亲吻和欲望满足中便会消失，几乎没有人在枕上清醒相拥时还会展露笑颜，也不再观察对方的嘴巴（嘴巴被塞满，它无所不能)。无论前奏、间断、拖延、等待、延续、停顿和呼吸是多么欢快,此时气氛严肃起来,笑容消失,有时声音亦然,不再有清晰的表达,只有呼语或惊叹,总之无须翻译了。

大概两点半,我终于有点儿饿了,晚餐已是很久远的事了。我又回到二十四小时餐厅,要了份三明治、一杯啤酒,打开巨大的《纽约时报》开始浏览国际版和运动版。要消磨这么长的时间开始变得困难,但我又不想违背自己对贝尔塔许下的承诺,在三个小时后回去。然而谁知道呢,也许“比尔”已经走了,也许严肃和笑容都已成为过去,在一切都约定好的情况下,执行过程往往是短暂的,不会拖沓。男人总是耐心不足,想着离开,他们转眼间就会讨厌凌乱的床,讨厌看到床单、污渍、残留、痕迹,以及刚刚注意到却不愿看到的不完美的身躯(之前只是拥抱过,现在才感到陌生)。绘画作品和电影中总是一再表现被弃于床上的女人形象,从不表现男人,除非是像荷罗孚尼[①]那样死去的男人,女人从来都是战利品。也许贝尔塔此时已孤身一人,等待我回去,或渴望我回去,期待我慰藉的手搭在她的肩上,好使她不觉得自己陌生,不把自己看作战利品。我付了钱,离开餐厅,缓

---

① 荷罗孚尼,《圣经》旧约中的亚述帝国的将军,他率军攻占耶路撒冷后,犹太寡妇朱迪斯利用美色骗取他的信任,进入军营帐篷,把他灌醉后将其头颅砍下。

步往她家的方向走去。路上人已经变得稀少，与彻夜不眠的马德里不同，这里周五周六的夜晚是荒芜的，城市的街道上只能看见出租车。三点二十分，我走到“比尔”先前等待我离开公寓时站的位置，离大楼很远，离那束唯一路灯的光线也很远。现在从人行道上还可以看见几盏远处的路灯，市政府会在这样的小街上节省电力，不像在大道上那样大肆浪费。从我所在之处看不到客厅的灯光，太偏，我又往前走了几步，走到一个比较正对三楼公寓的位置，看到灯光亮着，仍然亮着。“比尔”还没走，还待在家里，还没把贝尔塔当作陌生人。我不想再去别处，决定站在街上等待，这时候找旅馆已经晚了——早该想到的，其他地方也不开了，我也懒得再回快餐店，我已经不饿了，有点儿渴，可不愿再四处游荡，已经累得不想走路，也不想再关注时间了。我突然想起一部六十年代电影里杰克·莱蒙[1]的角色，他一直无法进入自己的公寓。我站在路灯下，像个滑稽的醉汉一样倚靠着路灯，把被牛奶盒撑大的塑料袋放在地上，借着灯光看报。但实际上我并没有读进去，而是像当初的米莉亚姆那样等待，只不过我并不担心外表因等待而受损，而且对现在的状况一清二楚，也就是明确知

① 杰克·莱蒙（1925—2001），美国演员，1974 年奥斯卡最佳男主角奖得主，是历史上集戛纳、柏林、威尼斯三大电影节和奥斯卡最佳男主角奖于一身的第一人。

道我为什么等待。我也没生任何人的气，只是在等一个暗号。我时不时看一眼窗户，就像小古斯塔尔多易看着我家的窗户，我正在彻夜守候“比尔”和贝尔塔的伪新婚之夜，一如那首歌谣、那个故事里的古巴岳母，在门外守候女儿和外国新郎的新婚之夜，第二天女婿变成了一条蛇（或是夜里变的，就在新婚之夜，女儿大呼救命，但母亲没当真，女婿唤她“我的岳母”，就这样欺骗了她），床单上留下了一摊血，或是新娘的处女之红，某部分皮肉撕裂，但贝尔塔是不会流血的。很久以前，兰斯有过三个新婚之夜，都是真实的，有时也有皮肉撕裂。很长时间过去了，灯仍然亮着，已是差一刻四点。他们说话、重复、继续，欢笑消失，“比尔”也许已经决定留下过夜了，不可能，这时大街上连汽车的声音都听不到了。我忽然开始为贝尔塔担心，你没有一点点害怕吗，我曾这么问她，碰上倒霉事也就是运气不好而已，她这么回答。人是会死的，听起来不可能，但人是会死的，就像我姨妈特雷莎，还有我父亲的第一任妻子，不论她姓甚名谁——我至今仍对她一无所知，因为我不想知道；路易莎则相反，对此无比好奇的她，谁又能知道此时她是否会有危险，她远在大洋的另一边，一如吉列尔莫那个对自己处境浑然不知的病妻。而我现在忽然为在眼前的贝尔塔担心起来，她就在亮着灯的客厅窗户的另一侧，亮着的灯是个信号。我房间的灯没开，我走的时候关掉了；她房间的灯是否亮着就不得而知了，那房间不对着这条街，她和“比尔”及他尖细的嗓音应该就待在那里，此时他的声音不再连贯，发出和跟路易莎在一起时的我一样的声音（时不时地发出惊叹声），而几分钟后，我走向冰箱，望向书房的窗外，我新家附近的街角，无数人曾在那里驻足：手摇风琴师和编辫子的女人，叫卖玫瑰的小贩，还有扬着猥琐的被雨水打湿的脸仰望高处的小古斯塔尔多易。那天晚上我没有下楼塞给他钱打发他走，他没打扰任何人也未出声，我无法收买他，他什么都没做，只是戴着宽檐帽在雨中仰望，望着他在楼下并不能看到的房间内部。他看到的也许只是随即熄灭的灯光，在听了我的谎言后路易莎就把灯关了，我则继续观望窗外那我并不渴望的世界。自结婚后，那个和路易莎共用的枕头便是我的世界，也许之前也是。我不在时，可能有人来过我的世界，或是睡过我的枕头——某个懂得让人起心动念的人。

这个想法让我恐惧，我不愿再多想，没说出口的秘密不会伤人。“等你有了秘密，或者已经有的秘密，不要说出来”，我父亲说完“那现在呢，现在又该怎样”之后对我这样说过，他说：“她的秘密如果被你知道就不成之为秘密了。”但路易莎对待我没有任何异样，若有的话，我也不应该惧怕，我现在并非远在大洋的另一侧，而是近在咫尺，就在她隔壁的房间，只要小古斯塔尔多易一走，我马上就能去到她身边，从背后拥抱着她。但我什么都没告诉路易莎，没说“比尔”或吉列尔莫的事，没说睡袍和毛发浓密的胸膛，没说录像和尖细的嗓音，没说贝尔塔的腿和周六那晚的等待，所有这些本身不是秘密，或者根本未加保密，但我已经回来一周仍旧对它们只字未提，或许就使之变成了秘密。秘密没有自身属性，它们的存在是因为被隐藏、沉默、小心翼翼，又或者是被遗忘、不评论和不提及，因为倾听是最危险且不可避免的行为。事情只在发生了但未被讲述时才真正存在，因为一旦开口便会吓到或者驱走事实本身。伴侣之间总是谈论别人的一切而不涉及自己，除非认定某事为两人共有——于是舌头凑在耳际说：“我做了那件事。”而就在这单纯的一句话中，事实或功绩已被改变或否定。“我干了那桩事。”麦克白大胆地宣之于口，一做完他便开口承认，谁能这么有胆量，敢作敢当？生活，或者未来的岁月并不取决于一个人做了什么，而是基于人们对他（她）的知情，了解他（她）做了什么，以及由于没有目击者且未被透露而不知道他（她）做了什么。或许应该默许欺骗，因为欺骗也是真实的一部分，一如真实也是欺骗的一部分。我们的想法总是左右摇摆，模糊不清，而不容许无畏的存在。我们心里总有个阴暗的角落，总是用病态的大脑去思考。

我为贝尔塔担心，四个小时过去了，我突然担心她被杀，人是会死的，我们认识的人是会死的，尽管听起来不可能。只有她知道关灯是暗号，凶手走的时候是不会关的，灯应该在他走了以后关掉，以此来通知我他离开了，让我上楼，黑暗即表明“上楼”。也许我家的灯对小古斯塔尔多易来说也有含义，他应该懂，而我传达的信息是“走开”。我拎起地上的塑料袋，缓慢地向街对面走去，想结束等待，直接上楼，公寓只有几步之遥，街上已经很久没有汽车经过，四点二十了，对两个陌生人来说共处的时间已经太久。我走到马路当中时，一辆缓缓行驶的出租车突然出现，似乎正寻找着就在附近的目的地。我退了几步，回到人行道边，出租车司机侧头怀疑地看着我（乞丐和瘾君子们常常拿着塑料袋，醉汉则会拿没有提手的纸袋）。等他看清我，或是看到我平和的态度后，动动头对我做了个询问的动作，又用难懂的口音问了我贝尔塔家的门牌号码，他应该是希腊人，或黎巴嫩人，或俄罗斯人，和这个城市的大部分出租车司机一样，所有人都会开车。“就是那儿。”我指着那栋楼的大门，因为离路灯很远，它的门牌号码在夜里很难看清。说完我马上走开了，我急忙逃离路灯光亮的范围，仿佛急着赶路。出租车大概是“比尔”打电话预定的，来载他回广场酒店，也许他马上要走了，灯马上会熄灭，只要贝尔塔还活着，不管她是否成了战利品，时间都太久了。我在远处站定，离“高曝光领域先生”先前等待的地方还有段距离。我听到汽车喇叭短暂清脆地响了一声，好像在说“喂”“我到了”“下来”。然后门开了，那条具有西班牙特色的裤子和那件在夜色中呈现深蓝色的风衣出现了。天空仍泛着红色，也许颜色还在加深。我听见出租车车门关闭和发动机启动的声音，车从我身边加速开过，我背过身去。然后我又朝路灯走去，客厅的灯已经熄灭，贝尔塔想起了我，她还活着。此时我家的灯也熄灭了，我关掉了书房的灯，几秒钟前，路易莎刚把卧室的灯关掉。路灯下的雨丝仍像水银或白银般坠落着，这一夜是橙色的，微泛绿光，被雨浸湿的马德里总是这样。小古斯塔尔多易依旧抬着他那在雨中化为白色斑块的猥琐的脸仰望着。“走开。”我用我病态的大脑对他说道。于是，他一手扶着宽檐帽，另一只手拉高外衣的领子，从屋檐下走开了。他在街角转了个弯，消失在我的视线里。他浑身湿透，像一个恋爱中的人，或者一条狗。

第十三章

谁心中不曾有过怀疑？谁不曾质疑过自己最好的朋友？谁的童年没有被人告发和背叛的经历？学生时代难逃此劫，此时已能窥见蛰伏在成年人的贪婪世界里的各式阻碍、不忠、沉默、圈套和陷阱；也有同伴会承认“是我干的”，这是我们起初认知和承担责任的方式，生平第一次不得不说或听到这句“我做了那件事”(I have done the deed)。但随着年龄的增长，当世界变小到由我们掌控时，这样的话便听得与说得越来越少。我们摈弃了童言，因为它过于笼统和幼稚，但这种在小时候看来充满着英雄气概的不可思议的坦白并未彻底舍弃我们而去，它们潜伏在眼神中、态度中、手势中、表情中、声音中（比如感叹或是支吾），它们可以、也应当被解读，它们总是清晰明了，切实传达出重要信息，暗示着事实（彻骨的恨也好，分明的爱也罢），它们撇去了模棱两可的煎熬，省去了辞令的包裹——言语往往不是用来说明、传递事实，而是为了混淆、隐匿或是摆脱责任；言语能抹去毫不相干的两种行为之间的千差万别。吻一个人和杀一个人看似截然相反，讲述却能消除两者的差别，使亲吻和谋杀之间立即产生某种关联，建立某种象征。在受制于语言的成人世界中，听不到“是”或“否”的回答，没有人会说“是我干的”或“不是我干的”，但一切依旧清楚明了，人们几乎总是说“不是我干的”，逞能一时的英雄主义反倒会让错误的清单不断增加。

谁心中不曾有过怀疑？应对怀疑有两种办法，问或者不问，但都是徒劳。假如询问并且要求答复，那么可能会听到对方说“不是我干的”，同时我们不得不注意那些没有说出口的内容，语调的内涵、眼神的闪躲、声音的颤抖，也许是佯装的讶异和愤怒，并且无法再问第二次。假如不问，那么这个问题将永远是新的，永远蓄势待发，虽然有时会被时间肢解，显得不合时宜，几乎无法问出口，就好像一旦成为过去就失去了效力，过去的种种都是那么青涩幼稚，都可以被原谅，可以一笑置之。假如选择不问，要么就让疑心渐渐消散，永不发问，要么就得为其找寻更充足的佐证并精心准备发问，而其实，我们无法打消怀疑，人对自己没有参与过的事当然无从得知，甚至连别人的坦白都不能相信，在学校里主动承认“是我干的”的人都是替罪羊，一如人人都将死亡，人人也都会说谎。这似乎不可思议，但事实上任何事情都是不可知的。至少我是这么认为的。所以有时最好从一开始就一无所知，也不要毫无防备地听人讲述，因为人人都爱讲故事，最近的也好，久远的也罢，这故事揭开那些已不重要但仍会影响现在和将来的秘密，左右我们对这个世界以及对他人已有的认知。听完讲述我们便无法再相信任何人，一切皆有可能啊，我们身边熟知的人，甚至我们自身，都藏匿着最可怖、最卑劣的一面。所有人都醉心于讲述，口若悬河，讲述的同时在不停地掩饰，只有没说出口之事无所谓遮掩，亦不会成为未尽之言。那些人们缄默不提的事就变成了秘密，只是有些秘密终有一天会被付诸言语。

我什么也没说，也没问，至少现在还没有，而时间过去越久则越难开口。这样过去了一天，两天，一个星期，然后几个月都这么悄无声息地流逝，疑心如果没有加重就会被逐渐搁置起来，也许在等待着变成青涩幼稚的陈年旧事，让我们可以一笑置之。之后好几天我都在睡前去书房的窗边张望，但小古斯塔尔多易再也没有在街角出现。后来再见到他是在我自己家里，他上来坐了一会儿。那次我父亲准备去赴与小古斯塔尔多易的晚餐之约，八点半左右先过来，跟我和路易莎喝了一杯，所以小古斯塔尔多易大约十点来接我父亲。他坐了几分钟，喝了几口啤酒，我没有看出他和路易莎之间有任何最近关系变得熟络的迹象。他们是在我外出期间通过我父亲认识的，见过两三次，仅此而已，至少我了解的情况是这样。兰斯和路易莎之间倒是格外亲近，他们经常单独见面，我父亲陪她为我们刻意打造的新家购置物品，带她出去吃饭，给她建议（以一个有品位的男人、一个艺术专家的身份），显然两人互相欣赏并相处愉快。那次来我家时父亲谈了一些古巴的事，对他来说稀松平常，古巴是他经常谈及的话题，这个国家与他有千丝万缕的联系，他接连娶了哈瓦那丈母娘的两个女儿，还在古巴做过我知道的几笔大生意。他一九五八年十一月去过那里，正值巴蒂斯塔政府[①]倒台前的几个星期：我父亲正是预见了将要发生的事（收藏品的主人们也预见到了），从准备外逃的家族手中以甩卖价收购了许多珠宝和珍贵的名画。其中一小部分他自己留了下来，其余的都转手卖到了巴尔的摩、波士顿或马里布，或者在欧洲拍卖掉了（首饰除了某件送人之外，大多可能已

① 鲁本·富尔亨西奥·巴蒂斯塔·萨尔迪瓦（1901—1973），古巴军事领导人。1940—1944 年间为古巴合法总统，1952 年通过军事政变重新成为古巴最高领导人。1959 年卡斯特罗领导的古巴革命胜利后巴蒂斯塔流亡国外。

被马德里的珠宝匠们拆散了）。说起这些他一直沾沾自喜，他总是遗憾现在的眼光大不如从前，没能再预见其他重大变革的发生和随之而来的富人逃亡热潮。“有钱人在离开他们的土地时都不想给敌人留下任何东西，”他说话时丰满的唇边永远带着一丝讽刺的笑意，“他们宁可烧掉、毁掉一切，也不给敌人留下任何东西，不过有钱人明白，东西能卖些钱总是好的。”既然那一次他去了古巴，想必他在那里有不少熟人和朋友，而且更早以前一定也去过，但在他的讲述中，无数次的古巴之旅都搅和在一起（他自己应该也搞混了），他去过那么多次旅行，给众多诚实的美国博物馆和骗人的南美银行做顾问，只有革命前的那一次他记得特别清楚。（另一方面，父母总是在孩子好奇心越来越重的成长过程中不按照时间顺序，慢慢地跳跃式地讲述自己的过往。即便讲得再好，父母的往事对子女而言也是乱糟糟的。）无论如何，随着一九五九年革命的胜利，特权阶级下台引来一片称颂，他和古巴的朋友们失去了联系，但奇怪的是我从不记得他与逃往西班牙避难的古巴人打过交道。或许他们没有来过家里，也或许没有给我做过介绍。从那以后兰斯就再也没回过古巴，所以他现在谈起古巴时就没什么头绪了。

然而那一次他的讲述方式的确不同往常，仿佛路易莎的在场让谈话显得更有分量，他用的是想必只有在和路易莎独处时才有的那种语调和喜悦，而非我童年时和成年后熟悉的那种嘲讽。当路易莎离开房间去接电话时，我父亲说话的方式突然就变了，确切地说是中断了，就好像他突然发现我也在场，开始问我关于纽约的事，虽然我刚回来的时候他就问过了（我回来后的第三天我们在拉安恰餐厅一起吃过饭），答案他早已知道，或许并不感兴趣。尽管我也在场，但他说话的对象仿佛只有路易莎，她一回来兰斯又恢复了充满活力的语气，尽管他向来精力充沛。也许路易莎的笑声总是恰如其分，总是在该笑的时候笑（在他刻意制造笑料的时刻），也许是她倾听的方式让他喜欢，提问及介入均恰到好处，也许只不过是因为她是我父亲愿意敞开心扉、倾诉一切的对象，一个新的倾听者，他只要按部就班而无须跳跃式地讲述自己的过去，因为她从头到尾都感兴趣，他也无须等待她长大成人。我父亲讲了几件我没听过的事，比如威尼斯有个仿制古罗马风格象牙雕圣母像的人，精心制作后会把这些小雕像放在他妻子奇大的胸罩里，女人乳房的分泌物（无比充沛）和腋下的汗液（气味浓厚）能使那些雕像拥有完美的做旧效果。他还说了另一件事，布宜诺斯艾利斯一家银行的行长是个艺术爱好者，说什么也不相信兰斯的话，从他手里买了一幅出自老古斯塔尔多易之手的赝品，那原本是兰斯应一户小气的有钱人家的要求，从西班牙带去的一幅他们极为仰慕的安格尔[1]的高质量仿品。在作品被交给那户人家之前，在兰斯的酒店房间里（布宜诺斯艾利斯广场酒店），这幅尚未裱框的复制品被那个银行行长看到了，他十分痴迷，无论如何也不相信那是赝品，兰斯反复解释这幅画的来头和去向，并说原作在画家的家乡蒙托邦，但那位银行家认定兰斯企图欺骗他，认为兰斯用了某些非常手段帮别的顾客搞到了原作，而蒙托邦的那幅才是假的。"'既然这样，'"我父亲复述了当时他对银行家说的原话，"'如果您要把它当作原作来买，就得付给我原作的价钱。'"这句劝阻之言反而让银行家更加坚定了自己的想法。我父亲说："老古斯塔尔多易从没在一幅画上赚过那么大一笔钱。可惜没有更多如此鬼迷心窍的银行行长或博物馆馆长，很遗憾，大部分人都盲目地信任我，我们无法借这套路大捞一把。"他很快活，跟路易莎一起笑着，还说："后来那个银行家没再和我联系，我想这样也好。希望没人告他挪用公款。"我父亲讲得很是快意，路易莎听得也很享受，但显然我父亲的兴致更高。我想，路易莎可以从他那儿打听到任何她想知道的事，这念头并非我一时心血来潮，我

① 让·奥古斯特·多米尼克·安格尔（1780—1867），法国画家。

一直想着那些路易莎想要了解而我不想（但又止不住在脑海中盘桓）的我父亲的故事，也就是说，我对其一直有那种挥之不去的所谓“怀疑”，可能一个人无法同时心存多种猜疑，所以有些会被放弃——那些最不可能成立的，或是最有可能成立的；那些还没有成为过去，并且仍在现在的生活中迫使我们行动，让我们恐惧、费力，还有可能让可预期的未来随之改变的怀疑；以及另外一些尚在加剧的——在既成事实面前无法逆转，只会改变我们对过去和对不可名状的抽象未来的认知的——怀疑。我想我那时已放弃对路易莎的所有怀疑，而对我父亲尚未明确的怀疑却越来越清晰。又或者那个下午，是路易莎有意高声提醒我：在小古斯塔尔多易按门铃之前不久，他们在一片欢笑声中愉快地谈话，我父亲提到了一些我闻所未闻的轶事，路易莎言语间充满了崇拜，她用“您”称呼兰斯，说道：

“您结了这么多次婚我一点儿都不奇怪，您的传奇经历讲都讲不完，正因为不可思议才让人觉得有意思。”然后，似乎是为了让他能够特别针对接下来的话做出回应，而不必涉及刚才说过的内容（如果他想的话）似的，她立刻接着说（对兰斯尊重的表现）：“许多男人以为女人需要被呵护、被取悦，甚至被宠爱，其实我们最在意的是男人是否让我们开心，也就是说，让我们不要太关注自己。这也是我们女人想要生孩子的原因之一。您应该非常清楚这一点，否则女人们不会那么喜欢您。”

我不觉得她的话在影射我，刚好相反。我也给路易莎讲过不可思议的故事，只是在“比尔”和贝尔塔的事上沉默了——要是说给她听，她一定也会觉得很有趣。或许是因为那故事里也有我，所以我才选择沉默。在吉列尔莫和米莉亚姆的事上我也沉默了，直到路易莎提起来我才说的，我知道这个故事也本就属于她。还有我们认识的那天，我在为两国领袖做翻译时，在一些话上（尤其是我国首脑说的），还有我认为不怎么样的想法、不合时宜或应受谴责的话，我都选择沉默或将之转化了。那时候，路易莎是“督管”，对两种语言的理解都与我相当或在我之上，而我的删改并没有令她不悦。沉默与讲述都是干涉未来的方式。我想路易莎心中我父亲的优点也是小古斯塔尔多易的优点：只要小古斯塔尔多易愿意，就能说出许多令人难以置信的故事，供我父亲消遣，我本人在童年和青少年时期就听过无数，最近一个故事是有关兰斯和我姨妈特雷莎，以及另一位与我没有亲属关系的女人的，从某种意义上说，也与我有关（或许这也算是我的故事，可能路易莎会想让小古斯塔尔多易讲给她听）。

兰斯的笑没有停止，反而拉得很长，不太自然，仿佛是为了争取时间，来决定要针对路易莎的哪段话作答，以及如何作答（是一一回应还是都不回应）。没有轮到他说话时他就笑，那些无法翻译、不可删改的讯息都有了自己存在的时间，和它们在其中的意义。

“她们并没有那么喜欢我。”他终于开口，以不同于往常的口吻说道，似乎心里仍在犹豫。若是回答我的问题，他丝毫不会犹豫，也不必用笑声拖延（这两点都是在表达尊重，对路易莎的尊重）。“等到她们爱我时，我又配不上她们的爱了。”说这句话时他没有故意炫耀的意思，我太了解他了，完全能够分辨他是否在卖弄。

路易莎大胆地追问，开始有些冒昧了。（或许她也是在提醒我，她已经开始刨根问底，任凭我怎么想都不能阻止她：如果我不干涉，那么这故事也可能成为她的，兰斯已经开始变成她的故事的一部分了。或许这是另一种尊重的表现方式，对我的尊重，好像她特意等到我在场时才开始追问，仿佛有意发出通告，“从现在起，这件事我不再听你的意见了”。）

她说：“但就我所知，除了我婆婆之外，您之前还娶过她的姐姐。一对姐妹爱上同一个男人并不容易，可见之前有多少女人爱慕您呐。”

路易莎一副轻松玩笑的语气，是她在与老年人谈话时故意逗趣或活跃气氛时的一贯做法，也和兰斯对其他人或是对他自己使用的语气一样，略带嘲弄，或许是为了自我鼓励。但在回答问题的那一瞬间，兰斯的语气却不同了，他迅速用灼热的目光扫了我一眼，好像要证实路易莎的信息来自于我：没有别的可能，一定是这样，一点儿也不奇怪，家长里短，我们跟枕边人无所不谈。但是我没有任何反应。于是他接着说：

“别这么想，妹妹们总是迷恋姐姐的东西。我并不是说我自己就是这种情况，其实我不值得称羡，而是相反。”

“那之前呢？”路易莎再次追问，很明显那时候她没有指望兰斯再讲下去，至少不会涉及实质性内容，他该赴约去了。她更像是在做准备，向他展露可预期的将来，或者紧接着下一次的谈话的范围。我对她的坚持和我父亲的反应感到惊讶，我还记得那天在餐馆里，当我试图问及他的过去时，他几乎要把我撵走的态度（“我只想安安静静地吃一顿，就在今天，就在现在，而不是重温四十年前的某一天”），而现在路易莎却问起了更为遥远的话题。兰斯又看了我一眼，好像在怀疑我，也像是不确定是否有人跟路易莎说了些什么。见我仍旧不动声色，他恢复了往常的语气，用夹着烟的手做了个夸张的动作，说道：

"之前？之前的事太遥远了，我已经不记得了。"

就在那时门铃响了，路易莎起身去门口迎接小古斯塔尔多易（听到门铃，我父亲说："应该是小古斯塔尔多易到了。"路易莎已走到走廊，消失在我们的视线中），但仍不忘对兰斯说："那您慢慢想吧，以后我还会问的，改天您再说，等我们单独聊的时候。"

小古斯塔尔多易喝了点儿啤酒，在我家只逗留了一小会儿，没说几句话，也许正像我，也或许像个恋人。出门搭上出租车时，他半金属质地的鞋底几乎没有发出任何声响，大概他的鞋子跟"比尔"的极为相似，阴柔的声音在邮局的大理石地面上作响，但在贝尔塔家门外的柏油路上却悄无声息，仿佛鞋子也答应保守秘密。

人的一生、一段故事、一段讲述中，有多少事情是没有吐露的啊，即使有时是无心之举，并未刻意打算。我不仅对前面提到的很多事情保持了沉默，对我自从结婚时起，大概一年以来的不适感和不祥预感，更是绝口不提。现在这些感觉已经减轻许多，或许最后会完全消失，哪怕只是暂时的。我没对路易莎说过，也没对贝尔塔或我父亲说过，在工作中自然也不会提起，在小古斯塔尔多易面前就更别说了。恋爱中的人总是沉默的，甚至最固执任性之人也是这样。只有已经得到并有可能失去的人才会保持沉默，那些已经失去的或即将拥有的人则不会。比如，之前贝尔塔曾不断提及“比尔”“杰克”或“尼克”，因为那时候她脑中还没有具体的形象，没有面孔，她还没得到他（人们谈及的都只是承诺，与当下无关，都是将来的事，无论是可预见的将来，还是遥远抽象的未来；当然也谈论失去，并且只是最近的失去）。但之后她便沉默了，在我经历了漫长的四个小时的游荡、购物、疑惧和等待之后，她还醒着没有回卧室，穿着睡袍在客厅里等我。那时她已是独自一人，但我看到她仍然掩饰着跛脚，还不想回到习以为常的孤独以及跟我的熟络关系中来，还没那么容易做到，还没那么快。我没有开灯，因为觉得没有必要。几分钟前她关灯只是为了通知我“可以上来了”。她倚在沙发上，对着电视机，屏幕的亮光足以照亮我们，里面又一次播放着“比尔”的短片，现在她可以把影像和刚刚的记忆拼凑起来了，现在她终于清楚那淡蓝色浴袍的领口露出的三角地带对应的上下区域是怎样的了。我进门后没开灯，那个仿佛属于传道士或有气无力的歌手的拉锯一般的声音从屏幕里传来，用英语重复着：“你们女人在意长相，眼睛，这是你们常说的。我们男人需要看脸蛋和身材，或者说身材和脸蛋。就是这样。”贝尔塔看到我进来，暂停了录像，站起来，在我脸上吻了一下。“对不起，让你等了很久。”“没关系，”我说道，

“我看到牛奶喝完了，就买了回来，我去放到冰箱里。”我走到冰箱前，不光把牛奶放了进去，还把买回来的其他东西都从塑料袋里拿了出来：日本小说，报纸，《福尔摩斯私人生活》的唱片。我总是这样，每次旅行回家的第一件事是打开行李，把所有东西物归原位，再把行李箱放回柜子里，从此尽快忘记自己刚刚旅行归来，忘掉旅行这回事，让一切似乎静止未变。我把塑料袋扔进垃圾桶，加速遗忘刚才的购物和游荡。我拿着我的小战利品回到客厅，贝尔塔已经不在那儿了，但电视机还开着，不再播放录像，换成了一个配有机械笑声的娱乐节目。我听见贝尔塔在房间里的动静，好像在给房间通风、铺床、换床单，在我回来之前她应该还没来得及整理房间。但实际上不是，至少她没有在换床单，因为她从房间出来时手里没有抱着床单，而是双手插在睡袍口袋里，一件橙红色的丝质睡袍，我想里边什么也没穿，也许她想伴着床单上“比尔”的气味入睡。当一个人特别想留住某种气味时，气味反而消散得更快。她从我身边走过，我闻到的不是杜鲁萨迪的味道，而是娇兰。在我们平时放信件，还有我的日记、书和唱片的桌子上，我看到了香水瓶（盒子已经打开）。那瓶香水购买时我在场。那是公寓里“比尔”留下的唯一痕迹。“你怎么样？”我问她。我无法克制自己不问，家里的摆设基本井然有序，当然想再归置整齐的地方也是有的。“挺好，你呢？这段时间都干什么了？肯定困死了吧，可怜人。”我大致讲了四处游荡的过程，但没有提及为她担心的事，还给她展示我买的东西，但没提及焦急的等待。我不知是否要问下去，她的样子有些羞赧，跟前几周判若两人。就在那天下午她还向我要过安全套（我往垃圾桶里丢塑料袋时看到了，两个，然后立即被塑料袋遮住了，下次再扔东西应该看不到了，也就可以加速遗忘。其实有些事没必要刻意尽快忘记，它们会被其他事情覆盖，正如垃圾桶里发生的这一幕。眼下的分秒不仅取代了前一分秒，而且使之消弭）。她压根忘了我与她的朋友们、跟胡利娅聚餐的事，她没有问起，我也无意再提，尽管平常时间再晚，上床前我们都习惯聊一会儿。当时已经很晚了，即便是周六，我们都该睡了，睡觉，在睡梦中忘掉一切，或者对贝尔塔来说，在睡梦中留住一切。然而我还想知道些事情的经过，了解这既属于我又不属于我的故事（过后可能想要去了解，那时就平安无事了）。我在看不见晴空的大道和天色泛红的街道上游荡了数个小时，在肯莫尔车站的大理石地砖上站着等了三回，跟随他金属鞋底的脚步直至广场酒店，被他发现，还给贝尔塔拍过录像，也许我拥有知情权，而不是坐等这件事成为过去。“来，给我讲讲吧。”我说。“也没什么可说的——”她没穿鞋，却没有踱脚，眼神像梦游似的空洞，或者只是因为困倦。她看起来很平静，仿佛在不紧不慢地思忖着什么，而思绪没有让她感到压抑。她的脸上停留着痴痴的笑意，像在迷迷糊糊又愉快地回想。“他是西班牙人吧？”我问道。“是的，是西班牙人，这我们早就知道。”“他叫什么？是做什么的？”“叫比尔，这名字很适合他，他没说做什么，我们没聊到。”“还有呢，他人怎么样？你喜欢吗？有没有让你失望？让你害怕？录像里他的样子令人反感。”我用手指向电视，里面的娱乐节目还低低地重复着机械的笑声。“现在还说不上来，这要看从现在开始会发生什么。”“那你们约好下次见面了吗？”“嗯，我想会吧。我们都有邮局信箱，他还可以打电话给我，我已经把号码告诉他了。”她话不多，像个恋爱中的女人，不愿分享，遮遮掩掩有所保留。她不该这样，太荒唐了，也许她已经陷进去了，或者只是不想在长达四个小时——其实是四加四，八个小时的共处后（他们约好八点半见面），在他刚刚离开的这会儿就开始讲述。也许她想一个人静静地回想刚发生的事，并把它牢牢地锁在记忆中，而自从比尔出门离去的那一刻起，这段记忆便一点点消散，所以她要重新播放录像——一定是这个原因，不过被我的出现打断了。明天吧，我想，或许明天她就愿意倾诉了，但我其实也没有那么在意，当然说起来我也确实在意，不过事实上我的任务已经完成：认真对待她在乎之事，帮她接近她想接近的人，甚至帮她得到他，仅此而已。我在这里的行程也即将结束，一周后我就会离开，可能一年后才会再来，也许到那时她才会讲给我听，把它当作一段可以被原谅的青涩幼稚之举，一笑置之，还会略感遗憾，仿佛自己并未参与其中，没有身体力行；也许那时她将可以讲出一个有头有尾的完整的故事，而不像现在这样，一切仍在发生，结局未知。但我知道还有两件事是在睡觉之前不得不问的，至少两件。“他带安全套来了吗？”我问。昏暗中我仿佛看到贝尔塔脸红了，她不好意思地看着我，一脸向我要安全套时以及我给她拍录像时——至少我认为如此，我那时只是透过摄像机看她——都不曾有过的羞涩。“不知道，”她回答道，“我没有给他机会，我先把我的拿出来了，就是你给的那些。谢谢你了。”她说“谢谢”时脸自然也是通红的。“那‘米莉亚姆’呢？你问出米莉亚姆了吗？”贝尔塔对这个话题已经不感兴趣了，此时她已经把这个嘱托忘得一干二净，还做了个手势，仿佛在说“那是多少年前的事了”。米莉亚姆这个名字大概从约会的一开始就被遗忘，不会有任何消息了。“我问了，”她回答，“我提了这个名字，装作在说一个西班牙朋友，但他好像没有反应，所以我没再问，你让我不要太刻意。”这一回她并没问我是怎么回事，我在怀疑些什么或我知道些什么（她没对我说“老实交代吧”“解释一下吧”或“说吧”）。过去了这么长时间，她早已把我之前的揣测和想法置之脑后。她又在沙发上躺了下来，整整一晚与陌生人共处，还要刻意掩饰跛脚，一定累坏了。我看着她架在沙发上抬高的双脚，修长的脚趾，在“比尔”眼里既干净又漂亮——没踩过沥青的脚——让人有抚摸它们的欲望。许多年前我曾经抚摸过（倘若她回想起来的话，一定也会做同样的手势表示“那是多少年前的事了”），它们还是当年的样子，即便经历过车祸，即便十五年来踏过无数步子，被抚摸过无数次。也许“比尔”刚刚还抚摸过它们，也许就在我被赶到街上去时，在他们聊天时不经意地抚摸过。他们会聊什么呢，不会是关于高曝光领域的话题，那是关于什么呢，也许聊到了我，也许贝尔塔为了说点儿什么就把我的故事告诉了他，在枕边背叛和诽谤他人是常事：揭露自己最大的秘密，只说出自己能讨听者欢心的想法，贬低他人——在枕边这块领地，他人之事即使不被鄙视，也会变得次要和可有可无。正是在这方寸之地，朋友，过去的爱人，连同现在的爱人都最容易遭到背叛，比如，路易莎若是和小古斯塔尔多易同床共枕过，想必会否定和贬低我，远在大洋另一端的国度的我，她对我的记忆已然模糊，我的身体不在场，前后八周家里都没有我的任何痕迹，她肯定已经习惯在床上睡成对角线，因为床上许久都没有别人。不在场的人很容易遭贬低，至少会被人品头论足，正如吉列尔莫以为没有人听见，便带着厌恶的口吻谈及远在另一个大陆的病妻，在哈瓦那酒店虚掩的阳台上，明晃晃的月光下，他在房间里说要杀了她，至少袖手旁观任其病死。“我撒手不管让她等死，这等于把她往死里送。”后来他还说，“我把她最后一点儿求生的欲望都剥夺了。你觉得还不够吗？”但米莉亚姆仍不满意，她已经等待了太久，而等待是最令人绝望的，会让人胡言乱语，让人说出“我这就来找你算账”“你是我的”“跟我一起下地狱吧”或是“我要杀了你”，就好像一块巨大无边的布，没有针脚，没有装饰，没有褶皱；又好像一片看不见的或微微泛红的天空，没有弯折的边角，浑然一体，冷漠且静止不动，只有不间断的分不清起始的重复，并非那种不仅可以忍受而且令人愉悦，或不仅可以忍受而且必不可少（人往往不能接受某些事情不被重复）的有间隔的重复，而是不间断地持续，像不停鸣响的哨音，又像是为达平衡而不断摇摆的天平两端。在等待之中，任何其他事物都无法令人满足，而只想用锋利的刀刃撕扯，或用炽烈的炭火焚烧；在被忽视、被放弃和被轻蔑之后，任何其他事物都无法令人满足，而只能走向那紧接着的随之而来的下一步，取消等待，废除等待，并且期望将那已被驱逐在枕头领地之外的人置于死地。明晃晃的月光，虚掩的阳台，脱落的胸罩，沾血的毛巾，浴室里的暗自哭泣，穿过前额的发丝或细纹，睡着的女人和即将入睡的女人，继续等候之人的哼唱："你得杀了她。"米莉亚姆曾这样说过。而吉列尔莫也背弃了远在大洋另一端的病妻，像个被孩子缠得不耐烦的母亲那样随口就答应了她——嘴上置人于死地相当容易，没什么大不了，所有人都清楚不必为所说的话负责，即便有时法律会追究。言语只能传达到耳际，不会杀人，不会犯下不可饶恕的罪行，它不具备这种能耐。"好了，好了，我会的。继续抚摸我吧。"米莉亚姆紧跟着又追加了一句，语气平稳，头脑清醒："如果你不杀了她，我就自个儿了断。总有一个要死，不是她就是我。"

"你没跟他说我跟踪他的事，对吧？"我仍在问贝尔塔。"没有，没说，如果你不介意的话，以后或许会说。不过我确实跟他说到过你，说到过我们对他的猜测和想象。""他怎么说？""没说什么，只是笑。""那么，你们还是谈到我了。""嗯，我跟他说了点儿你的事，毕竟我们把你赶到大街上，这样他才能上楼来，对于被自己打扰了的人很自然会有些好奇。"贝尔塔的回答让我感觉有些辩解的意思，而她本来不必如此。除非是因为我的发问听起来有点儿指责的意味，因为我用了"那么"这个词来结束我的问话，把问话变成了对事情的断言。贝尔塔不想多谈，只是为了不显得没有礼貌，或者为了补偿我夜晚在外的游荡才敷衍着。她的睡袍微微敞开，从缝隙中露出一半乳房，丝质睡袍鲜明地凸显出它们完整的形状。我在摄像时不愿正视的这对乳房此刻却吸引着我，唤起我不合时宜的欲望。她的这身穿着诱惑力十足。她是我的朋友。我没有刨根究底。

“好吧，我要去睡觉了，已经很晚了。”我说。

“是啊，我马上也去睡，”她回答道，“我想先收拾一下。”

她在撒谎，与我之后在大西洋的另一边对路易莎撒的谎一样，我还不想睡，还想在窗边观察小古斯塔尔多易。贝尔塔没什么可整理的，除了桌上那瓶打开了包装盒的娇兰香水。我拿起我的书、唱片和报纸，准备带到房间里去。我身上还穿着风衣。

“晚安，”我对她说，“明天见。”

“明天见。”贝尔塔回应道。

她仍旧躺在沙发上，面对着电视里配有机械笑声的节目，带着倦容，双脚抬起，睡袍半开着。或许她已经在设想崭新的、触手可及的未来了，晚上的约会没有让她失望。也或许她什么也没想：有那么一会儿，我到浴室刷牙，水龙头的流水声淹没了其他声响，但我似乎听到她在哼唱，有些漫不经心，时断时续，好像唱歌的人心不在焉，没有意识地哼着，一边还在悠然地冲洗或者抚摸身边的人。但贝尔塔没有在冲洗身体（也许是想留住气味），而且她身边也没有别人。她唱的是首英文歌，“在梦中，我与你同行；在梦中，我与你倾谈……”，一首耳熟能详的老歌，或许是十五年前的歌了。那晚我没再去过客厅，而是直接从浴室走到了卧室。我脱下衣服，在没有任何气味的床上躺下，我知道我要过很久才能入睡，已经做好了失眠的准备。和往常一样，我让房门虚掩着，以便空气流通（在纽约，临街和低楼层的窗户是强制封闭的）。我躺着，比那一晚任何时候都清醒，四周一片寂静，我又听到一阵低低的声音，从墙的那一边传来，是“比尔”或吉列尔莫的声音，是贡多拉船夫颤动的声音，是录像中重复着短促英语句子的拉锯般的嗓音。效果阴郁。“就这样。如果你的乳房、你的阴部、你的腿让我觉得值得冒险。如果你还对我有兴趣。也许你不想继续了。你可能觉得我太直接。太粗鲁。太无情。我并不无情。我不能浪费太多时间。我不能浪费太多时间。”

第十四章

八周的时间不算很长，但如果加上与之只间隔了十一或十二周的又一个八周，就会让人感觉很长。我后一次为期八周的差旅行程是在二月份，去日内瓦，也是我至今最后一次出差。那时我希望在很长的一段时间里都不再因为工作出远门。和路易莎结了婚却依旧分居两地，既无法见证她在婚姻中的变化，也无法适应这些变化，以至于心生怀疑，又在日后打消，我觉得这样的生活毫无意义。我在想是否自己也在改变，虽然感觉不到，但想必是有的。路易莎外表产生了变化（垫肩、发型、手套、唇彩）；新家改变了，刚搬进去那会儿刻意雕琢的气息已渐渐褪去；工作改变了，我的工作量增加了，而她的减少了，甚至几乎停滞（她正在马德里找新工作，那种稳定的长期工作）：从我去纽约，再到自日内瓦归来，也就是九月中旬到三月底的那段时间，她只因为工作离开过马德里一次，而且没超过一周，短短几天，到伦敦去代替我国那位领导人的官方翻译，后者当时很不凑巧地被自己的孩子传染了水痘（现在这位领导人有专职翻译，是一个名字含糊不清、鬼点子极多的人——他是个翻译奇才，这倒是事实——谋到这份差使以后，便让外界用他的两个不同的姓氏来称呼自己，德·拉奎斯塔和德·拉卡萨）。他进行了一次闪电式出访（我指的是那位领导人，而非其得水痘的翻译，后者应该已被禁止参与，以免传染他人），目的是向刚刚离任的女同僚表示慰问，并顺便与她的继任者会谈，延续我国历任领导人与英国同僚的会谈的惯例，和对方讨论直布罗陀、爱尔兰共和军（IRA）[①]和巴斯克独立解放组织（ETA）[②]。路易莎不聊离奇之事——我也不需要她跟我聊这些——也很少谈及会晤的内容，我的意思是她不太跟我谈，因为翻译人员，无论宣誓与否（更多的是交传译员，而不是同传译员，我是罕见的两种工作都做的人，但交传做得很少，而同传和交传译员

① 爱尔兰共和军（Irish Republican Army），旨在建立独立爱尔兰共和国的民族主义军事组织，被许多国家视为恐怖组织。

② 又称“埃塔”，巴斯克语“巴斯克祖国与自由”的缩写，是西班牙北部巴斯克地区（País Vasco）欲脱离西班牙并诉求主权独立的恐怖组织。2011 年，该组织公开宣布永久停火。2018 年宣布彻底解散。

往往相互厌恶），都要对内容保密。译员们经得起考验，守口如瓶，但是路易莎是可以对我透露的。“很无趣。”她说，指的是那次会谈。地点在英方前任女性首脑的官邸，正值她准备从那里搬离的那几天：周围堆着一些正在打包的纸箱。“他仿佛把她完全当作了一个老朋友，不再身负重任，竞争关系尽失。而她好像太过悲伤，无暇关注他那些迫切的问题，这些问题可能让她提前感到了怀旧的惆怅。”只有那么一小会儿英方首脑怀念起了我认识路易莎的那一天将他们两人不慎带入的私人话题。看起来她又引用了莎士比亚的《麦克白》，她应该是反复看这本书或看这出戏的。她说：“您记得在谋杀邓肯后，麦克白说自己听到的那句话吗？是个名句。”“我一下子想不起来，您提示一下……”我国领导人表示了歉意。“麦克白自认为听见了一个声音在呐喊：‘Macbeth does murder Sleep，the innocent Sleep.’”（路易莎将这句翻译成：“麦克白谋杀了睡眠，无辜的睡眠。”）“是的，”英方首脑接着说，“猝不及防被人顶替职位让我正有这样的感受，仿佛在睡梦中被人谋杀，而我就是那无辜的睡眠，心无城府地在朋友的包围中休憩，在守夜人的庇护下沉睡，而正是这些所谓的朋友，如同麦克白、格拉米斯和考特一样，在我熟睡时捅了我一刀。我的朋友啊！朋友就是最恶劣的敌人。”她完全没有必要这样提醒我国领导人，因为一路走来，他的朋友们都逐渐销声匿迹了。“您绝不要信任您身边的人，不要信任那些好像不需要强迫便自然而然爱您的人。您千万别睡着，和平的岁月会让我们放松警惕，让我们习惯安逸。我仅仅睡了那么一小会儿，看看我现在的下场吧。”这位情绪激动的首脑指了指周围未封口的纸箱，仿佛它们就是她耻辱的明证，就是她被谋杀后流淌出的血液。过不了多久，她从前的西班牙同僚就会离她而去，接着与她的继任者——也就是她的麦克白、格拉米斯、考特们——会谈。

那是路易莎很长一段时间里唯一的工作，但她并未因此失去活力：家越来越有家的味道，她也越来越像个真正的儿媳，尽管我从未对她有这种期待。

我没有认识的朋友常住日内瓦，因此，我在 ECOSOC[1]（这个缩写名用我会的某一种语言读出来像是“回声的袜子”，荒谬得很）的人权委员会担任翻译工作的几周是在一所狭小的租赁公寓里度过的。要消遣的话只能黄昏时在空荡的街头散步，去看配有三种语言字幕的电影，或是和我父亲的同行、老朋友们吃饭（他每次旅行都必定会认识一些人），要不然就是看看电视，我在任何

① Economic and Social Council，联合国经济和社会理事会。

地方都会看电视，这是唯一一件不可不做的事。如果说在纽约的八周是可以忍受的，甚至可以说是愉快和紧凑的，因为有贝尔塔和她的故事陪伴（就像我说过的，我总是模模糊糊地想念她，总是攒上几个月的事情后一股脑儿地说给她听），那么在日内瓦的逗留则是令人沮丧的。并不是因为我提不起工作的兴致，而是那个城市，加上是冬天，实在让人难以忍受。折磨人的并非工作本身，而是我们知道在工作结束后等待我们的是什么，或者不是什么——即使仅仅是把手伸进信箱摸索信件，也会让人有些盼头。而在那里，没有任何事、任何人在等着我，只是有时和路易莎打一通简短的电话，听她说些温存的话，这充其量只能略微减轻失眠之苦，多睡上两小时而已。然后极为经常的便是在公寓里随便对付一顿晚餐，最终公寓里都残留着饭食的余味，虽说不浓，不难闻，但总是有些味道，因为厨房和卧室在同一个空间。我在日内瓦待到第二十天和第三十五天的时候，路易莎利用长周末来看望过我（每次住四晚），事实上她完全不必等到长周末才来，或是只待三四天，因为她已经没有工作的束缚，也没有固定的时间表了。但是她好像预见到我会放弃这种迫使我们旅行在外、出国太久的短期工作似的，好像她觉得与其在这项注定要结束的、因此无关紧要的事上陪伴我，不如为长远的稳定生活、为我最终将要回归的那个生活做准备和打算。好像她已经埋葬过去，迈进了一个新的状态，而我仍在不正常地、不合时宜地延续着我并不想过的单身生活；就好像她已经结婚，而我还没有；好像她在等待着流浪的丈夫归家，而我还在期待结婚那一天的到来。路易莎已经安定下来，她的生活已经改变；而我，当我在外工作时，仍旧过着与以往一模一样的日子。

一次她来看我时，我们一起和我父亲的一个朋友吃饭，他比我父亲年轻，但比我年长（估计比我大十五岁），那次是他打算在去洛桑或卢塞恩或卢加诺的旅行途中在日内瓦逗留一晚，我猜他在那几个地方都有着见不得人的龌龊生意。他是个有影响力的人，但身居幕后，一如我父亲在普拉多博物馆工作时的状况。在知识精英阶层，比利亚洛沃斯教授（这是他的名字）尤以对十八世纪的西班牙绘画和建筑的研究，以及他的行为幼稚而闻名。在另一个文化层次略低但范围更小的圈子中，他却是位很有学术和政治头脑的大人物，活跃在巴塞罗那、马德里、塞维利亚、罗马、米兰、斯特拉斯堡甚至布鲁塞尔（当然还有日内瓦——让他气恼的是，他在德国和英国尚无影响力）。作为一个享受诸多赞誉的狂人，这些年他渐渐将研究延伸到了专业以外的领域。兰斯一直都非常赞赏他那篇有关埃斯科里亚尔的王子宫[①]的论文，简短却启人心智（这是兰斯的原话），而我尚未，恐怕永远也不会拜读他的作品。这位教授住在加泰罗尼亚[②]，这给了他充足的借口即使到了马德里也不必登门拜访我父亲，而且在西班牙王国的首都时他总是事务缠身。不过他们短笺往来倒是十分频繁，比利亚洛沃斯教授的短笺（兰斯觉得好玩，曾给我看过几封）字斟句酌，由古旧华丽的散文体写就，有时候他也会用这种散文体遣词造句，确切地说是应用于口才，显得格外巧舌如簧。比如他对于麻烦或不顺之事，从不说“我们遭遇麻烦了”，而是“我们身居窘境”。我以前从未见过他，但在某个周一的下午（智囊人物不在周末旅行）他打电话给我，号码是从我父亲那里打听来的（就像在纽约时，那个带着爱跳舞且隆过胸的夫人的西班牙官员也是经过我父亲联系到我的），大概是不想独自待在酒店房间里乏味地度过途经日内瓦的一晚（本地的阴谋家们在白天搞完阴谋诡计后回家休息了，把夜晚的舞台和运气留给外国的阴谋家们）。虽然我不情愿浪费一个与路易莎共度的夜晚，但我们两人除了默认共度之外并无其他安

① 埃斯科里亚尔，西班牙历代王室行宫和先王祠所在地，中心建筑是埃斯科里亚尔修道院，其中具有18世纪装饰艺术风格的小宫殿“王子宫”坐落在修道院旁边的花园里，是王子们娱乐游玩的地方。

② 西班牙自治区之一，首府是巴塞罗那。

排，而在婚姻中，打破这种约定无伤大雅，也不足为奇。

比利亚洛沃斯不仅想邀请我们吃饭，还想给我们留下深刻的印象，或许他更多是冲着路易莎来的，想给她留下别样的感觉。那天他很失礼，但看起来好像是他一贯的作风。他对我所选择的职业大加批判，认为我误入歧途："干这一行有什么出息？"他丰腴湿润的嘴唇带着一丝趾高气扬的讥笑（他的嘴唇平常就很湿润，那时还喝了许多酒），用一副父亲的姿态对我说道（父亲的朋友们在儿女们面前总是会自然而然地摆出父亲的架势）。但他却没有指责路易莎，也许因为她那时几乎已经不干翻译了，或许他打心底里认为她无须再干些什么。他很和善，但却令人反感；表面上博学，优雅风趣，酷爱卖弄学识，喜欢表现得见过大世面，通晓秘闻，洞悉世事，不论是昨天的还是几百年前的。然而在上甜点后，他突然沉默了几分钟，仿佛在诸多狂热和咏叹之后，疲倦突然降临，或是陷入了晦暗不明的思绪，可能有不快之事浮上心头。无论如何此人应该有些天赋，可以在顷刻间由神情激昂转为一脸沮丧，丝毫没有假装和伪善的感觉，就好像在说："一切都这样了，还在意什么呢？"此后话题开始变得零碎（之前都是他主动地说），他的眼神渐渐游离，手中用来吃覆盆子蛋糕的小勺子悬在半空。

“您怎么了？”路易莎把手指轻轻放在他的手臂上问道。

比利亚洛沃斯教授将悬在半空中的手放下，用小勺切了一小块蛋糕，仿佛需要一个动作来驱散内心的错愕，然后回答道：

“没什么，没什么，我能有什么事呢。告诉我，亲爱的。”他装作刚刚的恍惚是假装出来的，之后完全恢复了之前的神情，拿着勺子做了一个演讲似的手势说道，“你公公谈到你时一点儿都没夸张。告诉我你想要知道什么，我立刻满足你。”

他喝了太多酒。路易莎哈哈干笑了一声，然后问他：

“您什么时候认识他的？”

“认识兰斯？我认识他时他还没要孩子——就是你的这位新婚丈夫。”对此我并不是很清楚。人一般不会对他出世之前的事情抱有太大兴趣，比如长辈们是如何结下友谊的。教授自以为对任何事情和传闻都比他人了若指掌，他接着对我说道：“我认识你母亲和你姨妈特雷莎的时间比你父亲都早，你想想看。我的父亲是个医生，过去他到马德里时都会去看望你的外祖父。我有几次陪他去，跟大家都算认识，那时跟你父亲只是打过照面，这倒是事实。你不会连你外公是怎么去世的都不知道吧？”

“我想是心脏病吧，”我支支吾吾地说，“我确实不清楚，他是在我出生之前不久去世的，对这种事我不感兴趣。”

“错了，”教授说，“任何事情你都不应该放过，这样漠不关心是成不了事的。医学上说他是死于心脏病发作，的确是，但说得艺术点儿，或者说真正的死因，也是人们在乎的原因，是操心、忧虑和恐惧，这都是你父亲的错。一切疾病的根源都并非疾病本身。”除了喜欢搜集不可告人的秘密之外，比利亚洛沃斯教授还热衷于在讲述别人的秘密或非秘密时制造小小的打击效果。

“是我父亲的错？为什么是他的错？”

“从你姨妈特雷莎与你父亲结婚不久就过世一事起，你外祖父就对他非常恐惧。他迷信地把你父亲看作魔鬼，对他怕得要命。那件事你是知道的，对吗？”

教授不像小古斯塔尔多易那样装腔作势。他直截了当地切入细节，丝毫不怀疑一切都应公布于众，知情总是无害的，即便造成伤害也应当忍受。于是我想——念头一闪而过——现在轮到我知道这些了，就好像在过去漫长岁月里长眠的故事终于等到了它伸懒腰的时刻，什么都阻止不了它的苏醒，顶多是拖延一会儿，再一会儿，但结果是一样的。“我认为任何事都不会真的成为过去，”路易莎曾在床上对我这样说道，恰好在我的手臂摩挲她的乳房之前，“所有事情都就在那儿，等待着被重新提起。”我认为她说得很好。也许到了某一时刻，事情便自愿被人讲述，为了得到安息，抑或是为了终于能永远地成为虚构之事。

“嗯，我知道，我知道她开枪自杀了。”我承认我有所了解，但事实上我对此并不肯定，也不太清楚，只是最近的传言而已，小古斯塔尔多易告诉了我，我又告诉了路易莎。

比利亚洛沃斯教授继续喝酒，此刻又快速地吃起了甜点。他灵巧地使用着手中的小勺，仿佛那是他当医生的父亲的手术刀。他每吃进一口蛋糕或喝一口酒都要用餐巾擦一下湿乎乎的嘴巴，每次擦拭过后嘴唇仍是湿润的。这件事他知道得也比我多。

“事情发生时我的父母也在场，这你们可能不知道，他们被邀去吃饭。”他用的是“你们不知道”，使用了复数人称，在夫妻面前一般都这么说。“后来他们回到巴塞罗那，吓得够呛，我听他们说起过这件事很多次。你姨妈从饭桌起身，拿了你外祖父的手枪，装上子弹，然后走到浴室，在那儿对着自己的胸口开了一枪。我父母亲眼看到了她的尸体，还有你全家人都在场，除了当时不在马德里的你的外祖母，她去塞戈维亚，还是埃斯科里亚尔的一个姐妹那里了。”

“是在塞戈维亚。”我说道。这件事我是清楚的。

“对她而言是种幸运，或许你姨妈也考虑到了这点，不过可能性不大。相反，你外祖父一直都无法从看到女儿胸膛开花、躺在血泊中的那一幕解脱出来。你姨妈在吃饭时还算正常，也就那样，默默地，几乎没吃什么，也没说什么，好像带着无故的伤感。那时她刚蜜月旅行归来大概一周。不过这些都是我父母事后想起来的，当时大家在吃饭，谁都料想不到会发生这种事。”比利亚洛沃斯继续讲述这桩我不曾有意探听但还是知悉的事。他说了好几分钟，描述得很详细，不停地讲啊讲，我只有离开现场才有可能不听。在他最终停下来之前，他又说道：“所有人都说兰斯运气太糟了，因为这已经是他第二次做鳏夫了。”然后他停顿了一下，把刚才冷落在一边的蛋糕继续吃完（之前小勺又一次成为他讲话的道具）。他讲述细枝末节的时候，提到了另外一个蛋糕，一个融化了的冰激凌甜点。路易莎和我一直没说话，于是他放下勺子，从头开始，教授的职业习惯展露无遗。“你可以想象，兰斯后来又娶了你母亲，所以你外祖父一直生活在惊恐之中。那时他的脸色总是苍白的，每次见到你父亲就双手扶住额头。你外祖母比较能忍受，她没有见过女儿死去的样子，只有葬礼。你外祖父自从那以后——事实上后来他也没活多久——就好像一个被判了死刑却不知道刑期何时到来的人，每天起床都害怕那一天就是他的死期。相似并非都是好事，他害怕他女儿死去，他唯一还活着的女儿。夜里他甚至无法入睡。每次电话或门铃响起，或是有信件或电报送到，他整个人都会跳起来。所以你父母没有去蜜月旅行，当时的情况不适合做这么开心的事，在你外祖父去世前，他们甚至都未曾离开过马德里。我父亲说从未见过像他这么典型的因惧而亡的例子。他说，心肌梗死只是一种表现形式，一种媒介，即便不是死于心脏病，他也会出于其他原因毙命。你外祖父过世后，我们两家交往就少了。几年之后，我通过其他途径又与兰斯联系上了。你对这一切作何感想？”他最后一句话带有满足的意味，所有人都喜欢做试验，用消息试探别人。教授叫来了服务生，很奇怪地在吃了蛋糕之后又点了份芝士拼盘，还点了红酒搭配。“我饿坏了，中午没有吃饭。”他解释道。

我和路易莎已经在喝餐后咖啡了。有两个问题必须要问，两个重要的问题，既然我们两人都在场，不问是不可能的。事实上这两个问题都是要问我父亲的，但他与我们相距甚远，并且不愿谈起久远的过去。不过或许他已经不再逃避又愿意吐露了，我脑中突然闪过一个不可能的念头：可能兰斯在几个月前让小古斯塔尔多易、现在又让比利亚洛沃斯来见我，就是为了一点点地告诉我，为了让我一点点地做好心理准备，好听他把我渴望已久的故事说出来。他现在选择这么做，也许是因为我第一次结了婚，而他结了三次，却有两次都以悲剧收尾，就像悲剧发生之日大家所说的，还有教授刚刚重复的那样，他运气太糟了。然而也是他让我去见了那位西班牙官员和他肤浅不诚的老婆，他并没有跟我提起什么。我和路易莎几乎同时发问：

“她为什么自杀？”她抢先问道。

“第一任妻子是谁？”我的问题慢了半拍。

比利亚洛沃斯教授吃着布里奶酪和卡蒙贝尔奶酪，两者的质地都很柔软。他把少许第一种奶酪涂在烤好的吐司上，送到嘴里咬碎。其中有一块太大，从他嘴里掉了出来，弄脏了西服的翻领和桌布。

“她自杀的原因没有人知道。”他回答时嘴里还有东西，但已厘清秩序，就像在不紧不慢地面对课堂上的一堆提问。他又喝了好几口酒帮助吞咽。“你父亲说连他都不知道，他是这么说的。他在饭后开始吃甜点的时候才到达岳父家，震惊程度不亚于当时在场的和后来赶到的任何一个人，而且对他造成的痛苦更大。他说一切都很完美，他们之间没有发生什么事，他们在一起很幸福等等。他没有做任何解释，也无法解释。两人早上分别的时候他没有发觉任何异样，还互相说着甜言蜜语，与往常的任何一天没什么分别，就和你们今晚或明天会说的甜言蜜语一样。如果他的话属实，这些年他应该受了不少折磨。你母亲应该对他帮助很大。或许兰斯不得不去查清楚你姨妈特雷莎是否过着双重生活，有着他不知道的一面，才走到了自杀的地步，这种事情是有可能的。我想即便他查出了一些端倪，也没对别人说。”教授擦了擦嘴，这次他擦嘴更有理由了，为了拭掉嘴角残留的酥脆面包屑和松软的布里奶酪。

“翻领上还有。”路易莎指给他。

教授用不悦和惊讶的眼神看了一眼西服的翻领。是吉利牌[1]的，很昂贵。他很笨拙地清理了一下，没弄干净，于是路易莎拿起餐巾沾湿一角帮他，就像我在哈瓦那的浴室沾湿毛巾帮她擦拭脸颊、脖子和后颈一样（她的长发乱糟糟地粘在身上，几缕散乱的发丝横在前额，像早衰的细纹，瞬间让她的面孔显得阴沉黯淡）。

“你认为这会留下污渍吗？”教授问她。他骄傲自负，但不可否认也是高雅之人，虽然长着一张宽大的脸。

“我不知道。”

“我们很快就会知道了。”教授一边说着，一边伸出中指，对着他沾上污渍的昂贵的罗密欧·吉利牌翻领做了个鄙夷的手势，接着蘸了点儿卡蒙贝尔奶酪送到嘴里（不是用翻领，而是用另一块吐司，

① 意大利品牌。

这样嘴里便混杂了所有的味道)，他又喝了点儿酒，继续往下说，还是接着刚才的话题："关于第一任妻子，我了解不多，只知道她和你外婆一样是古巴人。兰斯曾经在哈瓦那住过一段时间，你们也知道的，大概一两年，是五十年代吧？在大使馆当差，是不是？做文化随员？你应该知道吧。认识他这么长时间，我总觉得他应该当过巴蒂斯塔的艺术顾问之类的，他没对你提过这些吗？"

教授等待我给他一个确切的答案，就像刚才关于塞戈维亚的问题一样。但是我并不知道我父亲曾在古巴住过一两年。

"巴蒂斯塔是谁？"路易莎问道。她还年轻，而且心不在焉，记性也不大好，干翻译活儿时除外。

"我不知道。"我回答了比利亚洛沃斯的问题，而不是路易莎的，"我不知道他在古巴住过。"

"对，这也不是你的兴趣。"教授毫不掩饰地说，"他在古巴和那个女人结了婚，我想他也是在那儿认识了你母亲和你姨妈，当时她们可能是陪你外祖母到哈瓦那去处理某些遗产继承的问题，或是不想等到老来还乡再重游度过童年的地方之类的原因，我记得不太清楚了，要知道，这都是我很久以前从我父母零碎的谈话中听来的，他们不是说给我听的。"教授辩解着，他的讲述已经不再那么愉快了，掌握的信息不够确凿让他摇摆不定，他痛恨不完整和不精确，他永远只能从事作品的研究，写不了传记，因为传记没有结局。他把一颗随我们的咖啡一起上的松露巧克力塞到嘴里，动作太快，我甚至无法肯定他吃了（就像在吞药丸一样）——他还没吃完奶酪，我觉得这未免把食物口味混得太多太杂了，但不管怎样，盘子里确实少了一块巧克力。“不管是哪种情况吧，反正那会儿你外祖母把两个女儿带在身边，大概三个月的时间。你父亲在那儿只是认识了她们而已，跟你姨妈交往则是很久之后的事，当然，是在他丧妻又回到马德里之后。当时他还是个帅小伙——现在还有当年的痕迹——一个既悲伤又很爱说笑的鳏夫，魅力令人无法抵挡。那时他还蓄着胡子，好像直到第三次结婚时才刮掉，之后就没再留过了，或许是因为迷信。不过我对他第一任妻子几乎一无所知。”教授似乎因为没有预料到会有这番谈话，为没有事先掌握更多的信息而有些不快，也或许他其实没法了解更多信息了。“接下来的事你们都知道了，在新人面前总是尽量避而不谈旧人的事，在你的家人和熟人面前也不好提及一个陌生女人，假如反过来看，是她曾经占据过你姨妈特雷莎的位置呢。事情可以向前看也可以向后看，角度改变就会大有不同，是不是？好了，我还是接着说你家的事吧。我猜大家都知道她的事，但没人会自找麻烦地主动提起，有些人最好从未存在过。但在你姨妈自杀后，大家不可避免地会再次想起她，毕竟你父亲是二度成了鳏夫。与那位不为人知的外国女人不同，你姨妈即便被你母亲取代，也因为是你母亲的姐姐，家人都会记得她，而陌生的外国女人只会被彻底遗忘。那都是另一个时代了。”教授似乎轻轻叹了一口气。

“我父母家一直放着一幅我姨妈的画像。”我想让教授得到些许安慰，让他觉得即便了解得不够全面，至少他的猜测不无道理。

“这就对了。”他似乎对我的安慰有些不以为然（但内心是欢喜的）。他用手臂推开吃完的奶酪盘子，我以为他吃得够饱的了，但事实正好相反，他又转向松露巧克力，还点了一杯咖啡。挪开盘子的时候，他吉利牌西服的袖子沾到了盘子边缘的残渣。此时他又交叉双臂支在桌子上，尽管如此，仍然姿态优雅。

“她是怎么死的？”路易莎问。

“谁？”教授回答道。

“第一任妻子。”我接过话茬回答他。我想路易莎听到我开口，会觉得我也是在说“很好”“请继续”“你赢了”或是“说得好”。但即便我话中真有这番含义，也是对她，而非对教授说的。

“孩子们，请原谅我，这个我也不是很清楚。”教授恼火起来，他又喝了点儿酒。我猜他马上就要改换话题了，他不习惯说这么多次“我不知道”。他又解释道：“我跟你父亲在私生活上的交往有限，更多的是学术上的交流，虽然我们也彼此欣赏。所有的事情我都是通过我父亲了解的，他几年前已经去世了，我从未跟兰斯本人聊过这些。”

“是啊，你对这些没有兴趣。”我说，忍不住对他刚才的无礼以牙还牙：这样做不公平，但毕竟他刚才已经三番五次这样对我。

教授透过眼镜片用不悦和怜悯的眼神看了看我，那是家长式的不悦，如同他之前一直摆出的姿态；怜悯则是教授作风使然。

“我比你更感兴趣，木头脑袋，比你还要感兴趣。”他骂人的方式有点儿过时，迂腐斯文，说教意味很浓，差点儿让我笑出声来，我看路易莎也是。“但我知道跟人交往的界限在哪儿。我跟你父亲谈的是比亚努埃巴[①]和比亚尔旁多[②]。”他说，“你肯定连他们是谁都不知道。”

“我不知道他们是谁。”路易莎说。

“你会知道的。”教授对她说，就好像她是个着急问问题的学生，而他安排课后再给她解答。“接着刚才的说，我不知道第一任

① 胡安·德·比亚努埃巴（1739—1811），西班牙新古典主义风格建筑大师，代表作品是马德里普拉多博物馆。

② 胡安·巴蒂斯塔·比亚尔旁多（1552—1608），西班牙建筑师、数学家、作家、耶稣会神学家。

妻子是怎么过世的，也不知道她的名字，只知道她是在古巴去世的。还有一件事，你们不必当真，因为我也不确定，也没听别人说过，但我总感觉她是在一场火灾中遇难的。当然这种感觉很模糊，也许是我那段时间从某部电影中看到的，我当时还小，又听说了你父亲和他两次丧妻的事。你们或许不会这样，你们还年轻，但人老了总会有那么一天，把他看到的和从别人那儿听说的内容混淆，把他所目睹的和他所知道的事混淆，还有把发生在他身上的和从书上看到的事混淆。说起来，我们一般能分辨这些，而且都能分辨得很清楚，这才算神奇。我们一生当中听到和看到那么多事，从电影、电视、剧院、报纸和小说中慢慢累积了那么多的故事，应当很容易产生混淆的才对。令人惊叹的是，大部分人能够分辨出真正发生在自己身上的事，难以辨别的是他人经历之事，被从他人口中讲述出来会变得不真实，或是真实但遥远，因为真实的部分也总是牵涉到我们不认识的人或是过去。可以说除了个别极端例子之外，我们自身的记忆可以完全不受外界影响。一个人能够轻松地将与本人所见所闻相关的记忆和关于书籍电影的记忆区分开来，但涉及他人见闻、亲历或知晓又再转述给我们之事时，这种区分就不简单了，更别说讲述中加入的杜撰成分了。”

比利亚洛沃斯教授不再辩解什么，而是慷慨陈词起来。他在转换话题，之前的话题已经让他感到厌烦了。他用一只新拿来的小勺在咖啡里来回搅动，在吃了那么多东西之后，他又往咖啡里加了糖。他体型并不壮硕，但也不算瘦。一个服务生经过他身旁时，他要了根雪茄。“一根雪茄。”他说。他说的是法语，我此刻写下来时做了翻译。

“我会把我曾经翻译过的所有演讲混淆在一起。现在我什么都不记得了。”为了奉承他，加上补偿刚才对他的无礼，我这样说道。

“是什么样的火灾？”路易莎仍然穷追不舍。

“不知道。”教授答道，“我连是否有过火灾都不知道。你姨妈去世时大家谈起了火灾的事，我那天一整晚都在害怕房子着火，还做了噩梦。儿童时代，或者说我那个年代有这种恐惧是很正常的，但是我把火灾与看到或听到有人睡觉时被烧死在床上的事情联系在了一起，还模糊地把这一幕与你父亲的第一任妻子的死亡联系起来，但其实我也不知道原因，不记得谁曾说起过那次死亡的具体情况——和你姨妈不同，那个女人的死亡离我们太遥远。可能我看过什么以热带地区为背景的电影有这样的场景，给我留下的印象很深，便把两件事串在一起了，古巴和火灾，火灾和古巴女人。在我那个年代，许多电影故事都发生在热带，当时是种流行，我想可能是二战后人们都向往远离纷争之地，比如加勒比，比如亚马孙。”

比利亚洛沃斯教授彻底改变了话题，他是费了些力气的，我想他已经对我们的陪伴感到无趣了。他也肯定已经不怕火了，服务生拿来一盒雪茄烟时，他毫不迟疑地拿了一根（他认得那些牌子），没有闻一下（他是个有教养的人，也不戴戒指），就直接往嘴巴里送——那张湿润的、总是鼓鼓囊囊的嘴，他准许别人将巨大的火苗无限接近他的脸，好把烟点燃。那雪茄闻起来味道很糟糕，不过我不抽雪茄。教授吸了几口，眼神再次游离起来，或是他的大脑又陷入了晦暗不明的思绪。此时他不再给人装腔作势的感觉。他变得萎靡不振或是沉默不语时，很像一位英国演员。这名演员几年前在巴塞罗那，也就是教授居住的城市自杀了，叫作乔治 · 桑德斯[①]，一名了不起的演员。或许教授再度想起了某件不快之事，那不是别人讲述的故事，也不是从书中读来的，不是杜撰的，也不是任何情节的一部分。

“亚马孙。”他手里拿着雪茄说道。燃着的烟丝在闪烁。

① 乔治 · 桑德斯（1906—1972），英国知名演员。

第十五章

那天晚上，我和路易莎在乘坐出租车的两段路程上都沉默不语，只有回到公寓躺在床上之后才聊了几句，非常简短。如今再说那晚的事已经没有意义，还是讲后来一个夜晚的事吧。它发生在那晚之后不久，当然也可以说就是前不久，确切来讲是我结束了整整八周（或差不多八周）的工作和逗留，从日内瓦回来的那天，也就是我说没有必要再提的那晚之后的第三周——或许再提还是有必要的，正是在那个晚上，我们之间做了约定；或许到底还是没必要，因为三周后发生的事既是约定，也是巧合，既是巧合，也是约定，一切皆有可能。

我把回程提前了二十四小时。我一开始算错了日期，没有把瑞士的一个假日包括在内，如此一来我的工作在第八周的周四就提前完成了，而不是周五。但是我直到那周的周一才发现这个问题，于是当天就去把机票从周六改到了周五。那天晚上我和路易莎通了电话，周二和周三也是，周四没有，而电话里我一直没有告诉她机票已经改签的事，我猜当时自己是想给她一个小小的惊喜，也想看看没料到我会回来时的新家是什么样，路易莎在做什么，我不在家时她是什么样，会在哪儿，几点回家，如果有人陪伴的话那人会是谁，或是如果有人来拜访的话她在招待谁。在街角徘徊的会是谁。我想要打消自己所有的疑虑，毕竟谁都不愿意心存怀疑，但有时疑虑打消之后还会卷土重来，虽说只要你还在和某人同住，它们卷土重来的力量就会一次比一次弱。无论开口询问之后得到的答复是“不是我”，还是沉默不询问，总要设法打消疑虑。而我返回马德里那天发生的事是个巧合。

所谓的约定便是两人似乎都感觉到该揭晓最近九个月以来——自我们结婚以来，而不是从我们认识以来——一直环绕心头的所有影射和暗示意欲何为了。总之，第一次把问题挑明的是我父亲，在我婚礼当天，在阿尔卡拉 15 号赌场，他把我拉到一旁问了一个问题，那也是在前一晚令我辗转难眠、反复自问的问题，也许到婚礼后会渐渐消解。但是不行，我没能将它从心中抹去，之后更不可能，这种不适感在蜜月旅行期间逐渐加强，在迈阿密、新奥尔良和墨西哥，特别是在哈瓦那，假如路易莎没有身体抱恙，也许不祥的预感就会像新家里最初刻意营造的痕迹一样消失无踪——随着时间的流逝，新家让我感觉越来越自然，过去曾经独自居住的那个小家渐渐被我遗忘殆尽。这一切的发生还不到一年的时间。正是在那个晚上我们做了约定，那天的事我不该再继续多谈，但还是说两句吧。那天我们把比利亚洛沃斯教授送到他暂居的酒店门口（他还不够富有，也并非风月场上的老手，所以并没有想接着去紧搂着舞伴跳舞，或是已经全然沉浸在不快的回忆中），回到我的公寓，路易莎在一片漆黑中对我说（脑袋枕在枕头上，我们睡的是一张单人床，但睡得下两个人）："你还不想知道吗？还不希望我问问你父亲吗？"我恐怕是以另一种怀疑的口气回答道："你还没问吗？你们经常见面啊。"路易莎没有生气，我们都清楚彼此心存猜忌。"没有，当然没有了。"她的语气听起来不像是受了冒犯，"你不愿意的话我就不问。他是我公公，我又很喜欢他，但他终究是你的父亲。你怎么想呢，你说吧。"她沉默了一会儿，并不急着得到我的答案。她只是等着我回答。她静静地等待着。我们看不见彼此，都没有盖被子，身体轻轻地贴在一起。她其实很清楚该由她而不是我来问兰斯，虽然兰斯不一定会告诉她，但至少肯定不会告诉我。不过她曾有一次很自信地断言"他会对我说的”，那时我们躺在自家的床上，开着灯。“谁知道呢，没准这些年来他一直在等着你身边出现一个像我这样的人来居中调停，你们父子沟通起来都挺笨的。”她还振振有词地说：“也许，他一直没有跟你讲他的故事是因为不知道怎么开口，或者你没有好好问他。但我知道怎么让他开口。”她还充满天真和乐观地补充道：“任何事都可以拿出来说，只要开个头，话自然会一句接一句地冒出来。”

一切都可以讲述，哪怕是我们无意了解，不愿过问的事情。尽管如此，依旧有人讲，也依然有人听。

我没有看她，说道：“是的，也许你应该问问他。”我注意到她觉察出我声音里的一丝犹豫，多半是因为这个，她又问道：“你希望我当着你的面问，还是过后说给你听？”“不知道，”我回答，“我在场他也许不愿意说。”黑暗中路易莎没有摸索就准确地把手搭在了我的肩膀上，好像她看得见我似的（她熟悉我的肩膀，熟悉我的身体）。她说：“我想如果他已经做好了准备，就不会因为你在场不说的。总之随便你吧，胡安。”她直呼我的大名，并非为辱骂我，也没有恼怒的意思，也不像是要背弃我。不过她可能预料到，她将给我转述的兰斯的故事，对我来说不会是什么好消息。我嘴里含含糊糊地敷衍着，没有说“很好”“请继续”“你赢了”

或是“说得好”，而是“不知道，不着急，我要先想想”。“你决定了再告诉我吧。”她回答道，把手从我肩膀上拿开，准备睡了。我们确实在共用一个枕头，那一晚也没再说别的。

新家的睡床上有两个枕头，这在一般的双人床上很常见。这张床，在我比路易莎以为的归期提早一天从日内瓦回来，下午四五点钟到了家时，铺得整整齐齐。一如所有从机场归来的旅人，我十分疲倦，打开大门后，在还未证实家里是否有人之前便立即把钥匙塞进上衣的口袋里，就像贝尔塔那样，以免下次出门时忘记。我在门口叫了一声路易莎的名字，无人应答，便放下行李箱和旅行包，走到卧室，看到整理过的床，然后又去了浴室，门是开着的，一切井然有序，只有花洒头是垂在地上而没有挂在墙上的。浴室里只能看到路易莎的毛巾和浴袍，都是深蓝色的，我的是浅蓝色的，和“比尔”的浴袍一样——那事实上是广场酒店的浴袍。我的毛巾和浴袍还在柜子里没拿出来，多半从我走的那一天起就被收进去了。我突然发现自己并不清楚存放它们的柜子在哪儿，我对这个家其实还不熟悉，在我外出期间它已经慢慢地发生了变化，而此刻我希望在未来的很长一段时间内不再离开。我走到厨房，厨房十分整洁，冰箱装满了一半空间，路易莎爱干净也爱整洁。我看到牛奶没有了，但我也不会下楼去买。客厅里有一件我没见过的家具，一张漂亮的灰色扶手椅，它的出现使得原来的土耳其式长沙发和摇椅（原本属于我外祖母，后来兰斯常常在上面摆出种种奇特的姿势以娱宾客）换了地方。扶手椅很舒适，我试着坐了坐。路易莎有时用来工作的房间倒看不出最近使用过的迹象。（也许将来会变成儿童房。）我的书房没有任何变化，U字形书桌上堆着路易莎为我保留的信件，太多了，看不过来。正要返回门口时我突然发现一件新东西：在一面墙上挂着一幅我在别处见过的画，假如有标题的话，我想应该是《闭眼女人的头像》。我心想："父亲又送了我们一份礼物，或者说又送了路易莎一份礼物，她把它搁在了我的书房里。"然后我回到门口，像每次结束旅行回家或是到达目的地后那样，开始把行李中的物品拿出来，回归原位，动作麻利而迅速，好像这个环节仍是旅行的一部分，在旅行结束时必须跟着完成。我把脏衣服放进洗衣机，里面已经有几件路易莎的衣服了，应该是路易莎的，我没有仔细看，只是打开洗衣机的门，把自己的衣服丢了进去，没有启动机器，还不急着洗，她可能会想自己操作。几分钟后行李箱便腾空了，我把它放回特定的柜子里，这个柜子我是清楚的（在大衣柜上方，走道里），结完婚出发去日内瓦时我便是从那里把箱子取出来的。我很疲倦，看了一下表，路易莎随时都可能会回来，也或许还得再过几小时，毕竟离日落还早。在马德里，这个时间点没有人待在家里，因为没有人能忍受，人们虽然嘴上不承认，但都歇斯底里、绝望地跑出家门，到拥挤的商店和百货公司里购物，去药房买东西，消磨时间，在橱窗前张望，买烟，接孩子放学，即使不饿不渴也要光顾城市里不计其数的酒吧和咖啡厅吃吃喝喝，整个城市的人都在街道上或在工作中，到处人山人海，没有人待在家里。这一点和纽约大有不同，在那儿几乎所有人五点半或六点，至多是因为要去肯莫尔车站或老切尔西车站的信箱取信才耽搁到六点半回家。我走上阳台，街角没有人，但马路上车流不息，人头攒动，人们来来往往，心烦意乱。我又走回浴室，上厕所，刷牙，然后进入卧室，打开衣橱，把身上的外套脱下挂起，看见旁边挂着路易莎的裙子，马上便认出新置的那两条，或是三条、五条。我不由自主地用自己女性化的嘴唇上前摩挲、亲吻，把脸埋在散发着香气却没有生命的布料里，胡茬使得布料无法在我的脸颊上柔顺地滑动（如果晚上出门我要把它们刮干净）。我看到黄昏的帷幕开始落下（那是个三月的周五）。我平躺到床上，但并不想睡觉，只是想休息一会儿，所以没掀开整理好的被单也没有脱鞋，斜躺着让鞋子悬空，以免弄脏床罩（也许被单不是新的，路易莎可能想明天更换，就在我回来之前）。

当我醒来时，外面天色已暗，透窗而入的只有霓虹灯和路灯的光线，而不再是下午的自然光。我想看看表，但光线太暗，不开灯看不见。我正要去打开床头灯，突然听到了说话声。声音是从家里传来的，我想应该是客厅。刚刚醒来的我还有些发蒙，但马上就清醒过来，双眼也适应了黑暗。卧室的门关着，应该是我自己关上的，这是我晚上睡觉时的习惯，虽然已经八个星期没在这个房间里这么做了。其中一个声音来自路易莎，她正说着话，但听不清楚内容。语调不疾不缓，充满自信，甚至带着说服力。她已经回家了。我从裤兜里掏出打火机点燃，借着亮光看了看表，八点二十分，我到家已经三个小时了。“路易莎应该是看到我睡着了，不想叫醒我，”我心想，“她想让我安静地睡到自然醒。”但是也有可能她没有发觉我已经回家了。她从外面回来一般不会先进卧室，除非需要立刻换衣服。假如她和别人一起回来，应该先到客厅，也许会去一下浴室，也许会到厨房倒杯酒或准备几颗油橄榄（我开冰箱时看到了油橄榄）。我认为自己不是故意的（我一开始并不知道自己会睡着，但后来的确睡着了），但我意识到家里没有一点儿我已经归来的迹象，和往常一样，我让物品归位，包括行李箱和手提包，大衣也挂到了箱子下方一开门就会亮灯的衣橱里；我也没有翻出我的浴袍和毛巾，所以浴室里仍然看不到它们的踪影，我擦手时用的是路易莎的毛巾；我带回来的礼物跟我一起在卧室里；只有一样，我的洗漱包，我把它从手提包里拿了出来，搁在浴室的小凳子上，只有里面的东西我没有归位；我打开过洗漱包，对，是开过，但只拿出了牙刷，牙膏都没拿，我用了放在搁板上的，也就是路易莎的那管用了一半的。可能她和她的同伴都没发觉我在家，我无意间成了自己家中的窥探者（直到那时还是无意的）。此时另一个人的声音响起，很低，比路易莎的更低，我没听出来是谁，也无法分辨他的情绪。这令我不快，就像在哈瓦那酒店房间里发生的一样，好像是在塞维利亚－比尔特摩的那一次，我记不清了，是在一个岛上。突然间我开始着急。我很清楚若想知道跟路易莎一起在客厅的人是谁很容易，即使他当即就起身告别，我只要在他到屋外按电梯前打开门走出去就能看到。我着急，是因为意识到一旦错过，以后便再也没有机会听到。错过的无法重新再来，无法像录音或录像那样可以倒带重放，未听到和未领会的窸窣细语将被永远错过。这就是无法将我们经历之事记录下来的不妙之处，或许更糟糕的是这些事可能不为人知，无人目睹和听闻，那么过后一切将无法重构复原。于是我小心翼翼地把门打开，避免发出任何声响，远处的灯光从细小的门缝里透进来，然后我又躺回床上，从门缝中我终于分辨出说话者是谁，听到他的声音让我既害怕又宽慰，宽慰比害怕更多一些——是兰斯，我的父亲。

我有想要理解一切的癖好：理解所有传到我耳际的话，哪怕隔得很远，是我不懂的众多语言之一；即便是难以分辨和无法听清的窸窣细语；即便是我最好不要听懂的，不打算说给我听的，甚至刻意不让我听到的话都在此列。我把门打开一条缝后，窸窣低语变得清晰可辨，是我通晓的语言，我的母语，我用来书写和思考的语言，当然我也用其他语言思考，但母语总是用得更多。或许那个声音诉说的内容我最好心领神会，因为也许就是说给我听的，刻意让我听到的。也或许不完全是这样：我想路易莎不可能忽略我在家的迹象（洗漱包、牙刷都在那儿，大衣也挂在橱里，她一定会看到），但是兰斯不会注意这些，兰斯不会知道我在家（就算他去过浴室，那儿的洗漱包和牙刷也不会给他任何提示）。也许路易莎最终决定和我父亲谈谈，问他亡妻们的事，问他“蓝胡子”的事，她希望顺其自然：假如我醒着，便能直接听到他们的谈话；假如我因旅途劳累睡着了，那么只能过后间接从她嘴里得知另一番内容（带有解释，甚至可能经过筛选的），或干脆永远都无从得知，如果她决意如此的话。又或许她并没计划这场谈话的发生，至少没有准备在那一晚或那个下午谈，但可能看到了我的洗漱包、牙刷、我的大衣，之后又看到我睡在床上，她便临时做了决定。可能她探头看过房间，是她把卧室门关上的，而不是我自己。想到这儿，我立即确信事实便是如此，因为我刚发现床和一开始的模样有所不同：有人从一边掀起了被单、毯子和床罩，把没被我身体压住的那一半扯过来随意地搭在了我身上。也有可能是我在睡梦中自己盖的，但不太可能，我立刻打消了这个念头，开始想她是什么时候帮我盖上毯子的，又是什么时候打开卧室的门看到我睡在床上的。她一定看到我的头发凌乱，几缕散乱的发丝横在前额，像早衰的细纹，让我的面孔显得阴沉黯淡。（我没有脱鞋，鞋仍穿在脚上，但此刻踩到了床垫上。）我还在想路易莎和兰斯已经到家多久了，她是怎么引导他谈话的，如何刚好在我开了一条门缝又躺回床上时恰好清晰地听到兰斯说（尽管离得很远）：

“她自杀是因为我告诉她的一件事。是我在蜜月旅行期间说的一件事。”

我父亲的声音很虚弱，但不苍老，任何时候他都不显苍老。他有些犹豫，好像并不确信自己想要说这些，又好像他突然发现事情说起来很容易（只要开个头，话自然会一句接一句地冒出来），可是一旦被人听见，便不会被遗忘，人们从此便会知晓，仿佛是自己回忆起来的一样。

“您不想告诉我。”我听到路易莎的声音。她听起来很谨慎，却不失自然，既没有表现得急于说服，也没有过分狡黠热情。她说得很小心，只是小心而已。

“不是我想不想的问题，事到如今，也该说了，何况你还想知道，”兰斯回答，“其实我没告诉过任何人，我把这秘密守得很紧。那都是四十年前的事了，已经变得像是没有发生过似的，或是像发生在别人身上的事，和我，和特雷莎，或是和你所谓的另一个女人无关。她们早已离开人世，她们的遭遇也不复存在，只有我清楚，只有我还可以回忆。但是那些事在我这里都成了模糊的影像，记忆就好像眼睛一般，随着年龄增长而疲倦，无力再看清。世上找不到为疲惫的记忆配制的眼镜，亲爱的。”

我起身坐到床尾，从那里我伸手便可以把门开大一点儿或是关上。我不自觉地重新整理好了床铺，把被单、毯子和床罩恢复原样，甚至把被单和毯子重新塞好。房间里的一切都恢复了整齐，有一丝亮光，门开着一条缝，窗外有夜晚的灯光。

“那您为什么要告诉她？”路易莎问，“您没有考虑过后果吗？”

“几乎没有人能预测将来，至少在年轻的时候是如此。年轻的岁月其实比我们想象得还要漫长。年轻时，整个生命就好像一个谎言。旁人之事、不幸、灾难、罪行，都觉得与己无关，仿佛它们不存在。甚至是发生在我们自己身上的事，一旦成为过去，也好像与自己毫不相干了。有的人一辈子都是这样，一辈子都年轻，那是一种不幸。话语是免费的，我们说话聊天，有时口无遮拦，毫无约束。醉酒、愤怒、沮丧、厌烦、激动、恋爱，时机不适或无法掂量话语的轻重时，它们依然源源不断地从我们口中流出；伤害到他人时，我们仍在滔滔不绝。人不犯错是不可能的，奇怪的是话语竟还没有造成更多恶果。或许是我们并没有充分了解，以为后果不至于太坏，其实一切都因言语成了永久的灾难。所有人都在不停地说，每时每刻都有无以计数的对话、述说、声明、评论、忏悔、流言蜚语，它们被听、被说，无人可以操控。没有人能预见它们将引起的爆炸性后果，就连追寻它们的去向都办不到。世上的话语多如牛毛，如此廉价而微不足道，但很少人做得到不去理会，相反，人们对它们趋之若鹜。即使不以为然，但也是听到了。你不知道这么多年来我多少次回想起，当年在难以抑制的爱情冲动下，对特雷莎说的那番话，那时我们的蜜月旅行接近尾声。我可以不说，永远都不说，但人会觉得越是爱对方就越要跟对方倾吐秘密，很多时候，述说就像是一件礼物，一件自己所能给予的最贵重的礼物，代表着至高的忠诚，也是对爱和付出的最好证明，述说会赢得奖赏。忽然之间，人会不满足于整天重复那些已经被说尽的火热表白，倾听者也不再满足。叙述者和倾听者都是贪婪的，前者想要后者永远保持浓厚的兴致，想要用语言走进对方的内心深处（‘语言如同雨水，舌头紧贴耳际’，我想起这句话来）；后者则乐此不疲，希望听到和知道得更多，即使内容是编造和虚构的。特雷莎可能并不想知道，或者说她不曾有意探听，是我突然说漏了嘴，便一发不可收拾，她愿意继续被蒙在鼓里已是不可能了。她变得想知道，她必须听下去。”兰斯稍稍停顿了一下。他的声音已经没有了犹豫，而是坚定有力，几乎是慷慨激昂的。那不再是絮絮低语，就算我关着门也能听得见，不过我还是让门半开着。“她无法承受。那个年代还没有离婚一说，她也不会试图撤销婚姻，她脸皮薄，我们已经同房，我想是在结婚之前很久便已经同房。即使可以离婚或撤销婚姻，还是难以平抑她的痛苦。在得知那事之后她无法忍受我，无法和我继续生活，就像她说的，一天、一分钟都不愿意——虽然后来还是勉强与我共度了几日，魂不守舍的，不仅仅是因为知道了这件事，还因为她自己，她曾经说过的话，很久之前的事了，但那些话依然带来后果。她无法容忍我，也无法原谅自己曾经轻率的言语，但她不知道，这不是她的错，不能归咎于她，那些话她只是顺口说说而已，我听到了也不是我的过错（‘教唆无非三言两语，’我想，‘不专属于谁，可以被翻译’）。我告诉她那件事以后，她极度痛苦地过了几天，程度日益加深，我从未见谁那么痛苦过，她几乎夜夜失眠、不吃东西、胃痉挛、想吐却吐不出来，她不和我说话、看都不看我，几乎不跟任何人说话，要么把头埋在枕头里，要么在人前强颜欢笑。她总是哭，那些日子每天不停地哭，不过也就是短暂的几天。她勉强能睡上几分钟的时候也会哭，在睡梦中流泪，又立刻满头大汗地惊醒，从床上坐起来，先是用奇怪的眼神看我，然后便是一阵惊恐（‘她眼神呆直地望着我，但还没有认出我，也还没有反应过来自己身在何处，’我想，‘那是属于发烧病人的灼热的双眼，病人在惊恐中醒来，毫无预兆地从噩梦中突然醒来的双眼’），她用枕头把脸蒙住，仿佛不想看也不想听。我试着让她平静下来，但我害怕，她的样子令我恐惧。不愿看也不愿听的人是活不下去的，他们无路可走，除非找到可以倾诉的人。事实上我对她的自杀并不感到奇怪，只是没有预料到，其实我早应该料到的。倘若没有耐心，倘若不能等待时间来治愈，人便活不下去（‘人仿佛迷失了自己，不可名状的未来消失，’我想道，‘可那抽象的未来才是重要的啊，它不会受当下现实的沾染，也不会被同化’)。一切都会烟消云散，但你们年轻人是不懂的。当时她太年轻了。”

我父亲的声音停了下来，可能想要喘会儿气，或想要掂量一下刚才说的话，也许他发现说得太多停不下来了。只凭声音我无法想象出他们各自所处的位置，可能我父亲躺在土耳其式长沙发上，路易莎坐在单人沙发上，或者路易莎在长沙发上，兰斯坐在我刚试坐过的新买的舒适扶手椅上。也许他们其中一个坐在摇椅上，但我认为不太可能，至少兰斯不会，他只喜欢当众人的面坐在摇椅上摆出各种姿势。从他并不轻松的讲述来想，他不可能是以那类姿势坐着的，而且此刻他也并非身处那类社交场合，我只能想象他坐在椅子或沙发的边缘，身体微微前倾，脚放在地上，甚至不敢交叉双腿。他会带着谄媚的眼神热切地望着路易莎，身上散发着古龙香水、烟草和薄荷的气味，还混杂着一丝烈性酒和皮革的味道，仿佛刚从美洲殖民地发迹归来，他也可能在抽烟。

“您究竟跟她说了些什么？”路易莎问。

“如果我现在告诉你，”兰斯回答，“我不知道自己是不是在做和当年一样的事，我亲爱的孩子。”

“别担心，”路易莎大胆而幽默地回答他（幽默是指她的想法，大胆是指她把它表达出来），“不管怎样，我不会因为一件四十年前发生的事自杀。”

兰斯同样大胆而幽默地笑了笑，说：

“我知道，我知道，没有人会因为过去而了断自己。我想你更不会想不开，即使你此刻得知胡安刚刚做了我后来向特雷莎坦白的那件事。你不一样，时代也不同了，更浮躁了，或是更艰难了，泥沙俱下，一切皆有可能。但我不知道告诉你这一切是否算作我有意向你示好，又一次向你示好，好让你继续做我的倾听者，享受我的陪伴。或许结果会截然相反。你肯定不会自杀，但有可能不想再见我。我是担心我自己，而不是担心你。”

如果路易莎离他很近，一定把手放在了他的手臂上，如果她站了起来，还会把手放到他的肩上（“把手放在他人肩头，”我想，“絮絮私语，逼人就范”），这只是我想象的情景，我必须依靠想象，我看不到，只能透过一丝门缝来听，不是透过隔墙，也不是从敞开的阳台听。

“我不在乎您四十年前做过或说过什么，我对您的感情也不会因此而改变。我熟悉的是现在的您，什么都不会改变这一点。我不认识那时候的您。”

“当年的我，”兰斯说，“当年的我。”他喃喃道，此时他应该在抚摸他那极地般雪白的头发，用指腹摩挲着，完全是下意识的动作，他本人并没有察觉。“当年的我也是我啊，就算不是，此刻的我也是那个我的延伸，或是他的阴影，他的继承者，他的篡位者。不会有其他人这么像他。有时我甚至会想那个人不是我，那样的话他就不是任何人，曾经发生过的事也就不会发生。我是遗留下来的一切中最像他的那个人，无论如何，这些记忆应该属于某个人。没有了断自己的人必须活下去，但有人决定停下来，停在别人停留的地方，回望过去，让人们所说的过去继续成为虚构的现在。这样一来，往事便成为虚构的情节，但对他并非如此，只是对于抛弃他的世界是这样。我想了好多，不知道你能否理解。”

“您不像是会停留在某个地方的人。”路易莎说。

“我想不是，不过同时也是。”兰斯回答道。他的话音又变得微弱，更像是内心深处的独白，边想边诉之于口，没有犹豫，话语接连不断，字斟句酌，如同发表声明的政客，希望讲话内容被逐字逐句地翻译和领会。他又仿佛在口述。（此刻我凭记忆用自己的语言将他的话写下来，原话当然是他说的。）“我继续着我的生活，尽可能过得轻松些，甚至和胡安的母亲胡安娜结了第三次婚。她对这一切一无所知，但她很识大体，从来没有向我追问过她曾亲眼看到死去的姐姐的死因——所有人都无法理解，我不知如何跟她解释。也许她清楚，就算她姐姐死得不明不白，我另有隐情，也还是不要知道为好。我深爱胡安娜，但是跟爱特雷莎的方式有所不同：小心翼翼，不再那么执着，不妨说是更遥远，更被动地爱着。但在活下去的同时，我也清楚我已经停留在了特雷莎自杀的那一天，就在那一天，而不是之前的某一天。多奇怪啊，比起亲手对当事者本人做的事或犯的错，我们对发生在旁人身上，自己没有直接参与的事情更加在意。嗯，当然也不总是如此，只是有些时候罢了。要看具体情况，我猜。”

我点了支烟，在床头柜上找烟灰缸。烟灰缸就在那儿，在路易莎那一侧的床头柜上。还好她也抽烟。我们常常在床上抽烟，同时说说话或是看看书，有时是在做完爱后和入睡之前。即使天冷我们也会在睡前把窗户完全打开，通通风，换换气。在这些事上我们有默契。而此刻，在这个我们共有的家里我正在偷听他们的谈话，或许是得到了她的默许。也许一打开窗户我们就能被站在街角正抬头往上看的人看到。

“之前的某一天是什么意思？”路易莎问道。

兰斯没有回答，他沉默了好一会儿，此刻的停顿显得不太自然。我想象着他手里拿着并不会被他吸进肺里的烟，双手十指交叉，随意放着，手很大，有些皱纹，但没有斑点。他应该正盯着对面的路易莎，两只眼睛像两大滴烈酒或酸醋，眼神里带着痛苦和恐惧——克拉克或刘易斯曾经说过，痛苦和恐惧的感觉非常相似。也有可能他傻傻地笑着，眼神静止不动，就像是那些听到手摇风琴声或磨刀者高低婉转的哨声时，如动物般抬起头伸长脖子的人，在想家里的厨刀是否好用，是否该拿着刀子跑上街去，无论在忙碌时还是在慵懒怠惰之际，都会蓦然记起刀刃；又或许思绪忽然陷入了那些埋藏心底、那些令人遭受痛苦的秘密里，那些知情和不知情的秘密。就在那一刻，当他（她）抬起头来聆听那单调的音乐声，或者那不断响起、逐渐在整条街上回转的吹哨声时，忧郁的目光便会落在那些故去之人的肖像上。

“如果您不愿意，就不要跟我说了。”我听到路易莎说。

“之前的某一天，”兰斯说，“之前的某一天是我杀了我的第一个女人，为了和特雷莎厮守的那一天。”

“如果您不愿意，就不要跟我说了。如果您不愿意，就不要跟我说了……”我听到兰斯的话音落下后，路易莎一遍又一遍地说。这是一种文明的方式，表示自己受到惊吓，还有我的那一份惊吓；也许还有对不该问得太多的后悔。我在想，我是否应该把门彻底关上，让一切重新回到听不清或听不到的絮絮低语，但为时已晚，我已经听见，我们都已经听见，或许跟四十年前，特雷莎·阿齐雷拉在蜜月旅行快结束时听到的一模一样，或许时间并未过去那么久。路易莎此时说的“不要跟我说，不要跟我说”，也许是为我说的，但已经太迟了。女人们有种纯粹的好奇心，她们想象不到或预见不到，那些自己不了解的、可以被一探究竟、能够被演绎之事的本质可能会何等严重。她们不知道，行为可以自行发生，或者说只言片语就足以催发一个行为。述说这个行为已经在进行了，只要开个头，话自然会一句接一句地冒出来。“兰斯说的是‘我的第一个女人’，”我想着，“他没有提起她的名字，这么做是为路易莎考虑，她就算听到那个名字也不知道是谁（格洛里亚，米莉亚姆，妮耶贝丝或是贝尔塔），至少没有把握，我也一样，虽然我们大概会做出猜测。这说明兰斯确实是在讲述，不是讲给他自己听，假如他继续回忆，继续讲下去的话也许就会变成自言自语。不过到此为止，他都考虑到自己是在说给某个人听，没有忘记有听众在场，正在倾听。”

“现在你得让我讲下去了，”我听到我父亲说道，“就像我当年必须讲给特雷莎听一样。那时的情形不像现在，不过差别也不大，我说了一句，就把她牵扯了进来，便只好把剩下的都说完，只为了弥补那一句话，真荒谬啊。你别担心，我不会涉及太多细节。现在我又说了那句话，让你也知情了。现在我很冷静，那时却是热烈得很，你知道的，当一个人热切地说了什么之后，他会越来越冲动；当一个人爱得很深，又感觉被爱得很深时，常常会昏了头，不知自己该做些什么。某些时候，某些夜晚，他会极度兴奋，像头野兽，对爱人胡言乱语，很快又抛之脑后，像是一场游戏。当然，发生的事情还是记得的。我们那时候在图卢兹[1]，蜜月旅行先是到了巴黎，然后去了法国南部。旅行的倒数第二个晚上，躺在床上，我对特雷莎说了许多事。人会在那种情况下毫无保留地吐露一切，因为感觉很安全。而当无话可说，又觉得必须对她说些什么的时候，我说了那句对许多情人而言都无甚后果的话：'我太爱你了，爱到可以为你去杀人。'我当时是这么说的。她笑了笑，回答我说：'你太夸张了。'但在那时我真的笑不出来，那是我最想要严肃正经的时刻，不愿意开任何玩笑。于是我没多想便说了那句：'我做了那件事。'我对她说了。'我做了那件事。'"（"I have done the deed"，我暗暗想，或者"是我干的"，或者我用母语想道："我干了那桩事，我做出了那个壮举，我犯下了那个行径，它已是既成事实，是个壮举，早晚会流传开来；我为你杀了人，这就是我的壮举，述说是我赠予你的礼物，你将因此更加爱

① 法国西南部城市。

我，尽管知情会玷污你苍白的心。”）

兰斯再度沉默，而我感觉他这一次的停顿是一种技巧，好像一旦开始讲述这个原本无法讲述的故事，他就已进入状态，想要驾驭讲述的内容。

“该死的正经，”他隔了几秒钟后严肃地说，“我这辈子再也不会那么当真了，至少我已经试着这样做了。”

我把手中的烟灭掉，又点了一根，看了一眼表，却仍不知道时间。我旅行回来，睡了一觉，倾听，就像我当初倾听吉列尔莫和米莉亚姆的动静，同样是坐在床尾。其实更像当初的路易莎，卧在床上悄悄地竖着双耳，让我以为她睡着了，没有听。而此刻该轮到她不知我是在听还是睡着了。

“她是谁？”她问我父亲。在惊吓和条件反射式的后悔之后，她已经做好了知情的准备，至少，一旦无法补救地听闻那句话，一旦开始知情，便必须听下去。（“倾听是最危险的，”我心想，“倾听即获悉，即知情，即深度了解。人耳不像眼睛有眼睑，无法本能地拒绝话语，无法回避迟早会被告知的事物，无意倾听却总是为时已晚。如今我们已经知情，而这样可能会玷污我们苍白的，抑或是惨白的、胆怯的，或者怯懦的心。”）

“是个古巴姑娘，哈瓦那人，”兰斯说，“我在那儿闲晃了两年。比利亚洛沃斯教授的记忆可比他自己感觉的还要好（‘他们谈到过教授，’我心想，‘那我父亲就知道我对比利亚洛沃斯教授所掌握的事已经知情’）。但我不想多谈她，如果你不介意的话。我已经终于忘记她长什么样，忘记一些了，她的形象已经在我脑海里和所有往事一样模糊了。我们结婚在一起的时间不长，还不到一年，况且我的记忆已经疲惫衰退。如果说我曾经爱过她的话，和她结婚时我已经不爱她了，结婚是为了负责任，尽义务，是因为一时的软弱。有时人们协议、约定和宣告结婚，合乎情理而又无法补救，如此一来便促成了婚礼。她一开始强迫我爱她，后来又要和我结婚，我没有反对，她的母亲，如同所有的母亲一样，希望女儿成家，或者过去如此（‘每个人都在强迫他人，’我心想，‘否则这世界便会停滞，所有的一切都将无止境地漂浮在延绵的犹豫不决之上。人们患得患失，一事无成，只想沉睡’）。婚礼是在我工作的使馆的祈祷室举行的，我负责安排，仪式是西班牙式而不是古巴式的。这是件坏事，或许她和她母亲是故意的，因为在古巴可以离婚，要是按古巴的方式结婚，我认识特雷莎的时候就可以和她离婚了，虽然我想特雷莎不会接受，她母亲更不会，因为她是个非常虔诚的教徒。”兰斯只喘了口气，就又以他一贯的调侃语气，也是我们最熟悉的语气说道：“中产阶级的教徒母亲，信仰虔诚的丈母娘是最能维系家庭稳固的。我想我第一次结婚是为了逃避孤独，这么说并非在为自己开脱，我当时不知道自己还会在哈瓦那待多久，还未念完大学，正在犹豫是不是要在外交方面有所作为。之后我便放弃了那个想法，回到了艺术专业。我被安插在使馆是因为家里有门路，想看看我是否喜欢这份工作。我之前一直过得糊里糊涂的，直到我认识了特雷莎，确切地说，是直到我和胡安娜结婚才有所改变。”他说“糊里糊涂”，我敢肯定在那一刻这个老套的表达一定让他自己很开心，虽然他是当真的，就如同婚礼那天把我称作“盗花贼”一样。当时路易莎在跟她一个令我反感的前男友，以及另外一些人聊天——可能是小古斯塔尔多易，可能是，那天我没怎么看到他，只见他在远处贪婪地观望。有几分钟时间我和路易莎分开了，被我父亲拦在一个小房间里，他问我：“那现在又该怎样？”隔了一会儿他便说出了真实意图：“等你有了秘密，或者已经有的秘密，不要说出来。”此刻他正在吐露他的秘密，恰恰是在说给路易莎听，也许是为了不让我说出我的（我有什么秘密呢，难道是贝尔塔的事，那其实不是我的秘密；难道是我对路易莎的怀疑，或是跟妮耶贝丝有关，我那文具店里的旧爱），抑或是为了不让路易莎对我说出她的（她有什么秘密呢，我无从得知，否则她的秘密就不成之为秘密了）。

“也许兰斯揭开他保守了这么多年的秘密是为了让我们不要说出自己的秘密，”我心想，“不管是过去的、现在的，还是将来的秘密。或者他是为了让我们不要有秘密。然而今日我已经悄悄地潜入自己家中，没有通知，还让人以为我明天才到家，而路易莎也没告诉兰斯我在这里，躺着或是坐在床尾，可能正在偷听，她应该看到我了，否则无法解释翻转过来盖在我身上的床罩、毯子和被单。”

“可以再给我倒点儿威士忌吗？谢谢。”我听到父亲说道。这么说兰斯正在喝威士忌，这种酒的色泽和光线昏暗时他眼睛的颜色极为相似，大概现在就是这样。我听到冰块落进杯子的声音，然后是另一只，还有倒酒、倒水的声音。加了水颜色就不那么像了。也许冰箱里的油橄榄现在正放在客厅的矮茶几上，矮茶几是我们两人最先一起买的几件家具之一，也是自婚礼以来没有变化的少数几件家具之一，从那时到现在，从现在到那时，时间还尚未满一年。我突然觉得饿了，要不是躲在房间里，我会很惬意地拿出几颗油橄榄吃，最好是塞了馅儿的。这时，我父亲又说道：“我们等会儿一起去吃晚饭，对吧？不管我跟你讲了什么，我们之前说好一起吃晚饭的。嗯，我几乎把一切都告诉你了。”

“没问题，”路易莎回答道，“我从不爽约。”的确，她从未爽约。她有可能犹豫，但一旦决定就一定会赴约，在这方面她是个可爱的女人。“后来又发生了什么？”她说。这是个孩子气的问题，孩子们爱提问，有时故事讲完了还会提问。

我清楚地听到兰斯点燃打火机的声音（我们的耳朵会慢慢地捕捉到所处之地的所有声息），看来之前他的手应该是十指交叉，什么都没拿。

“后来我就认识了特雷莎，认识了胡安娜，还有她们一辈子都住在西班牙的古巴母亲。她们为处理一个远亲的遗产变卖之事去了哈瓦那，她们母亲的一个姨母去世了。没想到比利亚洛沃斯还记得这么多（‘路易莎应该告诉他了，’我心想，‘“比利亚洛沃斯跟我们说这说那的，他说的哪些是实情啊？”’）。我们很快便相爱了，那时我已经结婚，我们私下见过几次，却都感觉很难过，她很难过，因为看不到希望，而我也为她看不到希望难过，这比没有希望本身更加令我难过。我们没有见过很多次，但也足够多了，总是约在下午，她们姐妹俩一起出来散步，然后分开，我不知道胡安娜去干什么，胡安娜也不知道特雷莎去干什么。特雷莎跟我在酒店的房间里见面，夜晚突然降临之后（夜色提醒了我们），她再去和胡安娜会合，两人一起去和母亲吃晚饭。我们最后一个下午见面时，就像是在诀别，实在荒谬，我们那时还年轻，身体健康，世道也太平。第二天她就要回西班牙，她已经在去世的姨婆家住满三周，该回去了。我告诉她我不会永远待在那里，说我很快会回马德里，说我们要继续见面。但是她不愿意，她情愿利用被迫的分离来忘记一切，忘记我，忘记我的第一个女人，她不幸地认识了我的第一个女人，还对她很友善，我记得她对我的第一个女人很友善。我很坚持，说到自己会从那一段婚姻中脱身。‘我们不可能结婚，’她说，‘不可能的。’她有着那个时代人的保守，仅仅四十年前，发生过千百个如此这般的故事，人们只是嘴上说说，并不付诸行动。当然有些人采取了行动（‘最糟糕的是他什么也不会做’，我想着，这是路易莎某天晚上谈到吉列尔莫时说的话，那时我们都躺在床上，她心情不好，乳沟因为汗湿而发亮）。然后我听到她说了一句话，那是一句之后让她自己都无法忍受的话（我想：‘不专属于谁，可以被翻译，口口相传、语际相传、世纪相传，总是同样的话语，自世界上还没有人、没有语言也没有倾听它的耳朵之前，就开始唆使着相同的行为。但说出这些话的人一旦眼见它们变为现实，自己都无法忍受’）。我记得我们两人当时都未脱去衣服，躺在那张租来的床上，甚至鞋子都没脱（‘也许双脚还是脏的，’我心想，‘没人会看到’），那天下午我们一直没脱下衣服，也没有心情去脱。‘我们唯一的机会就是她哪天死掉，’她对我说，‘但那是不能指望的。’我记得她说这句话时手放在我的肩上，嘴巴凑在我的耳边。她没有压低声音，也不带有暗示，放在我肩膀上的手和紧贴着的嘴唇只是为了安慰我，舒缓我的情绪，这一点我敢肯定。我对她说那句话的方式琢磨了很久，不过有一段时间我把它理解成了其他意思。其实它表示放弃，而非劝诱，它表示承认失败，无心恋战。她说完吻了我一下，一个匆忙的吻。她已经放弃。”（“耳语如同亲吻，最能动摇人心，”我想着，“它探查隐情，使人解除防备，絮絮私语，如同亲吻，几乎逼人就范。”）兰斯又一次停了下来，此时他声音里的最后一点儿讽刺和玩笑也消失无踪，几乎不像属于他，但也不像锯子的声响。“后来，当我告诉她我做过的事，对她说了那句话时，她一开始并没有放在心上，因为我没多想便说了，她也不以为然，而等到她意识到事情的严重性，明白了是怎么回事，那句话就成了我们脑袋里想法的表述，成了单纯的不带任何意图的话，就好像你现在对我说‘我们该想想晚饭吃什么了’这么简单。我当时也没有在意她的话，直到过后回想起来，直到她已经离开了，而我想她想得发疯，才回想起来，我们唯一的机会就是她哪天死掉，但那是不能指望的。是我该死的脑袋想要以另一种方式去理解（‘不要想那些事了，父亲，’我心想，‘别再用如此病态的大脑胡思乱想了。

那些沉睡者及亡者，就像画中人一般啊，父亲。不要再这样琢磨已然发生的事了，那会使我们发疯的’）。她正是在我的提醒下才想起自己说过的话，从那以后便更加痛苦。我多么希望什么都没对她说过，什么都没告诉过她（‘她听着这有关行为、事实或功绩的告白，可真正让她成为同谋的并不是她的唆使，而是她对谋杀行径的了解，对谋杀已经实施的知悉。她明白她是知情的，那是她的过失，但是她并没有犯下杀人的罪行，哪怕她为没有亲自动手耿耿于怀或者深表遗憾。双手沾上死者的血是一种游戏，一种伪装，一种虚假的夫唱妇随，因为一个人不能被谋杀两次，这个“我”是谁确凿无疑，事实已然是事实。只有听者才是有罪之人，倾听不可避免，尽管法律并不为教唆的人、不为言说者开脱，即使他们强迫过他人，舌头凑在他人耳际，胸部紧贴他人后背，呼吸急促，把手放在他人肩头，絮絮私语，逼人就范，但是他们知道，自己实际上什么也没有干’）。什么都没有。”

“您把一切都告诉了她，那您到底做了什么？”路易莎说道。她只问最为关键的问题。

“没错，我把一切都告诉了她，”兰斯说，“不过我不会告诉你的，不会告诉你我究竟做了什么，细节如何，我是怎样杀死她的。知道了这些就永远无法忘掉，我不希望你记得这种事，也不希望你以后再勾起我的记忆，一旦我告诉了你，这都是可能发生的。”

“但对外是怎么解释她的死的？没人知道真相，这你总可以说吧。”路易莎追问。突然间我感到有点儿害怕，她只问最为关键的问题，而如果将来有一天需要质问我，她也会这么做的。

我再次听到冰块碰撞的响声，这次是摇晃杯子发出的。兰斯一定在用他病态的头脑思考着，或许这头脑几十年前就已经恢复正常了。也许他正在拨弄着他那滑石粉般白得亮眼的头发，也许他一瞬间表现出一副无助的模样，就像之前有一天我见到的那般。而那一天开始变得遥远起来。

“是的，这我可以告诉你，比利亚洛沃斯说得没错，”他终于开口说道，“他应该是少数几个健在的知情人之一。当然了，如果特雷莎和胡安娜的两个兄弟还在世，他们也会记得，就像当初胡安娜本人和她母亲那样。我与这两个双重意义上的小舅子已经多年没有来往了，自从特雷莎死后他们不想再与我有任何联系，甚至对胡安娜也是如此，虽然他们并没有公开地表态。比如胡安就几乎不认识他们。只有他们的母亲，胡安的外祖母愿意继续把我当家人看，但我想也仅仅是出于保护女儿的目的，为了守护她，不忍心抛下她独自面对自己的婚姻，与我缔结的这段危险的婚姻。我一直这么认为。我并不怪他们，大家都认为我对特雷莎自杀这件事负有责任，并且有所隐瞒，相反，没人对另一个女人的死亡起疑心。你看，生活本身并不取决于事实本身，也不取决于一个人做了什么，而是基于人们对他（她）的知情，了解他（她）做了什么。从那以后我一直过着正常的、甚至快活的日子，对于能够做到的人来说，无论经历何事，人都能继续活下去：我赚了钱，有了个令我满意的儿子，我爱过胡安娜，让她舒舒坦坦没有遭罪，我干了一份自己最感兴趣的工作，朋友和好画都不缺，我过得很开心。这一切之所以成为可能，就是因为谁都不曾知道发生过什么，除了特雷莎。我做过的事虽已成为事实，但对于之后的生活而言，最重要的不在于我是否做过那件事，而在于这件事无人知悉。这让它成为一个秘密。假如那件事被人知道，我的生活会变成什么样子啊，也许连命都没了。”

“那她的死因又是什么？火灾吗？”路易莎仍在坚持，不让我父亲离题太远。我又点了一根烟，用之前那根的火星燃着。我有点儿渴，早就想去刷牙，虽然是在自己家，但我不能去浴室。我偷偷地待在那儿，感觉嘴巴发麻，也许是由于困倦，也许是因为旅途的紧张，也许是因为我刚才一直紧咬牙关，察觉之后才放松下来。

“是的，是火灾。”他缓缓地说道，“我们那时住在一栋两层楼的别墅里，在离市中心有点儿远的一片住宅区。她习惯在睡觉前抽根烟，其实我也是。那晚我和几个西班牙企业主出去吃饭，换句话说就是陪他们去找乐子。她大概是在床上抽烟时睡着了，也许之前喝了点儿酒来助眠，她那段时间经常这么做，可能那晚喝得比较多。没有燃尽的烟灰点燃了床单，一开始可能火苗还很微弱，但她没有醒过来，或者醒来时已经太晚了。事后我们不想知道她是否在被烧焦前便窒息而死，在哈瓦那很多人都是关着窗户睡觉的。当时还能怎样呢。火灾没有把整座房子烧毁，邻居及时赶来把火扑灭了。我是被人找到，得知情况后才赶回家的，已是过后很久，当时我正跟那些西班牙人一起喝得烂醉。大火把我们的卧室烧成了灰烬，她所有的衣服，我的衣服，还有我送给她的那些全都被烧光了。没有调查，也没做尸体解剖，只被认定为一场事故。她被烧成了焦炭，我不去追究的话，更不会有其他人想再做一番调查。她的母亲，也就是我的岳母，很受打击，根本想不到还会有其他可能的死因。”他讲得很快，好像急着把故事，或是这一部分讲完。“她们无权无势，”他补充道，“充其量只是个中等人家，是一对没什么钱的孤儿寡母。相反，我人脉很广，如果有必要，完全可以终止调查或是打消别人的疑虑。但实际上这些都没发生。我冒了个险，结果却轻而易举。这就是她的死因，运气不好。”兰斯说，“运气不好，”他又重复了一遍，“那时我们结婚刚满一年。”

“那事实又是什么？”路易莎问。

“事实是，在我出门寻欢的时候，她就已经死了。”我父亲回答。在说这句话时他的声音又变得微弱，微弱到我需要再次费力地去听，就好像卧室的门是关着的一样。其实门虚掩着，我把耳朵凑到门缝边，不想错过他说的任何一个字。“那天傍晚我们吵了一架，”他说，“我在城里忙了一整天，和那帮企业家谈了许多公事，回到家时心情不好。她的心情更糟，还喝了点儿酒。我们有两个月没有碰过对方了，或者说我没碰过她。自从我认识了特雷莎，特别是在她离开哈瓦那之后，我就变得孤僻、冷淡，我对妻子的同情慢慢消失，怨恨却与日俱增（‘他有意回避说出她的名字，’我暗暗想，‘如今他再也不能辱骂她，对她发火，背弃这个只有她母亲惦记着的死去的女人，娘啊娘，不知道守候和保护她的娘，谎言，我的岳母’）。我怒不可遏，当我们已不爱某个人，但对方却还不顾一切地爱着我们，紧追不放时，我们总是希望早些了断。我越是冷淡，她就越是黏着我、纠缠我、冲我示威（‘“你休想离开我”，’我在暗处想，‘“快过来”“你是我的”“你欠我的”“跟我一起下地狱吧”，也许还要凶巴巴地做出抓人的架势’）。我感到厌烦，失去了耐性，我想与她彻底结束，回到西班牙，独自回去（‘“我已经不相信你了”，’我又想，‘“你必须带我离开这里”“我没去过西班牙”“你这杂种”“我这就来找你算账”“我要杀了你”’）。我们吵了一会儿。那不是一般的争吵，我们恶言相交，相互辱骂，然后她跑到卧室，关上灯，躺在床上哭。她没有关门，好让我看到或听到她在哭，她是在哭给我听。我在客厅里听着她的啜泣，就这么等着出门赴约，和那些企业家再次碰头去找乐子。过了一会儿她不哭了，我听见她开始低声哼唱（‘睡梦的前奏和倦怠的表白，’我想，‘夜晚，那旋律更加飘忽不定，从那些幸运的女人的卧房里传出，她们已经婚嫁，尚未老去，也未守寡，曲声更加平静和甜美，也或许更加顺从’）。不久她又安静下来。该出门了，我走进卧室换衣服，见她睡着了，在不悦和半真半假的哭泣之后睡着了，没有什么比心中的痛苦更让人疲倦了。正值傍晚时分，通往阳台的门开着，远处传来邻居和他们的孩子晚饭前的说话声。我打开衣橱，换了衬衫，把穿过的那件扔在椅子上。干净衬衫的扣子还没扣好，我脑海里便浮现出那个念头。其实我以前也想过很多次，但在那一刻我又想到了，你明白吗？就在那一刻又萌生了那个念头。很奇怪，有时我们的想法是那么清晰有力，使得我们无法感知想法本身与付诸行动之间的距离。我们想到某种可能性时，这可能性便瞬间消失了，因为人们会将它付诸行动，予以执行。中间没有过渡，没有思量，没有程序，没有纠结，甚至不确定是否要去做，但行动却能自行实施（‘就是这些行为，无人知晓自己是否愿意看到它们被实施，’我想着，‘它们都并非出于自愿，而自从被实施的那一刻起，就不再依附于话语，而是将话语抹去。行为与前情和后果不相关联，成了孤立的、唯一的、不可挽回的存在。而话语却可以被更新、撤回、重复和修正，我们可以将之推翻或否认，甚至歪曲或遗忘’）。”兰斯这时可能正以他热烈的眼神、水汪汪的眼睛注视着路易莎，也可能垂下了双目。“她脱掉了外衣，穿着内衣，胸罩和内裤，像个病人似的躺在床上，被单只盖到腰部。她一个人喝了酒，冲我喊叫过，也哭泣过，哼唱过，最后睡着了。她那时看上去和死人无异，像一幅画，只不过第二天早上她会醒来，会把蒙在枕头里的脸转过来（‘她会转过脸来，美丽的后颈便不见了，’我心想，‘也许如同妮耶贝丝的后颈，那是她身上唯一没有变化的部位；和那个年轻的侍女不同，她会转过脸来。曾为索芙妮丝芭递上毒酒，或为阿尔忒弥斯送上骨灰的年轻的侍女永远也不可能转过头来，她的主人永远不会端起杯子，也不会把杯子送到嘴边，保安马特乌也许早已用打火机把她们都烧掉了，连同远处不太清晰的老妇人的头部，一把火，一位母亲，一位岳母，一场火灾’）。假如她把脸转了过来，她就不会让我离开，不会让我去找特雷莎——特雷莎之事她并不知情，直至最后都被蒙在鼓里。她不知自己为何而死，也不知自己的死期不远了。我记得自己见到她那样躺在床上，胸罩紧紧地勒着身体，一时间想上去帮她松开扣子，免得皮肤上留下印痕。而就在此时，我的脑袋里突然闪现了那个念头。那念头一闪而过，顾不上想象它的发生，我便动手了（‘想象可以避免许多不幸，’我想着，‘能预见自己死亡的人几乎不会自杀，能预见他人死亡的人几乎不会谋杀，他们宁可依靠想象，甚至靠远远地挥臂抓人的手势，去谋杀和自杀，不遗后果，不留痕迹。一切都只是距离和时间的问题。假如站得远一点儿，刀子只能划破空气而不是胸膛，不会扎入棕色或白皙的皮肉，而是在空中挥过，什么都不会发生；刀子挥舞过的轨迹不被计算，不被记载，不为人知。图谋本身不会受到惩罚，未果的图谋再多也是无声无息的，甚至连受害者都会否认，因为一切都保持原样，空气如常，皮肉完好，没有撕裂，枕头若没有捂着某个人的脸就是无害的。一切如故，即使有所蓄谋，没有对象的击打以及没有触及口鼻的窒息都不足以改变事实和关系，再怎么重复、坚持、威胁或图谋未遂也是如此’）。她背对着我，我杀死了熟睡中的她（‘兰斯谋杀了睡眠，’我心想，‘无辜的睡眠。那是另一个人用胸部紧贴我们从背后给予支持的感觉，只有背后有人时，我们才真正感觉有所依靠。一个我们可能看不见的人用胸部贴近我们的后背，最后总是轻轻地触碰到我们。半夜因梦魇惊醒或失眠之时，发烧、自觉被弃于黑暗、感到孤独时，只要转过身来，便看到眼前这张庇护者的脸，他〔她〕会顺从地让我们亲吻他〔她〕脸上的可吻之处——鼻子、眼睛和嘴巴，还有下巴、前额和脸颊，还有双耳，整张脸。或许，半梦半醒之间，他〔她〕还会在我们的肩上放一只手来抚慰我们，抓住我们，紧抓不放’）。我就不告诉你我是怎么做的了，你不要再问了（‘你走吧，’我又想起那几句，‘否则我这就来找你算账，我要杀了你，我父亲边想边行动。也许他要先停下片刻，想想家里的厨刀是否好用，是否足够锋利，他看看紧勒的胸罩，抬起头，又想起刀刃，这一回不是划过空气或刺进胸膛，而是要插入后背。一切都只是距离和时间的问题。又或许他将他的大手放在那漂亮的后颈上，按压，将它拧断。枕头底下确实没有脸，但枕上却有一张再也转不过来的脸；她的双脚在床上使劲蹬着，未穿鞋的双脚也许非常干净，因为她是在自己家里，又或许是因为，我们如果结了婚的话，相约之人，那个可以看到或抚摸它们的人，那个她等待已久的人随时都会到来；也许她挥动双臂，手臂抬起时露出光洁的腋窝，那是她为归来却已经不愿碰她的丈夫刚刚修刮的。她已经用不着担心裙上的褶皱会使臀部逊色，因为她即将死去，也因为她已经脱下裙子，搁在我父亲扔下脏衬衫的椅子上，而他穿上的新衬衫还没扣上扣子，熨烫过的裙子和穿脏的衬衫都会在火中化为灰烬；或许格洛里亚、米莉亚姆、妮耶贝丝、贝尔塔，或是路易莎在最后的挣扎中转过头来，仅仅那么一瞬间，用她近视的、无辜的眼睛看到兰斯，我的父亲，看到他那袒露着的毛发浓密的胸膛，他跟比尔，还有我一样毛发浓密、能给人以保护和依靠的胸膛。也许因为睡梦、恐惧和痛苦，格洛里亚的长发乱糟糟地粘在身上，几缕散乱的发丝横在前额，像早衰的细纹，让她的面孔就在那一刻，在她生命的最后一刻阴沉黯淡下来。因为她不再拥有未来，无论是具体的可预见的，还是抽象的不可名状的，未来都不是她的。而在那最后一刻，她的身体变形，皮开肉绽')。"

"如果您不愿意，就不要跟我说了。"路易莎说道。"如果您不愿意，就不要跟我说了。"她又重复了一遍，我感觉她几乎是在央求。

"没错，我不会告诉你的，我不想对你说。在那之后我扣上衬衫扣子，到阳台上往外看了看，一个人也没有。我关上阳台的门，走近衣柜，衣柜里同样装着仍旧带有她的气味的没有生命的衣服。

我系上领带，穿上外套，赴约的时间已经过了。我点上一支烟，无法理解自己的所作所为，但我清楚自己做了什么，有时这是两个不同的概念。即便现在也是如此，我的感觉和当时无异。那事倘若不是我做的话，也不会是别人，她也就从未存在过。事情过去太久，记忆已经疲倦衰退，如同视力一般。我坐在床脚，浑身是汗，非常疲倦，我感到眼睛发痛，好像连续几夜没有合眼似的，我还记得这种感觉，眼睛疼痛的感觉。然后我又有了另一个念头，便马上照着做了，这是我又一次一有念头就付诸行动。我把点燃的烟放在了床上，看着它灼烧床单，弹掉烟灰，让剩下的部分继续燃烧。接着我又点了另一支烟，抽了三四口后也扔在床上。又用同样的方法点了第三根，把烟灰都弹落，香烟里的烟丝燃烧着，散落出来的烟丝也燃烧着，三加三，一共六处烟火，把床单烧了起来。我看着火苗在床单上烧出明亮的光圈（‘我凝神看了几秒钟，’我暗暗想，‘目睹它逐渐扩大，留下乌黑烧灼的痕迹，慢慢将床单吞噬’），我不知道……”说到这儿我父亲蓦地停住，似乎最后一句话尚未完成。足足有一分钟之久的沉默，只听到他粗重急促的喘息，那是老人的喘息。他又接着说：“我关上卧室的门，走出家门来到街上，在街角上车前我又看了一眼房子，看起来一切正常，那时已是晚上，夜色突然降临，房子还没开始冒烟（‘也没有人会从高处、从阳台上或是窗户边看着他，’我想着，‘就如同等待中的米莉亚姆，忙于生计的老年手摇风琴师和编辫子的吉卜赛女人，先后在贝尔塔家楼下等着另一个人离开的比尔和我，或是某个雨夜等在我家楼下的小古斯塔尔多易’）。那都是很久以前的事了。”兰斯的声音不像往常那般洪亮，变得有些喑哑。我好像听到打火机的声音和一阵叮当作响，也许是他拿了一颗油橄榄，路易莎点燃了一支烟。“而且这些事情是不该拿出来说的。”

又是一阵沉寂，路易莎一言不发，我能想象兰斯在不安地等待着，双手交叉，可能坐在沙发上，或是倚靠在躺椅里，或是坐在那张崭新的、舒适的、可能是在他的帮助下挑选的灰色扶手椅里。他不会坐在摇椅上，那张我哈瓦那外祖母留下的摇椅，她当年在摇椅上一定想着她自己的那两个女儿，一个活着，一个已经死去，两个都已出嫁，也许小时候对我哼唱“娘啊娘，嘢嘢嘢”时，她还惦记着另外一位哈瓦那母亲那已出嫁的死去的女儿。她是想要吓唬我，让我感到既好笑又恐惧，短暂的恐惧，一种女性才会有的恐惧，一种女儿、妻子、母亲、岳母、祖母和保姆才会有的恐惧。也许兰斯害怕路易莎，他的儿媳，做出“您走吧”或“你滚吧”的手势。但路易莎最终说：

“我们该想想晚饭吃什么了，要是您饿了的话。”

兰斯粗重急促的喘息声停止了，我听到他如释重负地回答道：

“我不确定是不是饿了。你愿意的话，我们可以慢慢往阿尔加尔德餐厅走，到了那儿要是我们想吃饭就进去，要是不想吃我就送你回来，然后各回各家。希望今晚我们都不会失眠。”

我听到他们都站了起来。路易莎稍稍收拾了一番，整理了应该是放在茶几——我们两人最先一起买的几件家具之一——上的东西。我听到她走到厨房又回来，心想：“她现在应该进卧室来，换衣服或是取些东西。我很想见她。等他们出去以后，我可以刷牙，喝点儿水，或许还有剩下的油橄榄可以吃。”

我父亲一定已经穿好风衣，更可能的是把风衣披在肩上，走到大门口，把门打开。

“准备好了吗？”他问路易莎。

“等一下，”她回答，“我去拿一条丝巾。”

我听见她高跟鞋的声音在靠近，我熟悉她的脚步，落在木地板上，比“比尔”金属鞋底踏在大理石地面，或是小古斯塔尔多易在任何时间和地点发出的脚步声都要轻柔。她的步子很平稳，即使光着脚也不跛，不会为了寻找不熟悉的钢笔芯而吃力地爬上梯子，不会像折刀一样插进地里，不会迅速而厌烦地拖着尖细的高跟，从不会噼里啪啦作响。她步伐轻快，或许是因为知道我在家，至少我希望如此。我从门缝里看见她把手伸向门把。她就要进来了，我马上就要见到她了，我们分别已经三周，上次在这里，在我们自己的家里，在卧室和枕上见到她已是差不多八周之前的事了。在推门之前，她对着走廊那一头的兰斯问了一句话。此时兰斯应该还在门口，披着风衣叫电梯。

“胡安明天回来，您想我告诉他，还是不跟他说？”

兰斯很快便回答了，说得很慢，带着倦意，声音好像是隔着头盔传出来的，沉闷而喑哑。

“我会很感激你的……”他说，“要是你能让我不必费力去考虑这个问题，我会很感激你的。我也不知怎样才好，方便的话，你来替我做决定吧。”

“您放心。”路易莎说。她推开了门，关上门之后才把灯打开。她应该立刻就注意到了我抽烟留下的烟雾。我还没有站起身，我们没有亲吻，就好像我们还没见面，好像我还没回到家。她斜着眼看了看我，斜着眼冲我微微笑了笑，然后打开我们的衣柜，从里面拿了一条印着动物图案的爱马仕丝巾，是我之前某次旅行回来带给她的礼物，那时我们还未结婚。她身上香气扑鼻，是新香水的气味，不是我送她的杜鲁萨迪。她脸上带着困倦，似乎感受到了双眼——兰斯的双眼的疼痛。她看起来很漂亮。她把丝巾系在颈上，对我说：

“你都看到了吧。”

我发现她的话和贝尔塔当初说的一模一样——当时，贝尔塔穿着睡袍站在我身后，身影映在电视漆黑的屏幕上，那卷她已经看过好几遍、也许至今仍会继续看的录像刚刚播放完毕。我想，此刻我也要回答同样的话。我站起身，把手放在路易莎的肩上说：

“看到了。”

第十六章

如今我的不适感已经减轻，不祥的预感也不再那么强烈，虽然还无法像从前一样去念及那让人心怀憧憬的不可名状的未来，但已能够随意想象，让思绪停留在必定会发生或可能会发生的事情，漫不经心地思忖明天、五年或者四十年后我们大概会变成怎样，想象我们无法预知的未来。我清楚，或者说我认为，无论我跟路易莎之间发生了何事，我可能要到很久以后才能知情，或者轮不上我，直至我的子孙辈才会知情，如果我们有后代的话；或者一切会为一个不相干的人所知，也许他（她）还未来到这个贪婪的世上，他（她）的出生取决于世界另一端的一个动作、一个手势或一句话。提问和沉默都有可能发生，像胡安娜·阿齐雷拉那样沉默，像她的姐姐特雷莎那样逼问，或者既不逼问也不沉默，如同那个被我唤作格洛里亚的我父亲的第一任妻子，仿佛从未存在过，或只是对于把她嫁出去的母亲来说短暂地存在过——曾是岳母的母亲多半早已在古巴凄凉地离开人世，死时守着寡，女儿也失去了，被蛇吞吃了。在我熟悉的语言里，没有比“孤苦伶仃”更好的词来形容她了。无论如何，当兰斯的时辰到了，当路易莎和我除了亲身经历的做过的事以外，已经想不起别人讲述的、经历的和做过的事时（当我们的心不再如此苍白时），一切就将不复存在。有时我感觉所有发生过的事情似乎都未曾发生，无论在过去还是将来，因为一切都是昙花一现，无法永久持续，无法长留记忆。即便最单调的常规之事也在慢慢走向消亡，在重复的表象中逐渐否定自身，直至时过境迁，人事两非。世界那孱弱的车轮便是被健忘者推着往前走，他们倾听、目睹和知晓那些未经讲述、没有发生、不可理解、无法证实之事。有时我感觉发生与未发生无甚差别，无论放手或紧抓都一个样，经历过与未曾尝试如出一辙。然而，我们的生命在消逝，我们一生都在挑选、拒绝和甄别，我们勾勒界限，分离本无差别的事物，让自身的历史变得独一无二，用来怀念和讲述。我们穷尽所有智慧、感知以及热忱，去辨识那些终究会变得一样的，或者本身就相同的事物。所以我们经常懊悔，总是在丢掉机会，我们反反复复地确认、断定和把握时机，可真相却是一切均无定势，万物皆在消亡。从来都不存在所谓的整体，也或许一切本是虚无。只不过真相也有另一面：任何事情都不会真的成为过去，所有事情都就在那儿，等待着被重新提起，正如路易莎所说的那样。

如今我和她一样，正在考虑换工作，我们似乎都厌倦了八周或更短时间的旅行，它让我们疲倦，也让我们彼此生疏。工作应该不难找，我懂四种语言和一点儿加泰罗尼亚语，会慢慢学得更好，现在有个机会需要我不时和巴塞罗那方面联络。许多人以为我在国际组织里人脉亨通，而且跟政府高层有来往。他们想错了，我也无意辩解和澄清。然而，我并不想一直像如今这样与路易莎待在马德里，不再去看她或在家里招待她，而是同进同出，与她共用几间居室、一部电梯、一扇楼门，还有同一个有时在梦中会争抢的枕头（说说而已，其实总是有两个），我们会逐渐习惯像病人一样，最终卧在枕上看世界。如今我们的双脚也不再在潮湿的路面上徘徊犹豫，我们没有考量的余地，不能改变想法，无法后悔，无从选择：离开电影院或结束晚餐之后，我们会迈向同一个地点，在冷冷清清、刚洒完水的街道上迈向同一个方向，无论双方情愿与否，也许头一天晚上她还不愿意如此。这只是我一时的思绪，想归想，我们还是要继续往前走。我猜，不管怎样，我们在走向那同一个地点时（脚步声混乱，因为有四只脚同时在走路），心里大体上都还惦记着对方，至少我会想着她。我想，无论如何，在这个贪婪的世界里，无论用什么来交换，我们都不会放弃彼此，我们还未要求对方摈弃自我，以及对我们曾经爱过的人的记忆，我们只是“婚姻状况变更”，而这种变化已不再让我感觉沉重且无法把握，我可以坦然地说“我们曾经去过”“我们买架钢琴吧”“我们要个孩子吧”或者“我们有只猫”等等。

几天前我和贝尔塔通过电话，是她打来的。她都是在有点儿伤心或是特别寂寞的时候打电话来。等完全放弃现在的翻译工作以后，我就不大会去她家小住了。我想讲给她听的趣事，荒谬的、好玩的，得积攒上很长时间了；我也可以写信给她，虽然过去我们很少通信。我问了她“比尔”的事，她迟疑了片刻才想起来，那人对她来说已经很遥远了。我想他已经离开纽约，还没回去过。“我想起来了，”她说，“他可能随便哪天又会出现的。”我的理解是，自从我们看到他上出租车之后——我从街上，她从窗户里——她就再也没有他的音信。也有可能他还会再次出现，如果他是吉列尔莫的话，就没有理由不出现。贝尔塔还在通过征友广告与人联系，她还未打退堂鼓或是放弃，她告诉我现在对两个还没见面的人有兴趣，分别叫“H · J”和“特鲁门”。一讲到他们，她就兴奋无比，语气温存，一如所有心存幻想的女人，而我们只是局外人，不会被她们的憧憬打动，只是听听而已。交谈时，我想象着她右脸上的月牙，她的伤疤，颜色由浅变深，变成蓝色或紫色，让我错看成一块污渍。我想（老天保佑），或许某天她会打退堂鼓，会放弃，她的月牙将永久地变成蓝色或紫色。贝尔塔是她的名字，“BSA”则是她姓名的缩写，她会永远带着那块斑痕。

至今为止我还没见过小古斯塔尔多易，我知道我还会时不时地再碰到他，我猜，我几乎总会通过父亲与他见面，而即便我父亲将来不在了，我们之间从孩童时代起便产生的千丝万缕的联系永远不会消散。他会继续垂涎这个世界，继续扩展他自己，继续讲述他可能经历过的那些不可思议的故事。但我宁愿不去想他，即使有时并不情愿，也会不由自主地想到他。

我还未和兰斯谈及那天晚上听到的内容，事实上，那也就是几天前的事。虽然那一晚正在这忙乱的年代离开我们飞逝而去，但相比其他时代，眼下这一个所承载的内容并无不同，那就是我们仅有的这一次还没有走完的，或许已经过半了的人生，我自己的或路易莎的人生。可能我们永远都不会提及那晚的事，兰斯应该也不清楚我是否知情，他甚至不会询问路易莎她最后是否告诉了我。总是有人不知情或不愿知情，我们便相安无事，天长地久。

在我看来，他们的交往还是与从前一样，没有太大变化，就好像那一晚从未发生过，什么事都未曾被讲述过。这样最好，他们彼此非常尊重，她喜欢听他说话。唯一与以往不同的是我感觉兰斯变得更加苍老，不再那么爱嘲讽，几乎是一个老人了，他从未这样过啊。他走起路来变得更摇晃，目光不再灵活和闪烁，看我和看别人时不再那么热切，对眼前人的恭维讨好之色减弱；他那跟我相似的女性化的嘴唇被皱纹侵蚀得不再轮廓鲜明，眉头也失去生气不再飞扬舞动；有时他会把胳膊伸进大衣的袖管，我敢肯定明年冬天他会一直规规整整地穿着大衣。我们时常见面，现在我确定我最近一段时间会常待在马德里，我正在给自己放长假。我们经常一起出去吃午饭，路易莎有时来有时没来，我们去渔船餐厅、拉安恰餐厅、鲷鱼餐厅和阿尔加尔德餐厅，也去尼古拉斯餐厅、卢甘迪诺餐厅、佛尔图尼餐厅、咖啡餐厅和冯达餐厅，他喜欢光顾不同的餐厅。他还是给我讲我陌生或熟悉的故事，讲他活跃的岁月，讲他旅途中的日子和在普拉多博物馆的经历，讲他与富豪和银行总裁的种种交情——这些人已经将他遗忘，他们认为他老了，不中用了，不那么有意思了，他也不会飞过去看他们，有钱人总是喜欢接待朋友，而不愿意大老远地登门拜访。我一直惦记着兰斯告诉路易莎的事，那个我偷偷坐在自己家的床尾抽着烟听到的故事。总有一天我会将它遗忘，当然现在还记得，而当我看着兰斯家存放着的永不可能成为我姨妈的特雷莎的小肖像时，我会以童年和少年时从未有过的专注去端详她。也许我是在用看所有由于怨气、厌倦或离世跟我们不再见面之人的照片的目光看她，他们逐渐消失的容颜最终被照片所篡改，总是定格在无人记起的某一天，拍照的那一天。也如同我外祖母和我母亲的目光，她们有时突然收起笑容，傻呵呵地，干涩的眼睛一眨不眨，失神地看着，就像迷迷糊糊刚睡醒那样——没有留下任何肖像的格洛里亚死前那一刻应该也是这般的眼神，假如她转过脸来的话——什么都没在想，连回忆都不曾涌上心头，只是感到痛苦或曾经有过的恐惧，而痛苦和恐惧无法转瞬即逝；看着那一张张曾经目睹其长大却不见其老去的脸，曾经立体如今变得扁平的脸，曾经拥有表情变化而如今我们忽然要习惯于它们变得静止不动，只是影像而不再是其本身的面孔。与我准备未来看我父亲的眼神，与某一天路易莎将习惯于用以端详我肖像的目光相同——那时她来日无多，我的生命则已经结束。然而，没有人知道死者的顺序，也不清楚生者的顺序，不知道痛苦和恐惧会最先落到何人头上。这并不重要，一切都已经过去，一切都未曾发生，且不为人知。那个晚上我从兰斯口中听到的事，我不把它当作一段可以被原谅的青涩幼稚之举，无法一笑置之，但我认为已经过去。一切都是过去，哪怕正在发生之事。

我想我再也不会得到米莉亚姆的消息，除非她最终顺利地离开古巴，离开那个新古巴。新古巴有许多计划，可能机缘巧合，迅速繁荣。我想我在任何地方都能认出她来，即便她不穿黄色的圆领低胸衬衫、紧身短裙和牢牢扎在地上的高跟鞋，即便她没有挽着时下不再流行的、被她死死拽着的、让她走不稳路的大挎肩手提包。我会认出她，即便她步履优雅，脚后跟没那么扎眼，也不做动作表示“快过来”“你是我的”“我要杀了你”。在马德里遇到吉列尔莫并不困难，很不幸，在这里所有人或早或晚都会相识，包括那些留下的外来人。但是我认不出他，我从未见过他的脸，只凭声音和手臂的模样无法辨认。一天晚上，入睡之前我突然想到他们三个，想到米莉亚姆、吉列尔莫和他的病妻，米莉亚姆远在天边，但这对夫妻，也许他们就和我在同一个城市，同一条街道，同一个住处，谁知道呢。对于听过声音的人，很难不去联想他的长相，所以我有时给他配上“比尔”的脸，留着胡子，这是最有可能的，也许正是他本人，在这座人头攒动的城市里我也可能碰上比尔；有时我又把他想象成演员肖恩·康纳利，我儿时心目中的英雄，他在电影里的造型也常有胡子，多么了不起的演员；

我也会给他安上小古斯塔尔多易那张猥琐的消瘦的脸，小古斯塔尔多易有时留胡子，有时剃掉；或者是兰斯的脸，毫无疑问他年轻时也留过胡子，在他住在哈瓦那和那之后的一段时间里，在他终于娶到特雷莎·阿齐雷拉并和她一同去度蜜月的时候；或者是我的脸，我没有胡子，也从未留过，但也许某天我会留的，等我再老一点儿的时候，好让自己的样子和我父亲现在的有所区别，他现在的样子我大致会记得。

许多个夜晚，在床上，我感觉到路易莎的胸部触碰到我的后背，有时我们都醒着，有时是在睡梦中，她将身体靠过来。她将永远在那里，这是能预见到的，也应当是婚后的常态，虽然现在还需要很多年来履行这个“永远”。这使得我有时候会想，如果这“永远”不能成真，一切随时间流逝而改变，那让人心怀憧憬的抽象的未来也将变幻——那不可名状的抽象的未来才是重要的，它不会受当下的现实沾染，也不会被同化，而现在我认为任何改变都是一种悲哀。尽管眼下我希望什么都不要改变，但无法排除一种可能，那便是一段时间后，某个人，某个我现在还不认识的女人，在某个下午气急败坏地前来找我，或是在找到我之后如释重负，面对我时却一言不发，也许我们只是四目相对，站着默默拥抱，或是到床上脱光衣服。也许她只是把鞋脱掉了，给我观赏她的双脚，她出门前也许无比精心地擦洗过的双脚，因为我可以看到或抚摸，而它们现在可能又酸又痛（其中一只脚的脚底还因为踩地弄脏了）。也许那女人会去浴室，把自己关在里边，一语不发，照镜子，调整情绪，努力抹去脸上堆积许久的怒气、疲惫、沮丧和宽慰，考虑接下来以一副怎样的面孔去面对这个让她等候多时的男人最有利、最合适；此刻他，也就是我，正期待着她走出浴室来到自己面前。也许她故意锁上了门，让我也尝尝等待的滋味，又或许她并非故意如此，只是正坐在马桶盖或浴缸边上暗自难过地抹眼泪，戴了隐形眼镜的话会摘掉，用毛巾擦干泪水，把眼睛埋在毛巾里，直至平静下来，洗脸梳妆，然后若无其事地走出来。我也无法排除另一种可能：那个女人是未来某天的路易莎，而那个男人不是我，他以死来要挟她，“不是他就是我”，他口中的“他”指的是我。若是这种情形，我会为她至少从浴室里走了出来而高兴，而不是躺在冰凉的地面上，乳房和心脏一样苍白，裙子发皱，脸颊湿漉漉的，夹杂了泪、汗和水；一旁水龙头里的水流不断冲击着洗手池，水花溅到了倒地的躯体上，如同暴风雨后从屋檐滴落的雨水，总是落在同一处，浸湿疏松那里的土壤或者说皮肉，直至渗透而入，形成一个洞或一条沟渠。不像从水龙头落下的水滴，会流入下水道消失而不在瓷砖上留下任何痕迹；也不像血滴，随手拿来一块手帕、一条绷带或一条毛巾就能止血，有时也可以用水冲走；甚至，如果流血者尚意识清醒，而且不是自残的话，只需用手按压在自己的腹部或胸部，便可堵住那伤口。相反，若是一个伤害自己的人，就不会自救，需要他人相助。我会支撑着她。

有时路易莎会在浴室里哼唱，而我倚靠在不属于我们卧室的门边看她打扮，就像个赖床或生病的孩子趴在枕头上或躲在门槛后边观望着这个世界。在那里，我聆听着这段在女性的唇齿间流淌的旋律，它无意寻觅听众，更无须诠释和翻译，那微不足道、漫不经心和无意识的低吟声让人听见后便记在心里，无法忘怀。即便在成年生活，或称之为男性生活的沉寂随即到来时，那曲声依旧盘旋在一切之上，永不停息，永不消散。

一九九一年十月

图书在版编目（CIP）数据

如此苍白的心 /（西）哈维尔·马里亚斯著；周钦，缪澄君译. -- 海口：南海出版公司，2023.1
ISBN 978-7-5735-0308-4

Ⅰ. ①如… Ⅱ. ①哈… ②周… ③缪… Ⅲ. ①长篇小说－西班牙－现代 Ⅳ. ①I551.45

中国版本图书馆 CIP 数据核字（2022）第 165037 号

著作权合同登记号 图字：30-2020-096

如此苍白的心
〔西〕哈维尔·马里亚斯 著
周钦 缪澄君 译

出　　版 南海出版公司 (0898)66568511
　　　　 海口市海秀中路 51 号星华大厦五楼 邮编 570206
发　　行 新经典发行有限公司
　　　　 电话 (010)68423599 邮箱 editor@readinglife.com
经　　销 新华书店

责任编辑 黄宁群
特邀编辑 杨 初 吴 优
营销编辑 郑博文 程昊天
装帧设计 韩 笑
内文制作 贾一帆

印　　刷 山东韵杰文化科技有限公司
开　　本 850 毫米 ×1168 毫米 1/32
印　　张 12
字　　数 206 千
版　　次 2023 年 1 月第 1 版
印　　次 2024 年 3 月第 3 次印刷
书　　号 ISBN 978-7-5735-0308-4
定　　价 68.00 元